Un voeu pour Noël

LÉONIE LONVAL

City
Roman

Retrouvez tous les titres City Editions :

www.city-editions.com

© City Editions 2023
Couverture : Shutterstock/Studio City
ISBN : 978-2-8246-2278-1
Code Hachette : 11 6026 8

Collection dirigée par Christian English & Frédéric Thibaud
Catalogues et manuscrits : city-editions.com

Dépôt légal : Octobre 2023

Prologue

6 février 2021

— Ne t'en fais pas, ça va bien se passer, ma chérie.

Le contact de sa main chaude et masculine contre la chute de mes reins me rassure. C'est fou comme un si petit geste, si anodin soit-il, nous permet d'évacuer le stress et d'apaiser presque immédiatement les battements de notre cœur.

— Et s'ils s'y opposaient ?

J'ai du mal à reconnaître ma voix. Presque chevrotante, elle fait part de tous les doutes qui m'habitent et s'apprêtent à me paralyser.

— C'est fait maintenant, puis, ils l'aimeront. Tout comme je t'aime.

Quelques mots. Encore. Si rassurants, si chargés d'amour. J'ai envie de lui chuchoter que je l'aime aussi, que je *nous* aime, pour toujours, envers et contre tout. C'est cucul ? Un peu mais sincère.

Le souffle court et les mains tremblantes, je sonne. De l'autre côté de la porte, j'entends des pas qui s'approchent. La porte sera bientôt ouverte, et plus aucun retour en arrière ne sera possible. Je devrais me réjouir, je vais annoncer une très belle étape de vie, voire une merveilleuse, mais à la place, je panique. Je suis tétanisée par la peur, et l'angoisse est devenue cette voix pernicieuse dans mon esprit depuis des jours. Nous allons partager ce moment, manger des crêpes, faire notre annonce, et voilà. *Si cela pouvait être si aisé...*

Aujourd'hui, je l'ai joué sobre, sans tee-shirt à message, juste un bon vieux sweat blanc. *Back to basic*, hein. Ma mère nous ouvre, nous nous embrassons, je m'arrête quelques minutes devant son sapin – qu'elle n'a toujours pas retiré et qui fait une grosse résistance quand même, heureusement pour lui il s'agit d'un faux – après avoir déposé mes affaires sur le prie-Dieu de l'entrée. En admirant l'étoile brillante au sommet, je ne peux m'empêcher de souhaiter le meilleur, au cas où. Faire un vœu, c'est toujours une bonne chose, pas vrai ? Mon père arrive dans le salon peu de temps après, et nous échangeons des banalités alors qu'il prépare l'apéritif. Le stress monte et se répercute sur les battements de mon cœur. Mon Dieu, j'ai mal au ventre comme mes premières règles, pourtant, pour sûr, je ne les ai pas. Je soupire mais rien ne fait redescendre ma pression. Une Cocotte-Minute ! Les mains moites, je les triture, prenant mon mal en patience.

On est venus pour célébrer la nouvelle année puisque je n'ai pas vu mes parents le mois dernier, un repas en famille, digne d'un dimanche, comme on en fait souvent, enfin quand nos plannings le permettent. Le partage est une notion inculquée chez moi depuis l'enfance, c'est une valeur importante. Mon père aime à dire que nous sommes un cercle, cette unité sans rupture aucune, qui ne peut qu'être soutenue et soutenir les autres. On est comme ça chez nous, on s'aime, on pimente le tout de nos caractères forts, mais on ne se lâche pas, jamais. On ne délaisse personne, on abandonne personne, surtout pas un homme à terre, en référence au passé militaire de mon père.

— Un verre de vin, ma puce ?

— Euh… oui, d'accord, un petit, papa, s'il te plaît.

L'homme qui partage ma vie me lance un regard interrogateur auquel je réponds par un haussement d'épaules. *On verra plus tard*, crie mon corps. J'essaie de gérer chaque chose en son temps, mais force est de constater que ce n'est pas de tout repos. Pas de stress qu'on m'a dit…

L'apéritif est servi, nous trinquons, et la discussion reprend sur des sujets tout ce qu'il y a de plus ordinaires comme nos boulots ou le quotidien, la politique actuelle aussi, jusqu'à ce que mon partenaire se racle la gorge. Il se lève pour aller récupérer un sac dans l'entrée avec les présents pour les membres de ma famille. Tout à coup, l'angoisse s'insurge. *Pourquoi des présents ? Tu crois que la pilule – enfin son absence plutôt – va mieux passer grâce à ça ?*

Une boîte en métal colorée pleine de madeleines parfumées pour ma mère ainsi qu'une bouteille de vin rouge pour mon père. Sur chacun des cadeaux, il y a un message. Sur le couvercle de la boîte et sur l'étiquette du grand cru.

Mon père commence son déballage et avant qu'il ne soit terminé, nous l'arrêtons afin que ma mère puisse déballer également. Ils doivent ouvrir et découvrir ensemble, tout réside en cela.

Les regards que mon père me jette ne passent pas inaperçus. Ils sont inquisiteurs.

L'angoisse monte *grand à grand* – non ça ne se dit pas mais c'est ce que je vis – et un nœud se tord dans mon estomac, implacable.

Soudain, les mines s'assombrissent. Ils ont lu mais n'osent prononcer ces mots à voix haute :

« Ma maman, bientôt tu seras sa mamie. »

« Château Grand Bonheur. Vous allez être grands-parents. »

Mon père se crispe en lisant et en observant sa bouteille, et prononce deux « d'accord » consécutifs. Ils sont froids et distants. Ma mère fronce les sourcils et ne pipe mot. L'apéritif prend brutalement une toute nouvelle tournure. Et le nœud dans mon estomac ? Il est monté jusqu'à ma gorge pour exercer son pouvoir de strangulation. L'air n'atteint plus mes poumons. Je me sens presque bleuir.

— C'est marrant, on en était certains depuis un bon moment déjà, lâche-t-il, cinglant. Je suis hyper surpris.

Le sarcasme, sa meilleure arme. Ma meilleure arme. Nous ne sommes pas père et fille pour rien. Le destin a décidé de nous offrir bien plus de points communs que l'on aurait pu l'espérer. Au grand dam de nos proches.

— Ouais… moi aussi… affirme ma mère, non sans un soupir de déception.

— C'est une erreur. Faire un enfant là, c'est une erreur, déclare tout à coup mon père avec toute la brutalité et la cruauté que ces mots peuvent avoir. Votre enfant est une erreur.

Son regard, leurs regards ne sont plus ceux de mes parents. J'ai fait beaucoup de conneries à l'adolescence, je ne suis pas la fille douce et docile qu'ils auraient voulu avoir mais, pour la première fois, je ressens tout ce que je leur inspire. Déception. Tristesse. Colère. Jugement. Mépris.

Je peux retourner au jour où j'ai vainement tenté de voler une paire de chaussures ? Je crois qu'il y avait moins de désespoir et de condescendance dans leurs regards. Ou bien au jour de ma fugue lors de mes quatorze ans, la veille de la Fête des mères ? Aux notes camouflées sous mon matelas ? Au pot de Nutella et aux paquets de gourmandises sous mon lit ? Au fameux jour où j'ai pipeauté la date de mon anniversaire et que des connaissances de l'école élémentaire ont toqué à la porte, un cadeau entre les mains, alors que le jour J n'était que des mois plus tard ? Ramenez-moi à mes conneries de gosse, ce sera moins brutal à vivre.

Aujourd'hui, j'annonce à mes parents que leur fille est enceinte. Aujourd'hui, je ne suis plus « la fille de », je me sens isolée et reniée. Aujourd'hui, ceux qui m'ont donné la vie marquent une distance entre nous, me repoussent, parce que j'ai décidé à mon tour de donner la vie. Aujourd'hui est censé être le premier jour du reste de ma vie. Et si c'était le premier jour de mon abandon ?

1

24 novembre

Frigorifiée, je porte mes mains à mes lèvres. Formant un cocon de mes doigts, je souffle à l'intérieur pour me réchauffer au mieux.

Pourquoi ai-je oublié mes satanés gants ce matin ? Je crève de froid !

Je soupire lasse dans le métro. Je n'ai pas encore pris l'habitude du climat du coin et, aujourd'hui, je pourrais bien y laisser mes doigts. Je suis arrivée à Chicago il y a quelques mois à peine, en été, et je ne suis pas encore rodée pour l'hiver, indéniablement… Pas faute d'avoir eu les précieux conseils de ma meilleure amie Alix pour m'y préparer. C'est qu'elle me les a rabâchés, mais ce matin… J'ai eu trop de préoccupations. Toute cette aventure est grâce à elle. Si nous sommes venus nous installer dans la Windy City, c'est en partie pour elle et parce qu'elle m'a poussée à faire mieux et à reprendre du poil de la bête. Alors j'ai quitté mon ancienne vie pour un nouveau départ.

Chicago, me voilà déboulée depuis juin !

Un acte salutaire, pour mon esprit, mon corps et mon cœur.

La voix du métro m'indique que le prochain arrêt est le mien, et j'ai si froid que je ne ferai pas de vieux os à rester immobile. Je préfère encore marcher, malgré le vent. En sortant de la rame de métro, puis de la station, j'ai encore quelques pas à faire avant d'arriver devant le haut building fait de verre et d'acier où je bosse. Je suis l'assistante du big boss. Ce n'est pas rien. La Conrad Company est une entreprise spécialisée dans l'hôtellerie de luxe, bien que désormais toutes les branches se rattachant de près ou de loin à ce domaine soient également incluses. En évoluant aux côtés de Lucas Conrad, le fils du vrai big boss qui a créé l'entreprise de toutes pièces en y mettant sans doute son âme, je me découvre. Pourquoi se découvrir dans son boulot ? Hum, sans doute parce que j'ai menti sur mon CV pour m'éviter un ultime « nous vous remercions pour votre candidature mais malgré toutes vos capacités vous ne correspondez pas au profil recherché nos salutations distinguées ». Je commençais à les connaître par cœur, ces formulations toutes faites et coincées.

Le mensonge a été poussé à son comble, Alix a mis son numéro comme précédent employeur, j'ai inventé des qualités de dactylo que je n'ai pas puisque je tape aussi vite sur un ordi qu'une limace avance. J'ai aussi affirmé que j'étais bilingue espagnol et portugais. Je ne suis même jamais allée dans ces deux pays, mais bon c'est un détail. J'ai été embauchée, mission réussie ! Depuis, Lucas Conrad est mon supérieur et je gère son planning pro, voire perso parfois, d'une main de maître, à peu près ; il y a eu de nombreux couacs au début, mais désormais ça se passe plutôt bien.

Tremblante, je pénètre dans le hall de l'immeuble et salue le concierge d'un sourire en lui tendant le sachet de beignets matinal. C'est devenu notre petit rituel depuis quelques semaines. J'ignore vraiment comment il s'est instauré, mais j'ai fini tard un soir et Joe et moi avons discuté. Le lendemain, pour le remercier, je suis passée lui prendre deux beignets, un à la cannelle et un autre au glaçage chocolat. Depuis, chaque matin, il a son petit déjeuner livré au bureau du hall d'entrée, et moi je découvre toujours de gentilles attentions, comme un café ou un appel pour me proposer une livraison de repas au déjeuner quand il voit que je ne suis toujours pas descendue. On ne s'intéresse pas assez à ces personnes de l'ombre, le plus souvent invisibles, qui peuvent pourtant apporter un rayon de soleil dans nos journées. Je crois que, de façon générale, on ne s'intéresse plus aux autres. Tout va trop vite, trop fort, trop autocentré.

L'ascenseur gravit les multiples étages jusqu'au mien, le dernier. *Le roi règne tout en haut sur ses mendiants d'employés pour avoir toujours un œil sur eux... Pire que l'œil de Sauron.*

Le ding indique mon arrivée et je rejoins presque au pas de course mon bureau, situé en face du sien.

Ce dernier, tout en vitre, laisse apparent mon boss, mais surtout les employés en retard ou la moindre erreur qu'ils pourraient faire. Et Lucas Conrad a des yeux de lynx.

— Vous êtes en retard, mademoiselle Miller, tonne une voix rauque où siffle l'agacement.

— Je vous prie de m'excuser, monsieur Conrad.

— Que s'est-il passé cette fois-ci ? Laissez-moi deviner… un attentat sur la ligne de métro ? Une panne de machine à café ? À moins que le traîneau du Père Noël ne se soit écrasé sur la route alors qu'il faisait les essais pour la grande nuit de l'année ?

Son ton sec n'intime pas l'attitude pince-sans-rire que l'on pourrait espérer. Lucas Conrad se tient derrière son bureau aux courbes modernes en bois brut, le regard impénétrable mais les lèvres pincées. Je m'apprête à trouver un alibi qui tient la route lorsque, d'une main, il me fait un vague signe pour déguerpir.

— Allez travailler, mademoiselle Miller, faites ce pour quoi on vous paie.

Connard imbu.

Ma vie pourrait ressembler à ces histoires que j'aime tant lire, ces romances *enemies to lovers* avec le patron intransigeant et sexy. Et pour être canon, il l'est ! J'ai rarement vu un homme aussi charismatique et séduisant que Lucas Conrad. Son regard gris est aussi perçant qu'il est excitant lorsqu'il se pose sur quelqu'un. De haute stature, dans les un mètre quatre-vingt-dix, il est sportif, et sa carrure mince et musclée est toujours bien mise en valeur dans ses costumes hors de prix. Ses cheveux sont toujours ébouriffés mais contrôlés, comme un saut du lit prémédité. Et ses lèvres, il faut en parler ! Pulpeuses, que l'on a envie de goûter et de savourer comme un bon gâteau au chocolat, surtout avec les fossettes de chaque côté de son visage creusant ses joues dès qu'il sourit. Même si le voir sourire est chose rare. Ce mec est aussi beau qu'il est connard. Toujours à quatre épingles, scrupuleux et perfectionniste, il a cette façon de nous regarder comme un moins-que-rien dès que l'on fait une connerie. Pour autant, je suis sûre qu'il pourrait employer son regard à un contexte bien plus affolant que réduire mon énergie et mon cerveau en bouillie avec ses doléances.

— Vous êtes dans la lune… souffle-t-il. Puis-je savoir ce qui retient vos pensées ?

Piquant un fard avec lesdites pensées, je baragouine un truc incompréhensible et sors fissa de son bureau pour m'installer derrière le mien.

Je pensais que vous êtes diablement sexy et connard, monsieur Conrad, bon je vais bosser, sur ce.

Oui ça passe très bien, c'est clair. Encore amusée de ce qui vient de se passer, j'allume mon ordinateur et la ligne fixe de téléphone, prête à entamer une nouvelle journée. Je dois rédiger le compte rendu de la réunion d'hier concernant le bilan des hôtels de Chicago et la phase d'action qui en découlera.

Plusieurs heures plus tard, je consulte les derniers mails arrivés lorsque l'objet de l'un d'eux m'interpelle. « Merry Christmas Conrad Company. » *C'est quoi ce titre de merde ? J'ai besoin d'un café avant ça, moi.*

Me levant, je me rends à la salle de pause à quelques bureaux de là pour remplir mon mug : tasse spéciale « réunion sans intérêt ». Autant dire qu'elle a été tout à fait du goût de l'Amiral-maintenant-point – oui j'ai une facilité époustouflante à surnommer l'autoritarisme de mon boss – quand j'ai débarqué avec un lundi matin en salle de réunion. Sa grimace était sans équivoque et, en pleine période d'essai, j'ai bien cru devoir récupérer mes affaires à la fin de la journée ; pourtant, il n'est pas revenu dessus, il a fait comme s'il ne l'avait jamais lu.

Le café fumant de ma tasse est brûlant, j'ai beau souffler doucement à la surface, rien n'y fait. Tant pis, je le boirai assise au bureau. Sortant mon portable pour lire ce fameux mail avant de me remettre à travailler, je quitte la salle avec mon café à la main.

« Merry Christmas Conrad Company. »

Je retiens un grognement et commence ma lecture.

Cher(e)s collègues,

Décembre approche à grands pas et, comme chaque année, on célèbre ainsi le mois du partage et du rassemblement.

À cette occasion, préparez-vous, décembre sera chargé de joyeusetés pour préparer les fêtes.

J'ai le plaisir de vous annoncer qu'après Thanksgiving, un sapin majestueux trônera dans le hall d'entrée, puis à notre étage afin de nous plonger doucement dans l'ambiance de Noël.
Parmi les activités du mois, il y aura le vœu de Noël, le Secret Santa, le calendrier de l'Avent hebdomadaire...
Je sais à quel point les fêtes sont importantes pour vous. Sachez que l'entreprise fermera ses portes le 22 décembre et ne les rouvrira qu'après le jour de l'An. Si vous avez des questions concernant l'organisation, adressez-vous à ma secrétaire, Lovie Miller. N'oubliez pas, Lovie's all.
Lucas Conrad

— Bordel de mer…

Si absorbée par ma lecture, je n'ai pas vu l'un de mes collègues de la compta arriver. Lui réglant sa montre, moi pianotant sur mon portable, la collision était inévitable. Le choc est douloureux, mais pas plus que ce que je viens de lire.

En revanche, la brûlure du café sur mon tee-shirt qui commence à s'infiltrer à travers mon soutif et à marquer ma peau, c'est nettement plus dérangeant.

— Oh Lovie ! Je suis désolé ! Rien de cassé ?

— Juste mon ego… râlé-je pour la forme.

Devant sa mine dépitée, je m'empresse toutefois de sourire. Il s'excuse de nouveau mais je l'arrête rapidement, trop sonnée. Je n'ai qu'une envie, poser mon séant sur ma chaise de bureau et relire ce fichu mail. Envisager que ce ne soit pas réel ? Une option enviable. Je trottine presque jusqu'à ladite chaise à roulettes en frottant ma poitrine avec des serviettes en papier pour éponger le café et tenter de faire disparaître la trace sur mon haut camel. Heureusement que mon blazer noir pourra camoufler un peu le tout, mais ce n'est pas glorieux…

— Cette semaine commence mal… murmuré-je.

— Miller, qu'est-ce qui vous arrive ?

En relevant les yeux, je découvre mon boss debout dans l'encadrement de sa porte, les bras croisés sur son buste, le regard pénétrant. Il me contemple de haut en bas avec dédain et constate l'étendue des dégâts.

— On dirait bien que vous avez accompli la demande de votre tee-shirt, se moque-t-il.

Je pourrais presque trouver cet air taquin mignon sur son visage, mais comme c'est de moi qu'il se moque, même pas en rêve ! Ce type m'insupporte. J'ai l'impression qu'il se fout royalement de moi dès qu'il le peut et, hélas, il le peut souvent, vu comme je lui file les munitions !

— Pardon ?

— Votre tee-shirt, répète-t-il en agitant un doigt vers moi.

Je baisse alors les yeux et l'éclair se fait dans mon cerveau. Mon tee-shirt aujourd'hui scande en lettres blanches : « More coffee please ! »

Ma passion des hauts à message et moi… C'est un passe-temps que j'affectionne énormément, les tee-shirts basiques avec un message sur le devant, flagrant ou discret, peu importe tant qu'il en comporte un. Chaque jour, j'en enfile un, parfois cherché avec soin pour convenir à mon *mood* du jour, parfois attrapé au hasard dans ma penderie, comme ce matin. Il semblerait que le hasard fasse bien les choses en ce début de semaine.

Sans s'appesantir davantage sur la conversation, mon boss me signale qu'il a un rendez-vous extérieur et qu'il ne sera de retour que dans l'après-midi. Il m'explique aussi qu'il m'a laissé une petite liste de tâches sur mon bureau. *Comme c'est trop aimable, Amiral-tyrannique.*

Bouchant le passage, je me décale maladroitement, jonglant avec mon portable, ma tasse et son reste de café et mes serviettes.

Il me lance un dernier regard étrange, comme s'il avait envie d'ajouter quelque chose, avant de s'abstenir. Il me semble l'avoir vu lorgner sur ma poitrine moulée par la marque de café. Lucas Conrad me chargeant d'un regard empreint de désir ? J'ai rêvé, ce n'est pas possible. Et il n'est que 11 heures…

En m'asseyant à mon bureau, j'ai le déplaisir de découvrir, avec une écriture rythmée et saccadée – même dans sa calligraphie la virilité de l'Amiral ressort – la liste de ce que je dois faire en plus de ma journée.

1. *Commander un sapin et le faire livrer pour le 1er décembre.*
2. *Appeler Laura Saint-James, la décoratrice, pour qu'elle s'occupe des locaux.*
3. *Trouver des activités pour le Noël de l'entreprise.*

C'est une blague, c'est ça ? Il n'était quand même pas sérieux en disant que son assistante allait gérer Noël. Il m'a prise pour un lutin ou quoi ?!

Lucas Conrad, en plus d'être un boss autoritaire et très canon, vous êtes aussi pourvu d'un humour décapant ! Je ne vais quand même pas avoir à m'occuper des festivités ? Moi qui pensais échapper à Noël cette année… Le destin me rattrape. Enfin, mon boss me rattrape et pas pour le meilleur des moments. Loin de là.

C'est ainsi que j'affronte ce lundi avec peu d'engouement et un professionnalisme à faire peur.

En rentrant le soir chez nous, dans un petit quartier sympa, mais sans plus, et qui a l'avantage d'être abordable niveau prix, je retrouve Alix, meilleure amie et colocataire, dans la cuisine.

— Un verre de vin ?

— Oh oui, j'en ai bien besoin !

— Si rude la journée ?

— Tu n'as pas idée… soufflé-je, dépitée. Où est Judith ?

— Dans son parc, elle câline sa peluche.

— Ça sent la fatigue.

— Il se pourrait bien que j'aie tout misé sur l'épuisement !

Je me marre en me tournant vers le canapé. Enfermée dans son parc mobile au plastique coloré en mauve et en blanc, ma fille est allongée sur le ventre, serrant son doudou favori, une raie en tissu cousue à la main et brodée de son prénom. Ma petite fille, Judith, a fêté ses deux ans.

Déjà plus de vingt-quatre mois qu'elle est entrée dans ma vie comme un tsunami et que depuis aucune journée ne se ressemble. Mon rayon de soleil, mon bébé sourire, ma petite vague.

Quand je suis au boulot, c'est Alix qui la garde grâce à son boulot d'illustratrice free-lance, ça m'évite de trouver et de payer une nounou hors de prix, et clairement ça me sauve la vie. Entre le loyer, les charges perso, Judith et quelques plaisirs, on ne peut pas dire que je roule sur l'or. On s'en sort néanmoins, il suffit de budgétiser et de faire des choix, jamais au détriment de ma fille bien sûr. Lorsque j'ai appris qu'elle s'était nichée au creux de mon corps, je n'aurais jamais cru que ma vie prendrait ce tournant, mais c'est ainsi. Tout ne se passe pas toujours comme prévu.

— Alors cette journée, tu me racontes ?

— Une catastrophe, soufflé-je, épuisée.

— Je vois ça vu la tête de ton tee-shirt.

— Et dis-toi bien que c'est le meilleur moment de la journée…

— Encore l'Amiral-connard ?

Eh oui, Alix a tout autant que moi validé les surnoms que j'adresse dans son dos à mon boss. Celui-ci est de loin son préféré, et l'accoutumance fait qu'il y a moins de variantes de son côté. Mais je me dis que ça lui va bien avec la nouvelle mission qu'il m'a assignée.

— J'ai un nouveau rôle.

— Ça y est, il a enfin vu à quel point t'es une nana bandante ? Il t'a invitée à déjeuner ? Il t'a fait des avances ? Il t'a carrément prise sur son bureau ?

— Calme-toi, Speedy ! me marré-je. Premièrement, j'ai déjà déjeuné avec Conrad.

— Les repas d'affaires, ça ne compte pas, ronchonne-t-elle, sûre d'avoir le dernier mot.

— Ensuite, je n'ai pas eu d'avances et, pour ta gouverne, s'il me prenait sur son bureau comme tu dis, sans même la phase de séduction, ça signifierait que le consentement est mitigé, quand même.

— Donc tu sous-entends que tu veux des avances !

— Alix… on s'égare, là. Puis, il est trop connard pour moi, désolée, pas intéressée. Non, ma nouvelle mission est celle d'être le lutin du Père Noël.

— Le lutin ? Comment ça ? demande-t-elle en portant son verre de vin à ses lèvres, soudain très curieuse.

Je dégaine alors mon portable, preuve à l'appui, en me connectant à mon adresse mail pro. Le tournant vers elle après avoir ouvert le mail criminel, je le lui fais lire. Peu à peu, je vois ses yeux s'écarquiller et son sourire devenir moqueur. Hum, ce n'était pas non plus ce que j'avais prévu. Je voulais du soutien, bon sang, pas encore un peu de taquinerie saupoudrée comme le chocolat amer sur mon cappuccino.

— Oh, la vache ! *Lovie's all.* Il a osé ! Ce type remonte dans mon estime, il a de l'humour, l'Amiral-connard !

— Alix, t'es sérieuse ?!

— Lov', reconnais qu'elle est pas mal du tout. Puis, comme tu vas tout gérer…

— C'est peu de le dire, il m'a déjà fixé une to-do list interminaaaable, dis-je en exagérant sur la prononciation du dernier mot. Acheter un sapin notamment, putain.

— Hep, hep, hep, les lutins du Père Noël sont interdits de gros mots !

Levant un sourcil hautain, je la fixe. Ma meilleure amie se fout de moi et adore ça en plus, à son petit sourire fier. Je déteste Noël, j'ai mes raisons certes, mais je ne le fête plus, et c'est tout aussi bien. Puis, Judith est trop petite pour me demander des comptes sur le sujet et pourquoi on ne le fête pas, ce qui m'arrange.

— Je te lance un défi ! s'exclame-t-elle.

— Je le sens pas… me lamenté-je.

— Lutin Lovie, je te mets au défi de ne pas employer une seule injure et un langage déplacé jusqu'au 25 décembre inclus. Tu peux, en revanche, remplacer ton agacement par des expressions de Noël !

— Bon Dieu, je me suis fait engloutir par une daube de téléfilm de Noël…

Alix rit sans ironie et insiste pour que je participe à son challenge. Elle m'explique dans les grandes lignes que bien que je sois énervée en décembre par toute cette ambiance de fête, en troquant les insultes par des expressions de Noël, je pourrais plus facilement apprécier ce mois et sans doute qu'il passera plus rapidement à mes yeux. Je suis certaine de ne pas avoir l'air d'adhérer, bien au contraire. Je pense que rien que sur mon visage, c'est écrit en capitales : RÉFRACTAIRE. Mais d'un naturel joueur et piquant, si ma meilleure amie me lance un défi, je ne peux qu'accepter. Et ça, elle le sait parfaitement. Alix connaît les armes pour me mener où elle le désire.

— Je marche.

— Tope là ! s'écrie-t-elle comme une gosse, réveillant par la même occasion Judith, qui se met à chouiner dans son parc.

Nous ne sommes pas encore en décembre, pire mois du calendrier, que je sens déjà que celui de cette année sera sans commune mesure avec les autres. Que ça va être long…

2

27 novembre

Driiiiiing, Driiiiiing

Je sors difficilement ma main de ma caverne faite de ma couette douillette et chaude, et je l'abats sur ma table de chevet. Mais elle ne percute rien et la sonnerie stridente continue. Je rouspète intérieurement en sortant désormais la tête. D'un coup d'œil, je découvre l'arme du crime par terre, l'attrape et l'éteins. Il fait sacrément froid quand on n'est pas emmitouflée. Ça promet une nouvelle journée encore frisquette !

J'ai la tête lourde ce matin. Mes yeux sont encore tout collés et je les sens gonflés. Dans à peine quelques minutes, ils finiront par me démanger et me brûler légèrement à force d'être ouverts. Il faut dire que la soirée de la veille n'a pas été facile. Ils ont écoulé des larmes dès que je me suis glissée dans mon lit, et la pénurie n'est pas arrivée tout de suite…

Un petit corps chaud vient se coller un peu plus à mon flanc, et je souris en sentant les petites boucles de cheveux me chatouiller. Des doigts minuscules viennent se frotter à ma peau en une caresse maladroite, et d'un coup mon humeur change et devient bien meilleure. Je me pelotonne contre Judith pour un câlin matinal qui m'apporte la douceur dont j'ai besoin en cette journée qui s'annonce encore froide à tous les niveaux.

Mon boss joue encore l'Amiral-connard et ne cesse de me demander où en est la quête du sapin. Nous sommes jeudi, j'ai officiellement trois jours de retard sur ma mission. Le 1er décembre est lundi, ce qui signifie que le sapin doit être installé et décoré AVANT. Misère à moi. Je dois avouer que je fais tout pour repousser le moment où je vais devoir me coltiner la quête d'un immense sapin en téléphonant aux professionnels. D'ailleurs, pourquoi n'y a-t-il pas un carnet de notes quelque part avec le déroulé ? Mes collègues m'ont assuré que ce n'était pas la première fois, au contraire, du temps du père Conrad, le mois de décembre avait déjà toute son importance ; le fils ne fait donc que perdurer la tradition. Il est où alors ce satané mode d'emploi ?

Au lieu de me faire des cheveux blancs avant l'heure – et accessoirement d'avoir le look capillaire de la conjointe du Père Noël –, je serre mon bébé un peu plus contre moi et me repais de son odeur enfantine. Quand, tout à coup, la porte de ma chambre s'ouvre sur Alix, un cône en carton brillant sur la tête, un sourire à dérider les plus moroses. Entre ses mains, une assiette sur laquelle repose une pâtisserie gourmande et alléchante, une part de cheesecake au coulis de chocolat, ornée d'une bougie.

— Joyeux anniversaire !! Vingt-sept ans un 27 novembre, si ce n'est pas un signe ça, c'est l'année de ta vie, je te le garantis !

Émue par sa douce attention et sa gentillesse, mon regard s'humidifie. Je lui souris bêtement, la gorge trop enrouée d'émotions pour pouvoir parler. Alix s'approche et vient poser ses fesses sur le lit. Judith, désormais pleinement réveillée, se redresse de façon un peu gauche avec le matelas moelleux pour s'asseoir à nos côtés. Elle applaudit et m'encourage à souffler, la mine rayonnante où apparaissent les traces du sommeil.

— Fais un vœu, me souffle mon amie.

Un vœu, oui. Alors dans l'immédiat j'en ai en pagaille, hein, gagner au loto – mais celui-là n'a rien d'original –, que mon boss se fasse avaler ses costards griffés par sa machine à laver, ça lui apprendra à me casser les pieds avec son histoire de sapin, prendre un rendez-vous chez le coiffeur, m'acheter le dernier tee-shirt à message que j'ai repéré, manger mexicain, puis d'autres plus enfouis et secrets…

Mais gâcher un vœu d'anniversaire avec des souhaits aussi futiles, ça n'a rien d'intelligent. Au fond, je sais ce que j'aimerais. Une présence au quotidien. Pas celle qu'Alix m'apporte, même si elle est un tout pour moi, mais j'ai envie de papillons dans le ventre, de battements de cœur plus rapides, de frémir sous des baisers, de sentir une odeur virile. J'ai envie d'une présence masculine à mes côtés. De tomber amoureuse, mais sans tomber et me casser salement la gueule. Avoir un autre adulte appartenant à ma famille…

Si je pouvais m'épargner le cœur, contrairement à la dernière fois…

Je souffle donc ma bougie, ce chiffre 27 qui pourrait symboliser une belle année, comme le dit ma colocataire. Sous les applaudissements des deux nanas qui subliment ma vie, je me lève et leur fais une petite révérence en cette journée spéciale pour moi. Alix prend Ju' dans ses bras et l'emmène vers la cuisine en m'intimant de me préparer et en me précisant qu'elle s'occupe du reste, y compris de me faire couler un café. Cette offre est du pain bénit et je me réfugie sous le jet d'eau chaude de la douche.

Bien que la chaleur de l'eau roulant sur mon corps m'apaise, la douche et l'intimité qui en découle font également remonter la nostalgie. Enfant, je décachetais mes cartes d'anniversaire au petit déjeuner, avant même de boire mon chocolat chaud, ou mon café dès l'adolescence. Aujourd'hui, aucune carte pour me souhaiter un « Très joyeux anniversaire » ne sera déposée à côté de ma tasse et de ma clémentine. L'année dernière non plus, d'ailleurs. Ni même de texto. Certains diraient que j'ai mis le premier pavé de l'absence aux anniversaires, peut-être bien. Je suis celle qui a commencé la prise de distance avec ma famille, alors c'est un retour d'égalité de ne pas en recevoir. Sur ce point, j'en ai totalement conscience. On ne peut pas recevoir si l'on ne donne pas, n'est-ce pas ?

Mon cœur se serre d'avoir été oubliée de ma famille, reniée. Le premier anniversaire a été le plus difficile. L'année dernière, j'ai vu et senti une partie de moi mourir. J'étais en deuil de mon passé, de mon enfance, de mes souvenirs et de ma famille, parce que mes parents n'ont pas su accepter la femme que je devenais… La profonde tristesse et ce sentiment de trahison ne m'ont pas quittée la semaine de mes vingt-six ans. J'ai camouflé cela par des sourires, des blagues pourries et mes sarcasmes tranchants habituels mais, au fond, personne ne pouvait voir cette petite fille au cœur brisé qui pleurait durant chaque douche. Aujourd'hui encore, mes larmes se mêlent à l'eau chaude. Le 27 novembre est devenu une journée bien difficile à surmonter désormais.

Ma famille a toujours été à mes yeux mon pilier, un « cercle » qui m'apportait de la rigueur et de l'autorité c'est vrai, mais aussi de beaux souvenirs, du partage, de l'amour. Tout a éclaté le jour où j'ai décidé d'aimer à mon tour. Quelle ironie cruelle, être reniée pour vouloir aimer une petite vie qui se développe…

Je n'arrive plus à retenir mes sanglots. Pour les autres, je suis stoïque et impassible. S'ils savaient comme j'en ai ras la casquette d'entendre des « Je ne sais pas comment tu fais, je n'y arriverai pas », « Waouh tu es forte quand même, tu encaisses ». J'ai envie de les étrangler avec leurs phrases à la con et de crier au monde : « Mais vous croyez que je m'éclate sur *La croisière s'amuse*, bande de bouffons ? »

Pourtant, les gazouillis de ma petite vague qui me parviennent me réchauffent plus que l'eau. Je sais pour quelle raison j'ai pris cette décision et je ne le regrette pas, même si certaines journées sont plus difficiles que d'autres. Mon cœur se gonfle d'amour lorsque mon regard se pose sur elle, et jamais je ne voudrais modifier mes choix. Revenir en arrière équivaudrait à renoncer à cet être qui est une part de moi.

En retournant dans ma chambre, j'enfile rapidement des sous-vêtements, un jean cintré foncé, une grosse paire de chaussettes molletonnées qui ne se verra pas grâce à mes bottines noires plates, je fouille dans mon armoire à la recherche de mon tee-shirt blanc avec l'inscription « It's my day » sur le côté gauche, puis de mon blazer à motif pied-de-coq noir et blanc. En ouvrant le tiroir de ma coiffeuse, j'en sors un ruban de satin bleu et le noue dans mes cheveux libres.

Lorsque j'arrive dans le salon, ma tasse fumante trône à côté de ma pâtisserie, et mes deux colocs sont assises dans le canapé devant les dessins animés, seul moment où j'accepte que Judith soit devant un écran délibérément.

— Alors prête pour une journée mémorable ? me lance Alix sans même tourner la tête.

C'est à se demander laquelle des deux est la plus alpaguée par le programme. À croire que ma meilleure amie est elle aussi une gamine de deux ans. Tant d'innocence me fait sourire.

— Mémorable, comment ça ? Rassure-moi, tu n'as rien prévu de loufoque et de particulier ?

— Moi ? Enfin, Lovie ! Tu me connais.

— Justement. Alors ? la questionné-je.

— Mais non, juste un repas de sushis ce soir.

Je lui adresse un sourire lorsqu'elle tourne la tête vers moi. J'embrasse Judith et lui fais un gros câlin qui la fait ronchonner car je la détourne de la télévision, puis je m'empresse de récupérer mes clés sur le meuble de l'entrée ainsi que mon sac à main et je me dirige vers le métro.

Le vent est glacial aujourd'hui, et comme il fait sombre avec ces gros nuages qui couvent une journée pluvieuse, les illuminations de la ville sont toujours scintillantes. Pas de doute, Noël est partout. Ça me fatigue, mais soit.

Je passe prendre les beignets de Joe puis, lorsque j'entre dans le hall de l'immeuble, je lui dépose sur son bureau. J'ignore où il est passé, mais il les trouvera à son retour. En arrivant à mon bureau, à l'heure aujourd'hui, je constate que Lucas Conrad n'est pas encore arrivé. Étrange, ce type est un bourreau de travail et passe son temps ici. À croire qu'il arrive qu'il y dorme.

Sur mon ordinateur, est épinglé un Post-it : « Trouvez le sapin, mademoiselle Miller ! »

— Il ne m'a pas oubliée, l'Amiral-tyrannique, soufflé-je.

Lucas Conrad n'a pas pour habitude d'être si conciliant avec ses collaborateurs lorsqu'ils ne suivent pas l'un de ses ordres, alors autant ne pas trop tirer sur la corde. Il faut bien s'y résoudre, je vais être le lutin en chef de cette organisation des festivités de décembre, pour mon plus grand malheur.

Je passe donc l'heure suivante à appeler les pépiniéristes, qui m'expliquent gentiment comme si j'étais une demeurée qu'un sapin géant installé le 1er décembre ne tiendrait jamais le mois et qu'avec les décorations, il s'affaisserait et pourrait rapidement représenter un danger.

— Pu… purée de marrons ! me corrigé-je à la dernière minute, me rappelant le deal fait avec Alix.

— Vous avez dit, mademoiselle ?

— Non, non, rien. Donc pas de sapin.

Je raccroche après les formules de politesse et soupire. Bon, plus qu'à tenter le réseau des décoratrices. La première ne décroche pas, la seconde me houspille et me recale sèchement : « Personne ne s'y prend un 27 novembre, enfin ! C'est quoi ce manque de professionnalisme, vous avez cru que c'était un hobby, Noël ?! »

Hum oui, c'est un hobby pour tous ceux qui ont dépassé l'âge de dix ans. Voire moins.

Comme cette nana insupportable me raccroche au nez, je me saisis du dernier numéro de ma liste en priant ~~le dieu de Noël~~ ma bonne étoile que cette décoratrice soit la bonne. Les tonalités se succèdent autant que mon espoir se réduit considérablement.

— Oui ? Allô ? Mademoiselle Collins, L'esprit des fêtes à votre écoute ! prononce une voix féminine, un peu essoufflée et que l'on dirait surtout surbookée.

— Mademoiselle Miller, je travaille pour la Conrad Company.

— Oh ! Que puis-je faire pour vous ?

Immédiatement, je sens son intérêt pointer. En arrière-plan, j'entends un brouhaha indistinct. Puis, elle chuchote un « Arrête tes bêtises, stp ! » et un « Eh zut ! » qui me font sourire. Cette femme a l'air aussi débordée et naturelle que moi lorsque Judith me cause des soucis. Elle s'excuse en revenant à notre conversation.

— Vous disiez ?

— Je n'ai encore rien dit, dis-je en retenant un gloussement. Mon patron, Lucas Conrad, aimerait décorer les locaux pour tout le mois de décembre. Il faudrait un majestueux arbre de Noël dans le hall de l'immeuble, puis des décorations pour les différents étages de la société.

— Bien sûr, ce serait pour quand ?

— C'est là que ça se corse. Il me faut ça pour lundi. Lundi 1er décembre.

Au téléphone, j'entends un « Mini Collins, je ne te le redirai pas, arrête tes bêtises bon sang de bois, sinon je t'épingle au mur comme ornement de Noël ! » qui me fait m'esclaffer alors que je n'en mène pas large, espérant qu'elle pourra satisfaire ma requête, sinon c'est moi qui vais me retrouver accrochée au mur par mon boss.

— Le 1er décembre, c'est dans quatre jours, vous en avez conscience ?

— Oui… Je sais bien que je m'y prends tardivement. Disons que je suis la nouvelle assistante qui n'avait pas eu le mémo des festivités de sa boîte.

— Je vois.

— Pour être honnête, j'ai clairement repoussé les recherches et appels à aujourd'hui, ma *deadline* personnelle, bien que je ne sois au courant de la gestion de… tout ce binz que depuis lundi.

— Je peux vous demander pourquoi.

— Je déteste Noël, lâché-je comme un couperet, ayant conscience que ça pourrait me porter préjudice. La magie, les paillettes, la cannelle, le monsieur au gros ventre, toutes ces bêtises, ce n'est pas pour moi. Je n'y crois pas à ces trucs, c'est fait pour les gosses. Sauf que voilà, mon patron s'est fait pousser des grelots et joue au Père Noël. Il m'a limite nommée lutin en chef et je dois gérer toute la débâcle liée à Noël. J'ai besoin de vous pour éviter de me faire virer et pour l'installation d'un sapin – que vous devez trouver et qui doit être gigantesque – dans le hall de l'immeuble !

Je reprends ma respiration, essoufflée d'avoir tout déballé aussi précipitamment. Puis, j'attends comme si ma vie en dépendait. Concrètement, c'est un peu ça puisqu'il s'agit de mon job. Je sais à quel point Lucas Conrad est perfectionniste et exigeant avec ses employés et, dans son domaine, il est connu comme l'un des meilleurs, sa réputation n'est plus à faire. Perdre son boulot à un mois de la fin de l'année, ce n'est pas bon. Pas bon du tout pour oser espérer en trouver un rapidement. Alors je fonde tous mes espoirs en Mlle Collins. L'attente me paraît très longue, trop longue pour obtenir une réponse positive. Finalement, elle souffle et, après une nouvelle remontrance au « mini Collins », elle répond :

— O.K. Vous avez l'air d'être à deux doigts de la surdose des fêtes, alors que nous ne sommes même pas en décembre. Je compatis et j'accepte le contrat. Je peux passer demain vers 10 heures si ça vous convient. J'aurai mon book décoratif, je prendrai des photos et les superficies, et tout sera installé vendredi, au plus tard samedi. Lundi matin, les employés de l'entreprise découvriront avec joie, enfin sauf vous, rit-elle, les locaux avec une nouvelle âme.

— C'est parfait ! Enfin pas Noël, vous l'aurez compris.

— Concernant les tarifs… commence-t-elle.

— Aucun souci, le budget n'est pas imposé par M. Conrad, l'enveloppe est assez ouverte. Selon les propositions de décorations que vous lui ferez, il choisira ce qu'il préfère et vous n'aurez plus qu'à vous mettre d'accord sur le prix.

— Bien. Alors à demain, mademoiselle Miller.

— Fort heureusement, ce n'est pas avec moi que le rendez-vous aura lieu !

— Il va vraiment falloir soigner votre problème avec Noël, à Chicago, on adore ça !

Après un ronchonnement de plus de ma part et des politesses échangées, nous raccrochons. En levant les yeux, je lâche un cri de surprise. À quelques pas de moi, je découvre mon boss, en mode l'Amiral-voyeur, les bras croisés sur son buste, adossé contre le mur près de la plante grasse – dont j'ignore le nom. Son regard est pénétrant et pourtant impassible. Il me fixe, immobile.

Merdouille, qu'est-ce que j'ai encore dit ?

Je me fais le film inversé de mes derniers échanges avec mademoiselle Collins lorsque je le vois s'approcher de moi à pas de loup. Sa démarche délicate tranche avec son air autoritaire, et lorsqu'un petit rictus carnassier apparaît au coin de ses lèvres, je me sens subitement comme la biche prise dans les phares d'une voiture. Misère, alors c'est ça que ressentent les proies. Eh bien, ce n'est pas agréable.

En même temps, quel animal se sent bien à l'idée de se faire becter, Lovie ? m'assène ma conscience.

— Bonjour, monsieur Conrad, tenté-je de l'amadouer. Comment allez-vous aujourd'hui ?

— Je ne vous pensais pas ainsi, c'est décevant, mademoiselle Grinchette.

J'écarquille les yeux de surprise. Il vient de faire de l'humour ? Je sonde mon boss, mais il est toujours aussi impassible. Pourtant, ce surnom qu'il vient de m'attribuer résonne bel et bien comme une plaisanterie, voire une taquinerie. Ce qui n'a aucun sens, c'est l'Amiral-connard après tout, pas l'Amiral-sympathique !

— Vous êtes arrivé depuis longtemps ?

Ma voix se casse d'incertitude sur le dernier mot. Et c'est alors que Lucas Conrad révèle son jeu. Ses pupilles se rétrécissent. Il pose ses paumes à plat sur mon bureau et redresse les épaules. Nos positions ont tout de la domination pour lui et de la soumission pour moi. Je suis la biche effrayée qui va être mise à mort quand il revêt les traits et la supériorité du lion. Mon cerveau ne suit plus aucune logique, d'où le rapprochement entre la biche et le lion qui clairement sont deux animaux qui ne se côtoient JAMAIS. Mais je m'égare, encore.

Il me rend fébrile et il s'en réjouit, je le discerne à son attitude autoritaire. Il veut m'impressionner et il y parvient sans mal. Bien que je sois une femme au caractère trempé, à cet instant, je n'en mène pas large.

— Assez pour savoir que vous remettez en question mes grelots, mademoiselle Miller.

— Oh sa… pin de Noël ! m'exclamé-je.

De façon très élégante, j'ai failli lâcher un « sa mère » du fond du cœur, mais j'ai assez déconné pour ma vie entière devant mon patron, alors autant éviter. Je ne sais plus comment agir ni où regarder. Je l'évite, mais il prend tout mon champ de vision avec sa haute stature. Lucas Conrad envahit mon espace, même son odeur s'insuffle partout et me chatouille les narines. Une odeur très agréable de pin, soit dit en passant, mais ça, on s'en fout.

L'Amiral-connard vient de faire référence à ses attributs masculins à cause de moi. Ou grâce à moi ? J'en perds le fil, ce qui est certain néanmoins, c'est qu'il a entendu ma petite phrase à l'adresse de la décoratrice sur la pousse récente de son corps. Je vais me faire virer, c'est sûr. Comment vais-je rattraper cette boulette ?

— Je suis…

— Lovie Miller, vous m'avez habitué à bien plus de répondant, dit-il en se relevant, détachant ses paumes du rebord en bois.

Muette, je le regarde se détourner de moi. Me tournant le dos, il avance vers son bureau avant de lâcher comme une bombe et évidemment sans un regard à mon adresse :

— Sachez que mes grelots étaient performants avant que décembre ne se pointe.

Puis, il referme la porte, seule zone non vitrée de son bureau, derrière lui. Me resserrant au mien, je tente de me mettre au maximum dans l'axe de sa porte afin qu'il ne me voie plus. Serait-il possible même qu'il m'oublie un peu ? Le rouge aux joues, j'ai chaud. Embarras et choc se battent en duel dans mon cerveau. Mon boss se révèle un tantinet joueur et tout dans l'allusion sensuelle.

Bon sang, je sens que ce mois de décembre ne va ressembler à aucun autre.

3

28 novembre

En arrivant au boulot ce matin, je suis anxieuse. Non pas à cause de l'échange étrange que j'ai eu avec mon boss hier, ça je l'ai casé dans la catégorie « faits inexpliqués & inexplicables ». En gros, le fourre-tout de mon cerveau. Non, en réalité, je suis anxieuse quant à la réunion avec la décoratrice puisque, bien évidemment, Conrad a décidé de me convier à l'entretien, qu'il a rebaptisé « Mission Noël ». Beurk, j'en ai la nausée.

Je me presse pour éviter d'être en retard. Lorsque j'arrive, je découvre avec étonnement un somptueux bouquet de roses de couleurs différentes, mais toujours dans des tons pastel. Je m'approche tout en dénouant mon écharpe et en retirant mon manteau. Je pose les deux mains sur ma chaise à roulettes avant d'aller humer les fleurs. Elles sont superbes et sentent divinement bon. Je cherche un mot jusqu'à trouver une petite enveloppe cartonnée blanche. En l'ouvrant, je trouve un message tapé à l'ordinateur.

« Joyeux anniversaire Lovie,

Neige, chocolats & Noël dans quelques jours pour entamer ces vingt-sept ans.

Pardon pour le retard. »

La carte n'est pas signée. Le téléphone sonne et je range rapidement l'enveloppe dans l'un des tiroirs, plaçant le bouquet sur la gauche du bureau avant de décrocher, et de prendre les appels et demandes de rendez-vous pour mon patron.

Vers 10 heures, la décoratrice arrive et je découvre ainsi Zoé Collins. Une charmante blonde au regard noisette et au grand sourire. Elle arbore un pull blanc orné d'un sapin coloré et respire Noël. Je retiens une mine de dégoût face à son pull immonde. Ils se sont tous donné le mot pour parler de pulls moches aujourd'hui ? À la cafétéria, j'ai entendu les manigances de certains collègues pour proposer une élection du pull le plus hideux avant que l'entreprise ne ferme. Non mais franchement. J'ai envie de râler et je ne vais pas me retenir.

En salle de réunion, Lucas Conrad et Zoé Collins ne se lâchent plus. Je suis assez soufflée de contempler l'alchimie des fêtes qui se joue entre eux. Est-ce ça la fameuse magie de Noël ? Ces échanges de regards, difficiles d'ailleurs à qualifier. Il y a de l'intérêt bien sûr, mais j'observe un semblant de sourire sur les lèvres de mon boss. Le mec le plus cynique et autoritaire, toujours professionnel et gardant une distance avec tout le monde, se montre avenant et presque souriant. Ramenez-moi immédiatement par la peau du ~~cul~~ popotin vert l'alien qui l'a échangé ! C'est tout à fait étrange de préférer l'Amiral-connard à l'Amiral-sympathique, mais je suis ~~bizarre~~ extravagante. Et cette extravagance n'est pas à mon goût. Tout en pianotant sur mon clavier d'ordinateur et en rédigeant l'offre demandée par mon patron, je les observe d'un œil torve se lancer des regards doucereux, voire séduits. Et pourquoi je les fixe comme ça ? Franchement, on dirait l'attitude d'une assistante psychopathe. Pourtant, je ne peux m'empêcher d'avoir envie d'être cette petite souris qui voit tout et entend tout, alors que je suis ravie que cette réunion ne m'ait pas été imposée. Un comble. Lorsque Lucas Conrad note quelque chose sur son bloc-notes, il tourne la tête dans ma direction. Prise en flagrant délit de voyeurisme, mademoiselle Miller ! Je l'entends de là. C'est du joli ça de lorgner son boss comme une ~~affamée~~ dingue.

Cependant, relevant le menton, j'ancre mon regard au sien, circonspecte toutefois face à son attitude. Il n'interrompt pas ce jeu qui ne mène à rien, au contraire il le renforce en redressant un sourcil. Zoé Collins continue de papoter, un crayon entre ses lèvres roses et les yeux rivés à son book décoratif débordant d'inspiration « noëlesque ». Mon boss ne se soucie pas d'elle, il n'a d'yeux que pour moi.

Quelle mer... merveille de bûche ! Je me rattrape mentalement avec une expression de saison farfelue. Mes pensées divaguent. Depuis quand se manifestentelles avec autant d'ambiguïté à l'égard de Conrad ? C'est mon employeur, enfin !

Gênée, je baisse le regard. Je préfère battre en retraite que de m'avancer dans ce flou relationnel orchestré par un simple ~~non très séduisant~~ sourire.

Peu de temps après, la porte s'ouvre et je m'empresse de jeter une oreille indiscrète.

— Vous pouvez compter sur moi, monsieur Conrad. Tout sera prêt pour entamer le mois de décembre et je ne relâcherai pas mes efforts tant que ce ne sera pas terminé.

— Votre code couleur est exactement comme je le souhaitais, ainsi que vos inspirations. Je ne doute pas que ce soit parfait. Mademoiselle Miller ?

— Oui, monsieur Conrad ? dis-je en tournant la tête dans leur direction.

— Voyez avec Zoé pour l'acompte que nous lui versons et les derniers détails de placement.

— Sans problème.

— Avez-vous terminé la rédaction de l'offre Grant ? J'en ai besoin au plus tôt.

— Elle est déjà dans votre boîte mail.

— Parfait. Vos compétences rattrapent votre manque d'esprit de Noël, Miller.

Sans rien ajouter, il retourne s'enfermer dans son bureau afin de reprendre le travail. Zoé Collins s'approche de moi, tout sourire.

— Alors c'est vous, Grinchette.

— Carrément… soufflé-je.

— En fait, ce surnom n'est pas de mon fait. J'ai bien perçu votre dégoût de cette fête au téléphone, pouffe-t-elle. Mais Grinchette, vous le devez à votre patron.

— Pardon ? Il a osé m'appeler ainsi devant vous ?

— Je n'aime pas mentir… avoue-t-elle en dansant d'un pied sur l'autre. Mais je ne suis pas persuadée que mon honnêteté soit payante.

Je grogne extérieurement et fulmine de rage à l'intérieur. Ce gros ~~con~~ imbécile mérite son sobriquet d'Amiral-connard ! Dans mon cerveau, c'est l'anarchie et plus que d'ordinaire ! Mes pensées s'agitent et lorsque je cogite, ça prend des airs de brouillon de dissertation, avec des ratures, des modifications, je pense puis je change mes mots. Ce n'est pas pour me vanter, mais mes profs de littérature ont toujours trouvé que j'avais de grandes qualités rédactionnelles. Enfin, j'ai fini assistante, ce n'est pas non plus l'apothéose.

Non mais pour qui il se prend ? Il va voir de quel bois je me chauffe !

— Ce n'est pas contre vous. Mon patron est simplement capable d'être aussi désagréable que le fourrage d'une dinde ! ronchonné-je.

Je l'entends glousser et lorsque nos regards se croisent, j'y lis la même complicité que je peux retrouver avec Alix. Quelque chose me dit que Zoé aussi a eu un patron psychorigide par le passé.

— Et sacrément beau gosse quand même, me confie-t-elle.

Je lève un sourcil et me mordille la lèvre. Son petit sourire semble me dire : « Je sais très bien ce que tu penses, alors balance ! » Pourtant, admettre que l'Amiral-connard a aussi le titre d'Amiral-sexy, ça me fait clairement chi… suer.

— Je ne sais pas, je ne dois pas avoir les lentilles à la bonne vue, dis-je, pleine de mauvaise foi.

— Ah oui ? Le contraire saute aux yeux pourtant.

O.K., on a sympathisé au téléphone mais de là à me juger sur ma capacité à trouver mon patron bel homme ou pas, il ne faut pas abuser non plus. Son sourire avenant me prouve cependant qu'il n'y a aucun préjugé derrière ses mots. Alors je capitule.

— C'est vrai, Lucas Conrad est très bel homme. Mais il s'agit de mon patron, donc j'ignore pourquoi nous avons cette conversation.

— Moi aussi je disais cela, rit-elle, puis mon employeur est devenu mon mari.

— Un vrai happy end !

— De téléfilm de Noël même ! affirme-t-elle sans relever mon ironie.

Je détourne le regard pour cacher la nausée qui monte face à cette idée.

Déviant la conversation vers un terrain plus sain, je prends son RIB afin de mettre en place le virement d'acompte. Zoé, puisqu'elle a insisté pour que je l'appelle par son prénom, m'indique qu'elle reviendra dans l'après-midi avec quelques cartons de décoration pour les locaux. Le sapin arrivera quant à lui demain et elle s'y attellera avec moi – oui parce que mon boss a vraiment cru que j'étais un ~~putain~~ charmant lutin quand je lui ai promis que j'allais prêter main-forte à la décoratrice. Si je ne tenais pas autant à mon boulot, je prendrais mes cliques et mes claques à l'instant même.

Puis, elle me salue, toute guillerette, en remettant bonnet et gants avant de se diriger vers l'ascenseur. Par réflexe, je regarde par la haute fenêtre. Le paysage se charge peu à peu de blanc. La neige tombe à gros flocons, mais se maintient à peine sur les surfaces et la chaussée. Brrr, un frisson me parcourt le corps.

La sonnerie du téléphone fixe me sort de ma léthargie.

— Miller, dans mon bureau.

— L'amabilité lui écorcherait la bouche…

— Je vous entends !

Je me hisse sur mes bottines tout en levant les yeux au ciel. Le but n'était pas qu'il m'entende, mais soit ! Après tout, il a osé être humiliant devant Zoé et je suis prête à lui signifier le fond de ma pensée. Je m'arme donc de mon aplomb habituel lorsque je pénètre dans son bureau. Lucas Conrad, dans son costume élégant, est assis devant son ordinateur, et son regard dur et froid s'en détache pour venir se poser sur moi. J'y décèle cependant un éclat nouveau. Un frisson parcourt mon échine sans que je puisse en expliquer la raison.

— Mademoiselle Miller… commence-t-il, vous m'épatez. Vous avez boudé votre travail toute la semaine, oui « bouder » est le terme enfantin approprié, ne faites pas ces gros yeux, mais vous avez su trouver la décoratrice à temps. À moins que ce ne soit qu'un coup de chance ? m'interroge-t-il, un rictus moqueur au coin des lèvres.

— Le professionnalisme et l'efficacité, monsieur, enfin.

Mon petit sourire hautain et fier ne lui échappe pas. Je joue de ces deux qualités que je viens de lui énoncer, en agitant mon crayon et mon bloc-notes emmenés avec moi.

— Alors de quoi vouliez-vous me parler ? Sachez que, pour ma part, il y a une réclamation.

— Une réclamation ? Vous prenez de nouvelles aises ?

Ce n'est pas l'hôpital qui se fout de la charité, là ? Moi, je prends des aises, et lui alors ?

Toutefois, je garde mon sang-froid. Une argumentation bien menée est une argumentation qui ne subit pas les émotions, mais qui les contrôle. Donc, à moi de jouer.

— Côté aise, avec tout le respect que je vous dois, monsieur Conrad, il me semble que c'est plutôt vous qui en abusez.

Je m'arrête. J'essaie de mesurer l'étendue qu'ont mes propos, mais le visage de mon boss demeure impassible. J'ai déjà outrepassé mes libertés d'employée pourtant, non ? Cela dit, pour l'instant, tout reste dans le sous-entendu et je n'ai rien mentionné d'explicite. Je tiens à mon job, ce n'est pas le moment de me faire virer, tout le monde sait que la période de Noël n'est clairement pas la meilleure pour trouver un job fixe, je ne parle pas des missions saisonnières, bien sûr. Il faut donc que je pèse mes mots tout en affirmant mon mécontentement. Pour une fois, l'Amiral-connard ne me coupe pas, au contraire, d'un geste du poignet il me laisse achever ma pensée.

— Depuis cet été, je ne pense pas avoir fait défaut à l'entreprise. Je fais mes heures et même plus, bon je reconnais que je suis très souvent en retard…

— Avec des excuses toujours plus inventives.

Mais c'est qu'il se moque de moi en plus. Pauvre blini séché !

Je reprends donc, le regard sévère. Lui, sa mine est presque rieuse.

— Je ne vous permets pas de m'humilier devant des collaborateurs, des collègues ou des prestataires.

Soudain, son visage blanchit. Son regard s'ouvre, et l'on dirait qu'il ne s'attendait pas à ce type de réclamation. Il a cru quoi, que je négociais un week-end anticipé ? Des congés plus longs pour les fêtes ? Tout à fait mon genre.

— Mademoiselle Miller, je suis votre patron. Je garde une distance professionnelle avec chacun de mes employés et je n'autoriserai jamais une quelconque humiliation. Si les personnes ne font pas l'affaire, elles sont renvoyées, pas dénigrées.

Le ton utilisé est professoral. Lucas Conrad a repris sa posture de boss autoritaire qui ne tolère pas que l'on s'oppose à lui. Je l'ai déjà observé maintes fois face à des clients en rendez-vous. Il a cette même attitude, celle qui n'accepte pas la contestation. Visiblement, il n'est pas d'avis d'accepter mes dires. On dirait même qu'il ne sait pas de quoi je parle.

Il ne peut pas avoir si vite oublié le surnom désobligeant qu'il m'a attribué, si ?

— Alors, Grinchette n'est pas inappropriée pour parler de son assistante ?

La lumière se fait dans son cerveau. Sa main droite vient caresser sa joue dépourvue de barbe. Il réfléchit à sa réponse. Ma colère, elle, commence à se terrer devant l'admiration que j'éprouve en suivant ses gestes. Pathétique.

Je ne pouvais pas avoir un patron laid comme un pou ? Non, parce que bien qu'il soit capable d'être odieusement insupportable, il est quand même très bel homme, Zoé Collins n'a pas tort.

Ses lèvres remuent et me sortent de ma contemplation.

— Vous le niez ?

— Quoi donc ?

— Que vous êtes la version féminine du Grinch dans cette entreprise.

Il me teste. Je ne vois que ça. Pourquoi la raison le pousserait-elle à aller dans ce sens plutôt que de présenter des excuses ?

Faut être sacrément fourré du ciboulot, comme la dinde !

— Je n'aime pas Noël, où est donc le mal ? Cela n'autorise personne à être désagréable.

— Mme Collins m'a fait part de votre dégoût des fêtes, que j'avais déjà pu remarquer, mais je ne présageais pas que ce soit aussi puissant.

— Et alors ? Ça crée une forme de défi chez vous ? Vous allez me bassiner avec ces conneries de magie de Noël, vous aussi ? Parce que j'ai déjà assez de ma colocataire et de l'ambiance de Chicago.

— Vous avez le statut de premier lutin de l'entreprise, mademoiselle Miller, c'est un rôle à prendre à cœur, glisse-t-il cette fois avec un vrai sourire.

Il s'agit de la toute première fois que je l'observe vraiment sourire. Avec sincérité et un profond amusement. Et bon sang, ça me remue. Sa dentition blanche comme la neige ? Ses lèvres fines qui s'entrouvrent non pas pour émettre des paroles insupportables – quoiqu'il me rappelle que je suis lutin ? Son regard pétillant de plaisanterie ? Les pattes-d'oie au coin des yeux qui me font imaginer les nombreuses fois où il a pu rire et sourire ? Je dois bien dire que là, tout de suite, se tient devant moi l'Amiral-sexy. Personne d'autre.

Lovie, stoppe tout.

— Vous êtes mon supérieur, j'accomplirai mon travail, y compris votre satanée idée de lutin en chef.

Alors que j'attends sa réponse, son téléphone sonne, et il s'en saisit en détournant le regard de ma personne. Il décroche au moment où je tourne le dos pour retourner à mon propre bureau. Ce n'est pas que notre conversation est terminée, mais mon boulot ne va pas s'abattre tout seul. Lorsque je dépasse le pas de la porte, je l'entends souffler :

— Un professionnalisme à toute épreuve, vous ne resterez pas longtemps une Grinchette, promis.

Incertaine, je lui jette un regard interrogateur, mais il a repris sa conversation téléphonique comme si de rien n'était. La touche muette du portable est une sacrée invention ! Je le fixe profondément sans rien ajouter quand je le vois changer d'émotions. Son visage, tantôt sérieux, se relâche lorsqu'il me souffle une dernière fois avant de reprendre sa conversation :

— Jolies fleurs sur votre bureau !

4

1er décembre

Ce matin, j'ai besoin d'un café bien noir. Bien brûlant. Histoire de m'anesthésier le gosier et d'oublier que l'on entame officiellement le pire mois de l'année. Décembre et son lot de paillettes, de rêves et d'éclats de rire commence. Pour moi, c'est davantage le mois des rêves brisés, des abandons familiaux, des retours de nostalgie douloureuse et des souvenirs enfouis. Mais, de mon avis, tout le monde s'en fiche. Y compris Alix, qui a décidé d'offrir un calendrier de l'Avent à Judith, parce que « le chocolat est le meilleur remède à tout dans la vie, alors quelle merveilleuse addiction peut-on avoir en décembre mis à part celle-ci ? ».

« Aucune addiction », ma réponse n'a pas semblé lui convenir. Judith, assise à côté de ma colocataire, dévore donc son petit traîneau en chocolat – un carré ce n'était pas suffisant, il fallait évidemment lui filer une forme débile liée à cette fête – en s'en mettant partout entre les doigts et autour de la bouche.

À son tour, Alix ouvre la première case de ses propres calendriers. Un au chocolat – elle était sérieuse sur l'addiction. Un de thés et un dernier de produits de beauté.

— Alors, ça donne quoi ?

— Tu t'intéresses réellement à mes calendriers de l'Avent ?

— C'est histoire de faire la conversation avant de vous quitter.

— Un chocolat en forme de cloche, un thé à la cannelle et un baume pour le corps odeur cerise.

— Sympa.

Dans le fond, je n'éprouve aucun intérêt, mais je sais comme ma meilleure amie a à cœur ses souvenirs d'enfance et l'ouverture des cases quotidiennes et matinales. J'essaie de ne pas lui gâcher son plaisir. Il fut un temps où j'ouvrais également tous les jours une case. Chaque année, mon calendrier de l'Avent était mon dernier cadeau d'anniversaire offert par mes parents. Née quelques jours avant décembre, ça tombait sous le sens. Les années n'ont jamais fait cesser cette tradition et, à vingt-sept ans aujourd'hui, ce n'est que le second hiver sans mes petites gourmandises.

— Tu aurais pu craquer aussi.

— Tu sais bien que ça remonte trop de choses, Alix.

— Le chocolat, ça ne fait monter que les chiffres sur la balance ! me corrige-t-elle en mâchouillant ledit criminel alors que je pouffe.

— C'est exactement ça ! Je surveille ma ligne ! Le

petit ventre de grossesse ne va pas disparaître à coups de douceur chocolatée !

— Comme si tu avais besoin de faire attention, tu es très jolie.

— Ne lève pas les yeux au ciel, j'ai toujours mes cinq kilos en trop et plus du tout de tonicité.

Tout à coup, je vois ma meilleure amie se lever et se dresser face à moi. Son doigt tendu dans ma direction, elle déclare vivement :

— Lovie Miller. Dois-je te rappeler que tu as pris seulement huit kilos durant la grossesse ? Que tu en as perdu quinze dès le premier mois ? Tu me les sors d'où tes pseudo-kilos récalcitrants ? Ton corps a changé, je te crois, mais je crois surtout que c'est la perception de toi-même qui a changé. Accepte la femme merveilleuse que tu es. Ma Lovie, tu es une femme, une artiste, une amie, une sœur de cœur, une mère formidable, et je ne peux décrire à quel point je t'aime et à quel point je suis fière d'être dans ta vie depuis si longtemps maintenant.

L'émotion me noue la gorge et je sens les trémolos arriver en force alors que j'essaie de m'exprimer. Alix connaît tout de moi, mon passé, mes envies, ma passion secrète pour l'écriture, mes pensées sombres comme les lumineuses. J'essaie de la remercier, mais elle me coupe :

— Je sais que ce mois a un petit goût amer pour toi, mais sache que la famille que tu as choisie est toujours avec toi. Aime-toi comme je t'aime, Lov'. Profite des petits bonheurs du quotidien, comme ces fleurs sur ton bureau par exemple !

— Je vais essayer, promets-je, la voix enrouée et le regard humide. Mais ne me parle pas de ce bouquet anonyme, tu sais ce que j'en pense, ronchonné-je.

Je ne suis pas très câline et le contact avec les autres n'est pas d'une facilité naturelle pour moi, mais je ne peux m'empêcher de la serrer contre moi. Elle est toujours là en effet et je lui dois tant.

Je renifle dans son cou en la remerciant quand elle m'engueule :

— Maintenant, bouge-toi, tu vas encore être en retard et tu auras mérité ton surnom de Grinchette en arrivant à la bourre un 1er décembre !

Je lui souris tout en bougonnant pour la forme avant de me diriger vers Judith, que je débarbouille avec une serviette chipée sur le plan de travail de la cuisine. Puis, je la serre fort dans mes bras et l'embrasse sur les deux joues.

— À ce soir, ma petite vague, je t'aime.

***

— Non d'un petit bonhomme en pain d'épices.

Bordel de nouille !

J'étais à l'heure, mais je vais être en retard puisque cela doit faire presque dix minutes que je stagne dans le hall de l'immeuble. Du coin de l'œil, je vois le concierge, Joe, qui s'amuse de mon comportement. Il doit sans doute penser que j'ai l'attitude d'une enfant émerveillée. *Pas du tout !*

C'est même complètement l'inverse.

Zoé Collins est efficace, on ne peut pas dire le contraire. Elle a dégoté, en si peu de temps, un sapin gigantesque et au réalisme surprenant ! En m'approchant, j'ai pu observer les branches dont les aiguilles sont rigides, et on s'attendrait presque à sentir l'odeur de l'épicéa.

Il doit mesurer dans les trois mètres, peut-être plus, je ne suis pas douée pour les ordres de grandeur. À son sommet, brille une étoile dorée et lumineuse recouverte de paillettes. L'arbre est quant à lui paré de rouge, de blanc et d'or. Des guirlandes lumineuses serpentent sur toute sa largeur, du pied au sommet, presque. Les boules et décorations ont été soigneusement choisies : des casse-noisettes, des cadeaux, des boules en verre ou en bois, des étoiles… Un mélange harmonieux pour un sapin à la fois traditionnel et élégant. Il ne fait pas enfantin, mais conserve malgré tout la magie de Noël pour les adultes. *Enfin, pour ceux qui y adhèrent*, me repris-je mentalement.

Force est de constater, toutefois, que le travail accompli en quelques jours a été pharaonique. En quittant les locaux vendredi, les premières touches prenaient forme à notre étage, mais rien d'aussi gigantesque.

— Vous aimez ?

Tournant la tête sur ma droite, je découvre Lucas Conrad, dans un sempiternel costume Armani sombre, sa pochette en cuir à la main. Me dominant de sa taille d'une bonne tête et demie, il admire l'œuvre de sa prestataire, le regard illuminé. Il ne m'observe pas, mais tout dans sa stature sérieuse et légèrement tendue m'indique qu'il attend ma réponse et que cette dernière revêt une certaine importance.

— Non.

Son regard se braque alors sur moi et me sonde. Il coulisse de mon regard au reste de mon corps.

Il cherche quoi ? Un pull de Noël ? De la fausse neige dans mes cheveux ? Des boucles d'oreilles renne ? Pire, des paillettes en forme d'étoile ?

À la place, il ne peut qu'observer un jean gris ajusté, un tee-shirt « Merry fucking Christmas » – oui, oui j'ai osé –, un blazer noir et mon manteau ainsi que mon écharpe beige que je tiens entre mes mains. Sur ma tête, il reste encore mon bonnet de la même couleur ainsi qu'un ruban gris, qu'il ne peut pas voir, noué dans mes cheveux. Aux pieds, je porte une paire de No Name vert foncé. Je n'arrive pas à enfiler autre chose que mes baskets, malgré le froid, et clairement je bénis les deux maxi paires de chaussettes qui s'y glissent dessous.

Je suis vêtue simplement, sobrement. Lucas Conrad est quant à lui époustouflant sans rien faire, juste en portant un costume. Il est l'un des hommes les plus beaux à la ronde et il doit en avoir conscience, à n'en pas douter. Il dégage une telle assurance que ça en file le vertige.

— Alors ce sapin, demande-t-il de nouveau, vraiment si laid que ça ?

— Non. Je suis sûre qu'il est parfait pour tous les accros de téléfilms nunuches.

Il se redresse un peu plus et me fixe en me donnant l'impression d'être une toute petite souris prise au piège. Sa voix chaude et profonde reprend :

— Il va y avoir du travail pour obtenir le diplôme de Noël.

— Mais qui a dit que je voulais l'obtenir ? C'est le genre de truc aussi inutile que le bac ? Je pourrais juste passer à l'étape suivante ?

— Comment faites-vous, mademoiselle Miller ?

— Pour être une bouffée de bonne humeur dès le matin ? dis-je d'un ton sarcastique en jetant un œil à l'arbre de Noël. Le secret, c'est la déception.

Mon boss décide de ne pas renchérir et préfère lâcher un autoritaire « Vous avez du boulot et vous êtes en retard » avant de se diriger à grandes enjambées vers l'ascenseur. Il a volontairement plombé l'ambiance. Je dois avoir dit un truc de trop qui n'a pas plu à ce cher Amiral-connard.

Je grogne intérieurement. Je n'aurais pas été en retard s'il n'avait pas foutu un arbre artificiel au milieu du hall de l'immeuble. Comme si ça pouvait plaire à quelqu'un…

Ah bah si.

De l'ascenseur, je constate que bon nombre d'employés s'arrêtent dans leur lancée pour l'admirer.

Zoé Collins a fait du bon boulot, c'est certain. Moi, je vais vomir si je reste ici plus longtemps.

À peine une heure plus tard, je pénètre dans la salle de réunion, un café à la main et mon bloc-notes contre mon buste, maintenu par mon bras. Lucas Conrad a réuni presque tout le personnel. Je reconnais sans mal tous les services. Communication. Finances. Marketing. Juridique. Décoration. Développement durable. Construction. Et tutti quanti.

Ça en fait du monde à ignorer la raison de notre attroupement. C'est bien la première fois qu'il n'y a pas d'ordre du jour.

— Bonjour à tous ! J'espère que vous êtes prêts à attaquer le travail immense qui nous attend ce dernier mois. Avec les deux contrats que l'entreprise vient de signer, nous n'allons pas chômer et j'attends le plus grand investissement de votre part. Nous savourerons nos congés, je peux vous l'assurer !

Que je donne le meilleur de moi-même ou pas, je vais savourer de ne pas bosser, promis l'Amiral...

D'une oreille, j'écoute ainsi mon patron parler des différentes tâches qui nous incombent avant la libération annuelle. Je suis efficace dans mon job et je sais parfaitement ce que je dois faire, dont m'occuper de ses rendez-vous. D'ailleurs, ce midi, il a pris une longue pause-déjeuner et m'a demandé de réserver dans un restaurant plutôt intimiste, voire romantique. Un rencard avec une femme ? Certainement.

Ce n'est pas sa mère qu'on emmène dans ce genre d'endroit, ou alors bonjour le sacré complexe d'Œdipe !

J'essaie d'imaginer son genre de femmes. Voyons voir… Il doit aimer les blondes, les magazines le montrent souvent accompagné de mon opposé capillaire. Elles sont toujours incroyablement élégantes, au corps de malade, mais comme je les imagine se nourrir exclusivement de feuilles de salade, à l'instar des tortues, rien de surprenant.

Désolée, la taille zéro n'est pas une taille chez moi. Les standards de beauté commencent à évoluer, mais ils ont encore la peau dure.

— Mademoiselle Miller ?

— Euh… oui.

Je me redresse et tente de camoufler mon manque d'attention.

— J'étais en train de dire que nous sommes le 1er décembre.

— En effet.

Je ne vois pas où il veut en venir. Je connais la date, merci, mais de quoi pouvait-il bien parler il y a quelques minutes ? J'aurais dû écouter… Quand mes enseignants notaient « souvent dans la lune » sur mes bulletins, j'aurais dû comprendre que cela me poursuivrait à l'âge adulte.

— Nous avons donc le plaisir, enchaîne-t-il à la cantonade, de vous annoncer que le calendrier de l'Avent de l'entreprise débute aujourd'hui ! Mlle Miller en a la charge. Chaque jour, vous pourrez participer, et le gagnant sera annoncé le lendemain à 16 heures sur le tableau mis à disposition dans le couloir principal, à côté du sapin et de l'urne de participation.

Oh pu... rée de châtaigne ! Il me l'a fait à l'envers, encore une fois ! Mais c'est quoi son délire de lutin ?!

On n'a jamais évoqué un calendrier, d'ailleurs. J'avais la charge de trouver des activités à mener ce mois-ci et j'ai soigneusement évincé celle-là. Et pour cause. Le rappel cucul du décompte des jours pour célébrer l'arrivée d'un mec barbu qui a trop mangé à la cantine et qui se complaît à distribuer ~~de l'espoir~~ des mensonges aux naïfs de ce monde alors qu'il n'existe même pas, très peu pour moi.

En plus, faut que je me coltine l'organisation dont tous parlent autour de moi à présent. Quel merdier.

— Lovie, quels seront les lots ?

— Euh… ce sera la surprise chaque jour ! Je ne peux rien dévoiler avant !

— Que se passe-t-il si un nom qui a déjà gagné est tiré une autre fois ?

— On peut encore participer le lendemain matin ou c'est trop tard ?

— Qui tirera au sort ? Toi ?

J'ai envie de crier « stop ! », mais je ne peux pas. Du coin de l'œil, je vois parfaitement l'Amiral-connard se réjouir de la mauvaise situation dans laquelle il m'a fourrée. J'ai envie de l'étrangler avec les lacets de mes baskets. Il l'a fait exprès, c'est certain, vu ce petit sourire goguenard qu'il ne parvient pas à masquer.

Le diplôme de Noël, hein. Je t'en collerai moi, de l'esprit de Noël. Ce qui est certain, c'est qu'il a déjà décroché son diplôme de « super connard », et haut la main !

Avec une pirouette verbale, je réussis à me défaire de mes collègues pour retourner à mon bureau, au pas de course, talonnée par Conrad. Lorsque je suis presque arrivée, je l'entends m'interroger dans mon dos :

— Alors, quel est le lot du jour ?

Je me retourne brusquement et le pointe de mon index. Mon regard se veut sombre, et j'espère bien que l'énervement que je ressens se lit distinctement sur mon visage. Son odeur boisée me fouette les narines, et c'est une sensation agréable à tel point qu'elle m'irrite grandement. Je suis en colère, pas en pâmoison bon sang. *Lovie, reprends tes esprits ! Et pas ceux de Noël !*

— Vous l'avez fait volontairement. Vous êtes un…

— Un ? Je suis tout ouïe, mademoiselle Miller.

— Père Noël démoniaque.

Cet idiot se marre sans gêne devant mon regard noir qui ne lui fait ni chaud ni froid.

Courroucée, je croise les bras sur mon buste et lui lance mon regard le plus sombre. Si je pouvais le flageller à coups d'éclairs, je le ferais. Déjà que j'appréhendais le mois de décembre, il me le rend encore plus insoutenable. Je suis en enfer, celui pavé de chants de Noël, de fausse neige, de rouge et de paillettes. Mon enfer personnel, en d'autres termes.

— Vous savez, cette position n'est pas vraiment autoritaire chez vous.

— Et pourquoi donc, monsieur Conrad ? Parce que je ne suis pas un homme ? Que je ne mesure pas un mètre quatre-vingts comme vous ?

Cette fois-ci, il ne se marre pas, mais un rictus narquois s'accroche à ses lèvres. Je m'attends au pire, comme si j'avais éveillé chez lui le diablotin qui sommeille ~~souvent~~ rarement.

— Je mesure un mètre quatre-vingt-huit, mademoiselle Miller, et cette posture n'affirme pas votre autorité non pas parce que vous n'êtes pas un homme, mais parce que les hommes vous regardent justement… dit-il en baissant le regard et en l'appuyant sur ma poitrine.

Alors comme ça, on vire Amiral-voyeur ! C'est du joli !

Immédiatement, je relâche ma posture et le regarde, outrée. Je ne sais pas ce qui me surprend le plus, que mon patron ait lorgné mes seins, ou qu'il exprime à voix haute que d'autres le font et qu'il vaut mieux que j'évite de me tenir ainsi. C'est vrai qu'avec la grossesse, mon soutif a carrément changé, j'ai pris quatre tailles de bonnet ! Si, si c'est possible ! Alors même si, au départ, j'étais heureuse de voir mon B augmenter, il faut dire que vivre aujourd'hui avec un F, c'est plutôt difficile à assumer de prime abord. On m'a parlé de maturation de la poitrine, de glandes mammaires, etc. Franchement, la seule réalité que je comprenne, c'est celle que je vois dans mon reflet chaque jour depuis un peu plus de deux ans. Celle que je fuis et qui me met mal à l'aise. Accepter son corps, même si c'est à la mode, n'est pas aisé, et la relation que j'entretiens avec lui est difficile. La grossesse change un corps, bonjour l'apparition de la poitrine XXL, des vergetures, du ventre mou, de la plus forte pilosité… Non vraiment, une période magique hein, un véritable enfer de restrictions, selon mon avis.

Lucas Conrad a toujours le regard frôlant mon corps, et je ne peux empêcher un raclement de gorge avant d'énoncer, narquoise :

— N'oubliez pas votre déjeuner intime avec Mlle Davis.

Je le vois perdre la face une légère seconde avant de se reprendre. Cet homme est maître dans l'art du contrôle de soi, mais c'est un plaisir que je ne vais pas bouder de le désarçonner. En me retournant, je franchis les derniers mètres me séparant de mon espace de travail.

Sur mon bureau, je découvre une boîte cartonnée de grande dimension contenant des boîtes plus petites, mais de différentes tailles et de différents coloris. Sur chacune d'elles, un nombre allant de 1 à 24.

Oh non ! Mais qui a bien pu m'offrir un satané calendrier de l'Avent ? C'est une blague !

Mon premier réflexe est de me tourner vers mon patron et de lui jeter un regard interrogateur. Sans un mot, il redresse les mains et m'indique que ce n'est pas lui. *En même temps, pourquoi mon patron me ferait-il des présents jusqu'à Noël ? Ce serait déplacé.* Cependant, il s'approche de mon bureau, ~~et de moi~~ sans doute poussé par la curiosité. C'est vrai, qui offrirait un calendrier pour compter les jours jusqu'à la veille de Noël à une Grinchette ?

À côté de la boîte, une enveloppe est posée, que je m'empresse de décacheter.

Alix. Je vais te faire la peau.

Je reconnais instantanément son écriture ronde et désordonnée. Ma meilleure amie est à l'origine de ce calendrier. Et moi qui n'avais rien vu venir, malgré notre conversation matinale.

« Ma Lovie,

Voici des petits présents dans ce calendrier *home made*, un pour chaque jour, tu connais la règle !

Je sais que tu refuses en bloc Noël depuis l'abandon que tu as vécu, mais ce n'est plus possible. Cette fête est magique et, à tes yeux, elle a toujours été unique. Chaque année, il s'agissait d'un moment à part. Tu as perdu la flamme, mais grâce à moi l'esprit de Noël va revenir !

À l'intérieur, tu découvriras des cadeaux matériels, des gourmandises en tout genre et des présents abstraits, afin de correspondre à chaque facette de ta personnalité fantastique !

Tu vas certainement vouloir m'égorger ce soir en rentrant, mais je te fais ton plat préféré pour me faire pardonner !

On t'embrasse avec Ju' ! »

Je suis partagée. Alix me touche par ses efforts et sa gentillesse, mais elle sait que je ne veux pas m'enivrer de nostalgie, de tristesse et de regrets. Pourtant, cette période ne fait que remonter cela en moi.

C'est si difficile de savoir où positionner le curseur dans mes émotions. Ma boussole interne s'affole et tourne sans cesse. Serait-ce un rêve à la *Inception* ? Je ne crois pas hélas, c'est bel et bien ma réalité.

— Vous n'ouvrez pas la première case ?

— À croire que vous êtes encore plus pressé que moi, monsieur Conrad !

— À n'en pas douter ! Je suis même très curieux de savoir ce que votre amie vous offre !

— En plus, vous lisez mon courrier ! dis-je, agacée.

— La taille, mademoiselle Miller. Avec mes vingt centimètres de plus, il est aisé de voir par-dessus votre épaule. Tout est une question de taille.

Il ne manque vraiment pas d'air. Je l'observe. Il a ce regard mutin de l'enfant prêt à mentir pour continuer sa bêtise.

— Sans le vouloir, bien sûr.

— Bien sûr, répète-t-il avec un sourire faux et moqueur.

Finalement poussée moi aussi par la curiosité, je me saisis du premier paquet, emballé dans un joli papier avec des flocons de neige. Un autocollant indique « Toujours protéger sa vie active ». Qu'est-ce qu'elle a voulu dire par là ?

En déchirant le papier, je comprends bien vite. Mes joues se fardent de rouge. Le calendrier commence sur les chapeaux de roues. 1er décembre, une boîte de préservatifs.

Mon Dieu, Alix ! Tu ne sais pas ce qui t'attend !

Quand elle va savoir que j'ai découvert dans la première case des capotes devant mon boss, elle va être prise d'un fou rire. Et moi, quelle explication je peux bien fournir là ? Pour qui va-t-il me prendre ? Oh et puis merde, peu importe ce que je fais de mes fesses après tout, ça n'enlève pas mon professionnalisme. De plus, venant de celui qui s'envoie des nanas sur sa pause-déjeuner, je n'ai pas de morale à recevoir…

— Je ne vous pensais pas si « active », me lance sans gêne mon patron, d'une voix plus rauque que d'ordinaire.

— Je ne le suis pas, réponds-je, tranchante.

— Ah ? C'est dommage pour vous.

Oh bon sang, je ne sais plus comment me dépêtrer de cette situation. Découvrir une boîte de capotes saveur champagne – comme s'il avait fallu qu'elle sélectionne un type particulier au lieu de prendre le pack standard – devant mon patron me donne des airs de femme facile à la sexualité endiablée, ce qui n'est clairement pas le cas. Je n'ai pas fait l'amour depuis deux ans. Dans mon vagin, c'est aussi sec que le désert de Gobie, alors c'est une bien fausse image qu'il va avoir de son assistante. En même temps, le corriger sur mes activités me donne maintenant l'air d'une nonne ayant fait vœu de chasteté, super. J'ignore ce qui est le mieux. Que ma vie sexuelle ne soit pas mise sur le tapis comme une super star à cet instant, sans doute.

— Votre amie a raison, il faut sortir couvert. C'est… prévenant de sa part.

Le regard de Lucas Conrad brille d'espièglerie. Ce jeu du chat et de la souris l'amuse beaucoup. Je me défends et rétorque systématiquement, faisant de moi un adversaire plus coriace que ses autres employés, en général.

— Prenez-les, ça peut vous être utile pour le dessert, dis-je en lui tendant la boîte avec un grand sourire chargé de sous-entendus.

— Ce n'est pas ma taille, affirme-t-il avant de se détourner d'un pas nonchalant pour atteindre son bureau. Tout est une question de taille, comme je le disais… lance-t-il par-dessus son épaule avant de refermer sa porte.

Quoi ? Il vient de se passer quoi ?

Je reste scotchée. Alors comme ça l'Amiral-connard est pourvu d'un spécimen taillé en XL ? Et comment suis-je parvenue à être au courant ? Cette conversation m'a envoyée en orbite ? Mon patron s'est fait kidnapper par des aliens ?

Mon Dieu, en plus de me mettre dans une position délicate, ma meilleure amie m'a offert un cadeau empoisonné. Je le sens, je vais morfler en décembre, et le mois ne fait que commencer…

5

5 décembre

Déjà quatre jours que je supporte l'ambiance festive de Noël. C'est interminable. La charge qui m'incombe du calendrier de l'Avent de l'entreprise est l'idée ~~désespérante~~ parfaite pour ne pas accomplir mes tâches d'assistante, et franchement je préfèrerais crouler sous le boulot que de me farcir le calendrier. Chaque jour, à 16 heures, je tire au sort l'un des participants et inscris la victoire avant de vider l'urne pour le prochain jour.

Il a fallu trouver 24 lots, le 1er décembre bien sûr, et ça n'a pas été une mince affaire, mais j'ai eu la fierté de tous les lister le soir même. Mon patron a paru surpris, mais qu'est-ce qu'il croit ? Je peux me sortir de bien des situations. En parlant de ça… Aucun de nous deux n'a fait de rappel sur le petit écart de conversation causé par le calendrier d'Alix. La boîte de préservatifs a fini dans mon sac à main pour cacher la coupable de ma gêne ~~et doit d'ailleurs encore s'y trouver~~. Je suis cependant persuadée qu'elle lui aurait été et serait toujours plus utile à lui qu'à moi. Il n'y avait qu'à voir ses cheveux ébouriffés, et sa cravate légèrement dénouée et décalée à la suite de son déjeuner avec

Mlle Davis. Lucas Conrad venait de s'envoyer en l'air et son dessert avait été épicé. Évidemment, j'ai fait comme si de rien n'était, mais je doute de l'avoir convaincu avec mes petits sourires qui en disaient long malgré tout. La discrétion n'est pas ma plus grande qualité.

— Miller ? À quoi vous rêvez ?

— À vous.

Eh mince ! Je suis incapable de retenir ma langue et mon cerveau en même temps. J'ai moins de filtres que les jeunes, aujourd'hui !

Mon patron se tient de l'autre côté de mon bureau avec un air curieux. Il pose le plat de ses mains sur la surface froide du bois et approche son visage du mien. Sa présence happe tout mon oxygène, subitement. Il sent l'herbe fraîchement coupée. Son regard gris me contemple. L'idée de me sentir spéciale sous son regard pourrait me venir mais, ne déconnons pas, il s'agit de l'Amiral-connard, pas d'un rencard Tinder.

— Et que fais-je dans vos rêves ?

— Tant de choses… réponds-je sur une voix que je veux sensuelle.

C'est alors qu'il se passe quelque chose que je ne peux pas expliquer. Sa proximité, au lieu de me mettre mal à l'aise, m'excite l'épiderme. Mon souffle ralentit, comme anticipant ce qui pourrait advenir. La main de Lucas se lève et s'approche de mes boucles brunes pour en caresser une. Il glisse son index au milieu d'une mèche et joue avec elle comme on le fait lorsqu'on est enfant.

— Fais-je cela dans ton rêve, Lovie ?

Son index caresse ma mâchoire comme un fait involontaire, mais ce n'est de toute évidence pas le cas. Le vouvoiement n'est plus de rigueur et mon épine dorsale en frissonne. Mon prénom entre ses lèvres est si agréable à entendre, comme une douce mélopée. Il m'a tutoyée et j'enrage que cela me fasse tant d'effet. À quoi joue-t-il ? Lucas Conrad est mon patron, pas un éventuel prétendant. Les hommes, c'est fini ! C'était la promesse que je me suis faite et là… me voilà dans le même état qu'une ado sous hormones devant le maître-nageur. ~~Emoustillée~~. PI-TOY-ABLE.

— Ou ceci ?

Il joint à sa demande un rapprochement de son corps. Son torse rencontre presque ma poitrine, malgré le bureau nous séparant. J'ai chaud. Lui aussi non ? Mon cerveau est embrouillé par les sensations que Lucas y fait naître, et je me sens audacieuse, voire provocatrice.

— Vous êtes toujours aussi sexy avec vos assistantes ?

Tout à coup, son attitude change. Son visage reprend sa contenance et son hermétisme habituels. Il se redresse et son regard, quelques secondes auparavant si marqué par le désir, est maintenant d'une froideur sans nom. L'Amiral-connard a repris les rênes et réajuste sa veste de costume. D'un ton implacable, il s'exprime :

— Qu'est-ce que vous croyez au juste ? Vous êtes mon assistante, mademoiselle Miller, et je venais vous faire savoir que vous êtes conviée ce soir au dîner professionnel pour le contrat Harris. J'ai besoin que vous soyez là. Pas que vous rêviez de moi, me lance-t-il comme pique.

Sa façon de me parler me fait me sentir toute petite. Je ne l'ai pas rêvé, cet étrange rapprochement entre nous. Il souffle le chaud et le froid comme s'il était le maître de ce jeu malsain. Même si ce n'est pas faux puisqu'il l'a initié, ça m'exaspère. Je ne suis pas un pantin de bois et je n'ai pas la naïveté de Pinocchio, bon sang de bois. ~~Sans mauvais~~ Avec mauvais jeu de mots.

— Mais nous sommes vendredi, monsieur, répliqué-je en appuyant sur ce dernier mot pour qu'il sente tout mon sarcasme.

— Et ? Vous espérez obtenir des heures supp' ? Je vous signale qu'il est inscrit dans votre contrat que vous devez vous rendre disponible en cas de rendez-vous professionnels en dehors des heures travaillées et que cela est compris dans votre salaire mensuel.

Quelle gougère !

— C'est une façon de dire « corvéable à merci ».

— Serait-ce un reproche quant à votre poste ? Vous voulez l'opportunité d'en changer ?

Mais quel gros con !

J'hallucine ! Comment peut-il passer de l'étape « à quelques centimètres de poser sa bouche sur la mienne » à « menace de me virer » ? Ce type porte bien son surnom d'Amiral-connard ! Il va me faire sciemment péter une durite.

Je tente de retrouver mon calme à coups de « j'ai besoin de ce boulot » afin de lui répondre le plus placidement possible.

— Je suis disponible ce soir, n'ayant pas de vie privée. Où faut-il être et à quelle heure ?

— Je viendrai vous chercher. Vous devez être prête pour 19 h 30. Nous dînons à 20 heures au NoMI.

Aucune idée où se trouve ce restaurant, mais je l'imagine guindé et strict. Il va falloir que je me change. En jetant un rapide coup d'œil à ma tenue, je me doute bien que le jean tee-shirt toléré par mon boss la journée ne conviendra pas pour ce repas. Le contrat Harris est d'une grande importance, et je sais comme Lucas Conrad a négocié longtemps pour pouvoir ouvrir un nouvel établissement avec ce partenaire financier aux Bahamas. S'y implanter est devenu l'objectif de mon patron.

— Pensez à vous changer ! tonne-t-il d'un ton désagréable en surprenant mon regard sur mes vêtements.

Il s'en va en me laissant penser que l'altercation est terminée, avant de revenir sur ses pas. Mais que veut-il encore ?

— Au fait, mademoiselle Miller, la semaine prochaine, il va falloir lancer les activités de Noël.

Son léger sourire sarcastique n'annonce rien de bon. Ce n'est pas suffisant le calendrier et la décoration, franchement ? Qu'est-ce qu'il veut de plus ? Que je me déguise en lutin à grelots et que je fasse du lait de poule pour toute la compagnie ?

— Et le calendrier ?

— En parallèle, précise-t-il. Je vous ai demandé de trouver des activités, n'oubliez pas.

— Comment le pourrais-je ? soufflé-je, au bord du désespoir.

— J'ai trouvé la première, je me suis dit que ça vous offrirait un coup de pouce.

L'Amiral-connard veut m'aider ? C'est une nouveauté, ça.

— Dois-je m'attendre au pire ?

— Sans doute puisque vous devez y participer.

— Nos échanges ne sont qu'une partie d'échecs pour vous.

— Toujours un coup d'avance, en effet, affirme-t-il, le sourire aux lèvres et les bras croisés fièrement sur le buste.

La curiosité me pousse à demander de quelle ~~satanique~~ magnifique activité festive il a eu l'idée.

— Un arbre à souhaits.

Je creuse mes méninges afin de visualiser le concept. Je me souviens qu'enfant, nous avions fait cela à l'école. L'enseignante avait amené un sapin en classe, qu'elle avait décoré d'une simple guirlande lumineuse. Le reste des décors n'était que nos vœux écrits sur de jolis morceaux de papier coloré. Des vœux qu'elle avait en partie réussi à réaliser, comme « faire des scoubidous de Noël », « boire du chocolat chaud », « préparer des bonshommes en pain d'épices », « se réconcilier avec machin ». En définitive, être le lutin du Père Noël pour des gamins de sept ans, ce n'est pas bien compliqué, mais pour des adultes…

— Vous comptez procéder comment ? demandé-je toutefois en signe de bonne foi.

— On pourrait presque croire que vous n'êtes pas à deux doigts de la crise d'urticaire, Lovie Miller.

Un frisson me parcourt à l'entendre prononcer mon prénom une nouvelle fois. Il semble souffler le chaud avec sa voix taquine, mais je ne me laisserai pas berner. Il va redevenir glacial, encore une fois.

— Ne vous laissez pas tromper, Lucas Conrad.

Il sourit. Cette fois-ci cependant, son sourire me déconcerte. Je n'y lis pas d'amusement ou de sarcasme. Plutôt une douce sincérité. Il fourre ses mains dans ses poches, comme pour camoufler quelque chose.

— Il faudrait donc que vous fassiez livrer un sapin, vrai cette fois-ci…

Encore une histoire de sapin ?!

— Oui encore.

Oups, celle-là, je l'ai pensée à voix haute.

Mon patron ne s'arrête pas sur ma réflexion et poursuit comme si de rien n'était.

— Ensuite, il faudrait trouver des cartes de petit format à attacher au sapin. Chaque employé aura quelques jours pour inscrire les vœux et disons trois seront sélectionnés avant le départ en vacances pour être réalisés. Qu'en pensez-vous ?

— C'est à Grinchette que vous demandez son avis ?

— Vu ainsi…

S'il pouvait ajouter un tirage de langue à sa répartie, il aurait tout l'air d'un gamin moqueur. C'est d'ailleurs tout à fait l'image que je me fais de lui enfant, et je ne pense pas être si loin de la vérité. Je prévois donc de tout faire pour cette nouvelle mission de Noël, et il semble satisfait. En même temps, ce n'est pas comme si j'allais lui envoyer son projet bidon à la tronche. Il reste mon boss et je sais qu'il peut être tyrannique, autant l'éviter.

Dès l'heure suivante, je déniche un sapin à faire livrer avant la fin de la journée, puis je réalise sur Canva une affiche intitulée « Arbre à souhaits ». Cette dernière m'évitera le petit discours d'explications sur la nouvelle superactivité ~~de merde~~ de notre patron. Je la double d'un mail afin que chacun soit au courant.

Je m'attelle ensuite rapidement à l'annonce du gagnant du jour. Le calendrier de l'Avent offre aujourd'hui un lot de trois bouteilles de vin français. Le tirage au sort nomme Annie – que je ne connais pas – et je l'inscris donc sur le tableau. Elle viendra récupérer son prix certainement lundi. En attendant, à la vue de l'heure, je rentre chez moi avec la bénédiction de mon patron, qui me précise : « Ne soyez pas en retard. » Comme si je pouvais l'être alors qu'il vient carrément chez moi me chercher. Cela me fait penser que je ne lui ai pas donné mon adresse, mais comme c'est un maniaque du contrôle, je ne doute pas qu'il ait fait ouvrir mon dossier à la RH.

***

— Attends, attends, redis-moi ça ! clame Alix.

Je sors à peine de la douche, une serviette nouant mes cheveux et une autre autour de mon corps, enroulée comme l'algue des makis. Judith est dans son parc à jouer pendant que ma meilleure amie se tient à mes côtés, bras croisés et tapant le sol du pied, avide de plus amples explications. D'un revers de main, j'essuie la buée sur le miroir au-dessus du lavabo.

— Je dîne au NoMI pour le boulot.

— Le NoMI, rien que ça ! Grande classe !

— Qu'on se le dise, la seule chose qui m'enchante est l'idée de manger des sushis à l'œil ! Et je ne vais pas me gêner pour manger comme un ogre !

Alix pouffe mais n'en démord pas. Depuis que je suis rentrée et que je lui ai dit que je sortais avec mon boss ce soir pour un contrat, elle y voit un rencard. J'ai beau lui développer tout un argumentaire comme quoi il n'en est rien, elle ne m'écoute pas. Ou ne m'entend pas. La finalité étant la même.

— Mais ça peut très bien finir en soirée torride !

— Avec des sushis ? demandé-je en haussant un sourcil, peu convaincue.

— Enfin ! Tu n'as pas vu *Sex and the City*, le film ? Ce moment où Samantha parsème son corps nu de sushis maison pour surprendre son mec !

— De mémoire, son plan foire.

— Oui bon, le tournage de son homme dure plus longtemps, et elle finit dans une mauvaise posture avec le chien qui vient becter les sushis, mais pour toi ça peut parfaitement matcher.

— Alix, à quel moment tu crois que je finis nue sur une table avec des sushis sur le corps ? Franchement, à ce rythme-là, Lucas Conrad m'aura cataloguée d'exhibitionniste complètement foldingue. Surtout en plein dîner professionnel pouvant lui faire remporter un contrat qui vaut sans doute le million !

— O.K., O.K.

En essuyant mes cheveux, je la vois pourtant réfléchir, l'index tapotant son menton. Ma colocataire est persuadée que l'épisode des préservatifs – que je n'ai pas pu m'empêcher de lui raconter pour déverser ma colère – est un signe. Alors que moi j'avais besoin de vider mon sac de hargne, Alix pense que nous sommes entrés, mon patron et moi, dans une parade de séduction. Comme le paon qui fait la roue, quoi. Moi, j'ai juste l'impression d'être la poule, se dandinant pour obéir au coq, pas aussi *spicy* que dans les romances.

— Tu vas porter quoi ?

Sa voix se fait curieuse et quelque chose me dit qu'une idée lui traverse l'esprit.

— Je pensais à ma robe noire. Simple et basique.

— On dirait la chanson sans saveur du chanteur français, là, Orelsan.

Je glousse tout en me coiffant. Elle a de ces références.

— Ma robe est sans saveur ?

— Presque. J'ai bien mieux à te proposer, ma robe violette.

— La bustier ? Tu sais très bien que j'évite. Depuis la grossesse, mes seins ont…

— « …tendance à subir un peu trop la gravité », oui je sais. Mais non, je pensais à celle au décolleté façon bénitier. Elle est moulante sans trop l'être.

Je réfléchis rapidement. Avec mes escarpins et mon manteau noirs, mon bonnet violine et mon écharpe assortie, ce sera très bien. Je reste professionnelle sans mourir de froid. Je finis donc de me préparer dans la salle de bains avant de m'habiller dans ma chambre.

Je décide de nouer mes cheveux en une tresse s'achevant par un ruban noir. Une touche de mon parfum chouchou, l'Aqua Allegoria de Guerlain, le Granada Salvia, puis un maquillage léger, et me voilà prête. En jetant un coup d'œil à ma montre, je constate qu'il est bientôt l'heure.

De retour dans le salon, je souris en voyant Judith manger des pâtes et du jambon, l'un de ses repas préférés. Ma meilleure amie mange la même chose, à ceci près qu'elle accompagne son repas d'un verre de vin rouge. Elles sont toutes les deux devant un reportage animalier.

Ma fille adore regarder les animaux à la télé, elle ne comprend pas ce qui est dit dans le reportage, mais ses yeux s'émerveillent chaque fois qu'elle les voit évoluer dans leur milieu naturel. Elle a une préférence pour les éléphants et les orques. C'est touchant et beau à voir, et je préfère clairement passer des heures devant Nat Geo Wild que devant la *Pat'Patrouille* et tutti quanti.

Judith me rappelle son père et son amour de la faune…

— Parée ? m'interroge Alix après avoir avalé une gorgée de vin.

Elle m'observe et j'éloigne mes pensées nostalgiques.

— Il le faut !

— Tu es canon et en plus de ça hypercompétente, ça va bien se passer.

— En soi, je vais me contenter d'écouter et de prendre des notes sur certains enjeux de la négociation pour la création de l'hôtel. Rien de palpitant.

— Tu vas aussi déguster des sushis au prix d'un rein !

— Promis, je te ferai un compte rendu de la fraîcheur du grain de riz, me moqué-je gentiment.

J'attrape mon manteau, mon écharpe et mon bonnet sur le portemanteau de l'entrée, et je les enfile un à un. Je glisse mon sac à main à mon épaule avant de me diriger vers Judith pour la câliner une dernière fois avant de donner mes sempiternelles consignes à Alix.

Ne pas la coucher tard même si demain c'est samedi, et lui brosser les quenottes avant de lui lire l'histoire dans son lit. Au fond, ça me serre le cœur de la laisser, je n'ai pas l'habitude de déroger au rituel du « bonne nuit », mais ça ne se répètera pas souvent, du moins je l'espère.

Lorsque je referme la porte de notre appartement, une sensation étrange et inconnue me noue l'estomac.

6

Même jour, Lucas

Je regarde ma montre. 19 h 37. Lovie Miller, mon assistante depuis l'été, a très exactement sept minutes de retard, bientôt huit. Je suis certain qu'elle le fait exprès. Elle sait comme j'apprécie la ponctualité chez mes collaborateurs, et j'ai bien l'impression que me faire sortir de mes gonds devient pour elle un jeu, voire un challenge de chaque jour.

Lorsque j'ai embauché Mlle Miller, je n'ai vu que des études intéressantes et pluridisciplinaires, en lettres, en art, en gestion, ça semblait brouillon, mais la preuve d'une réelle curiosité chez cette jeune femme. Elle était aussi touche-à-tout : serveuse en restauration, professeure particulière, assistante dans un cabinet d'avocat durant quelques mois notamment. J'ai fait abstraction de certains doutes quant à ses dires. Les dernières assistantes, je les enchaînais comme les footings hebdomadaires. Aucune n'avait les compétences et la rapidité requises, et certaines ont même cru que je cherchais moins une assistante qu'une relation avec une femme. Je ne mélange pas plaisir et boulot, et les plans cul, je n'ai pas besoin de les avoir au bureau. Il a donc fallu que je vire la précédente pour lui faire comprendre que ses attitudes aguicheuses ne pouvaient pas être tolérées.

Lovie Miller, elle, n'a pas ce type de comportement. Au contraire, elle paraît si rigide – voire un tantinet frigide – que je me demande quelle source de bonheur elle a dans sa vie. Quoique désormais je le sache après avoir demandé à la RH son dossier personnel. Un tas de questions a émergé depuis. Bien que notre relation professionnelle se teinte d'une complicité déstabilisante depuis la fin du mois de novembre, je ne me vois pas lui demander frontalement des détails sur sa vie privée. Ce n'est pas comme si ça me regardait, après tout. Ou comme si j'éprouvais un véritable intérêt face à ses informations.

Assis au volant de ma Mercedes rutilante, je tapote le volant de l'index et du majeur dans un rythme irrégulier trahissant mon impatience, quand la portière passager s'ouvre et fait entrer un air glacial. Une odeur fruitée de grenade s'immisce dans l'habitacle lorsque mon assistante vient s'installer.

— Vous êtes en retard, lui adressé-je sans un regard.

J'ai ce besoin d'être désagréable, dont j'ignore la raison. Elle ne m'a rien fait malgré un retard de quelques minutes, elle n'a pas rechigné à m'accompagner à ce dîner en dehors de ses horaires et auquel je n'ai pas foncièrement besoin de sa présence. Ce que je me suis bien gardé de lui préciser puisque, pourtant, je désirais qu'elle soit là.

— Pour huit minutes, vous n'allez pas commencer, ronchonne-t-elle.

Elle doit me prendre pour un gros con. C'est ce que je suis dans le boulot, c'est vrai. Perfectionniste, je me donne à 100 % dans mon rôle de gérant d'entreprise. Je ne le dois pas à mes efforts mais à ceux de mon père. Bien que je sois reconnaissant de sa réussite, je refuse que l'on croie que je suis ici simplement grâce à mon patronyme. Je souhaite mériter ma place, et que mes concurrents, partenaires ou employeurs le sachent. Pour être respecté dans ce milieu de requins, il faut prouver ce que l'on vaut et je m'y attelle depuis presque quatre ans que mon père a progressivement pris sa retraite.

Sans plus attendre, je démarre en lui jetant par moments des coups d'œil. Mon assistante porte un bonnet irisé d'un violet clair. Qui porte un bonnet pour aller à un dîner d'affaires, sérieusement ? La réponse ? Mon assistante en tee-shirt baskets, sa tenue presque quotidienne. Alors qu'au départ je trouvais ses tee-shirts à message kitsch et un peu déplacés, désormais il me tarde chaque jour de lire son petit mantra. Celui qui m'a le plus amusé est de loin le « Merry fucking Christmas » du 1er décembre. Je n'aurais pas parié un dollar sur sa facette Grinch. Maintenant que je sais qu'elle a une fille, c'est d'autant plus surprenant. Lovie Miller a ce petit quelque chose qui m'intrigue et qui me donne envie de creuser, de la découvrir. Je ne devrais pourtant pas être atteint ainsi, il s'agit de mon assistante, une femme quasi inconnue, et c'est ce qu'elle devrait rester. *Correction, c'est ce qu'elle va rester, Lucas.* Rien ne pousse notre relation vers l'amitié, encore moins vers les affinités plus profondes, mais elle réveille ma curiosité, elle est aussi piquante qu'elle est mystérieuse, et c'est rafraîchissant.

Le trajet se fait dans un silence mesuré par le respect de nos rôles respectifs ainsi qu'une certaine gêne sans doute due à ma réflexion.

Lorsque nous arrivons au NoMI – après une place rapidement trouvée –, le maître d'hôtel nous guide jusqu'à la table que mon assistante a pris soin de réserver la semaine dernière. Elle ne s'attendait pas à y avoir une place. Je l'observe balayer les lieux du regard.

Situé au septième étage du célèbre l'hôtel Park Hyatt Chicago, le restaurant – et la cuisine du chef exécutif Terence Zubieta – jouit d'une réputation qui n'est plus à faire. Avec une mise en valeur des ingrédients locaux, une conscience aiguë des enjeux environnementaux, des saveurs astucieuses et une collection mondiale de vins, le palais ne peut être que satisfait. L'expérience culinaire prend toute sa place quand on vient au NoMI. Je sais ce que voit Lovie : un intérieur chaud, dont la couleur dominante est le marron, des banquettes et sièges en cuir capitonnés, une lumière tamisée et de hauts abat-jour en rotin, un immense tapis effet damier au sol, tout un pan vitré donnant accès à une terrasse en été, avec une vue imprenable sur les buildings de Chicago.

Je retire mon duffle-coat noir ainsi que mon écharpe, puis je m'installe à la table quand je vois mon assistante se dandiner, mal à l'aise.

— Quelque chose ne va pas ?

— Non, non, répond-elle, trop doucement pour être sincère.

— Vous en êtes certaine ? Tant que le message est sobre, votre sempiternel tee-shirt passera, lui lancé-je en me voulant rassurant.

À la vue de sa grimace, j'ai créé tout l'inverse chez mon assistante.

Lovie jette des regards anxieux aux alentours, comme prise au piège. Puis, elle inspire et retire son surplus de vêtements pour être dans une tenue confortable au restaurant. Le retrait de son manteau révèle une robe violette très… sexy. Fasciné, je me repais de cette vision. Le corps insoupçonné de mon assistante est joliment moulé dans sa robe : un décolleté mis en valeur par la forme de la robe, des hanches que l'on a envie de saisir et une cambrure presque indécente. Je détourne le regard quand elle ôte son bonnet.

Lucas, reprends-toi, ce n'est pas approprié !

Le froissement de tissu m'indique qu'elle s'assoit à mes côtés. Elle a noué ses cheveux en tresse, et il n'en faut pas plus pour que mon cerveau fasse des écarts. Sa chevelure brillante a-t-elle un toucher soyeux ? L'envie de tirer doucement mais fermement sur ce ruban me chatouille. *Putain, je perds les pédales.* Alors que je vais entamer une conversation anodine, mon partenaire, Martin Harris, arrive. Je me lève et nous nous serrons la main.

— Martin, voici mon assistante, Lovie.

Martin Harris est un homme grand, dans ma tranche d'âge bien qu'il doive avoir franchi les trente-cinq ans. Il est blond et sa stature fait preuve d'un entretien sportif quasiment quotidien. Son regard azur ne laisse personne de marbre.

— Enchanté et charmé, glisse-t-il en faisant un baisemain à Lovie.

Et c'est un séducteur invétéré ! La réaction rougissante de mon assistante m'agace. Lui plaît-il ? Pourquoi est-ce que je m'en préoccupe, d'ailleurs ? Le serveur nous apporte les menus, alors que la conversation démarre sur le sujet pro qui m'intéresse. Je commande le bar au chou rouge et au beurre d'algues quand mes convives se dirigent vers des sushis.

— Alors, Lucas, pourquoi signerai-je avec la Conrad Company ?

— Tu sais à quel point on a à cœur de développer notre entreprise. Mon père a forgé une réputation mondiale, nous sommes des pontes dans le milieu hôtelier de luxe.

— Ce ne sont que des faits, dont j'ai conscience.

— Il est toujours bon de les rappeler, Martin. Notre collaboration aux Bahamas serait sans précédent, alliant tes compétences dans le milieu de la restauration aux nôtres, nous ne pouvons qu'être une force. Le luxe n'a pas de limites, nous le savons parfaitement, toi et moi. Tes restaurants prennent leur essor et seront un atout pour notre offre hôtelière, comme notre nom à lui seul te propulsera.

— C'est un fait. Mais comme vos restaurants ne valent que peu de chose en comparaison, je souhaite 70 % des bénéfices en restauration.

L'une des serveuses arrive avec nos plats et les dispose face à nous. L'odeur de mon plat est plus qu'alléchante, et lorsque Lovie nous souhaite un bon appétit, je me rappelle alors sa présence. Autant elle est capable lors de nos confrontations de s'imposer, autant elle est si discrète durant ce repas. Cette femme est un mystère. Elle converse avec Martin de la ville en hiver, et je peux ainsi l'admirer comme si je prêtais attention à ses paroles, alors qu'il n'en est rien.

Lovie, jouant des baguettes, se saisit d'un maki au thon, le trempe dans la sauce soja, puis l'emmène jusqu'à ses lèvres colorées d'un rose marronné. Elles s'entrouvrent légèrement, mais son geste se suspend pour répondre à Martin Harris. Sa langue humidifie la pulpe supérieure de sa bouche en un geste si sensuel que cela me perturbe. Les baguettes approchent et ses lèvres se referment sur le sushi.

La dégustation de sushis n'a jamais été aussi érotique !

Soudain, je me sens à l'étroit dans mon pantalon de costume. Me trémoussant discrètement, je tente de me mettre à l'aise et de faire redescendre la pression qui s'est emparée de moi. Il faut que j'aère mes pensées. Sauf que mon assistante, si sexy ce soir, darde son regard sur ma personne. Ses lunettes octogonales lui donnent un air mutin que je n'avais jusque-là pas vraiment remarqué.

Sait-elle à quoi je pense ? Imagine-t-elle que son boss la trouve séduisante ? Envisage-t-elle une seconde avoir une capacité d'excitation grandissante sur mon corps ? Ce n'est qu'une histoire de phéromones. Je vais me reprendre. Lovie Miller est mon assistante, pas une femme à mettre dans mon lit. Ce dernier est d'ailleurs vide depuis trop de temps, à en juger par mes réactions.

Il faut que je m'envoie en l'air !

Lovie m'adresse un sourire timide avant de se tourner vers mon potentiel partenaire pour lui répondre. Je suis convaincu qu'elle imagine que mon rendez-vous avec Mlle Davis s'est achevé de façon torride et débridé. Ça aurait pu, Mila Davis n'attend que cela de nos rencontres. Bon nombre d'entre elles ont eu cette finalité. Mila est une femme désirable qui sait jouer de ses atouts – entendre par là une poitrine généreuse mais artificielle et un postérieur entraîné aux squats à la salle de sport. Pourtant, depuis notre interlude avec Lovie, que je ne sais dans les faits pas vraiment comment juger, je ne me suis pas senti attiré par Mila. Nous avons donc simplement déjeuné, à son grand désespoir.

— J'ai quelque chose sur le visage ?

— Pardon ?

Lovie me fixe en retroussant le nez. Ce petit nez en trompette sur lequel reposent ses lunettes se plisse. En me redressant, je constate que Martin n'est plus attablé. Je jette un regard à la ronde, aucune trace de lui.

— Il s'est absenté pour aller aux toilettes, m'apprend-elle.

— Très bien.

— Vous n'avez rien écouté de la conversation, n'est-ce pas ?

— En effet, avoué-je sans laisser paraître de culpabilité.

— Vous faites souvent ça ? Est-ce une méthode ?

— Quoi donc ?

Je ne vois pas où elle veut en venir, mais je sens pointer l'inconfort. Lovie peut redevenir l'impertinente et piquante assistante puisque mon partenaire n'est pas là. Pourquoi elle se gênerait ?

— Vous fixez les femmes avec cet air béat, c'est ça la technique de drague ? Ça marche sur Mlle Davis ?

J'ai un air béat, moi ? Première nouvelle !

Pas peu fier de la voir aborder le sujet « Davis », je souris bêtement, comme un ado. Se pourrait-il qu'elle soit un chouia jalouse ? En portant la dernière bouchée de mon poisson à mes lèvres, je rétorque :

— Fonctionne-t-elle avec vous, Miller ?

— Je ne suis pas trop branchée carpe, désolée, Conrad, répond-elle du tac au tac.

— J'ai loupé quelque chose ? questionne Martin en se rasseyant avec nous.

Lovie sourit largement en redressant son buste, confiante.

— Nous discutions poisson. Rien de bien intéressant.

Cette nana ne manque pas de répartie et son insolence a quelque chose d'excitant, à vrai dire. Un je-ne-sais-quoi chez elle m'attire et m'intrigue. La douceur et la combativité se mêlent en elle. Le repas reprend un cours plus standard, et bien qu'observer mon assistante déguster sa mousse au chocolat fasse papillonner mon esprit, je m'efforce de m'intéresser à Harris. Je suis là pour une unique chose, et ce n'est pas Lovie Miller.

Je parviens *in fine* à un accord avec Martin, que nous finaliserons dans mon bureau avant les congés annuels. Ce repas aura porté ses fruits et je ne peux qu'éprouver une grande satisfaction. Alors que nous sommes au café, mon assistante s'excuse pour disparaître « au petit coin », selon ses mots. Son naturel me fait sourire intérieurement. Les femmes de mon milieu n'admettraient jamais faire quelque chose d'aussi « vulgaire » – bien que ce soit un besoin primaire –, elles préfèreraient les expressions « se repoudrer le nez » ou « se refaire une beauté ». C'est plus raffiné, plus en adéquation avec leur respectable féminité et leur côté princesse à paillettes. Et je dis ça avec toute l'ironie dont je peux faire preuve.

Ces femmes me lassent. Elles sont tout ce qui ne m'attire pas ou plus.

— Ton assistante est époustouflante.

Je me tends sur ma chaise en cuir. *Qu'entend-il par là ?* Je me contente de hausser un sourcil et d'attendre qu'il poursuive.

— Mlle Miller est une femme pertinente et efficace, reprend-il.

— C'est la raison pour laquelle elle est à mon service.

Ma phrase sonne comme une volonté de m'imposer. Je n'ai rien à prouver mais j'en ressens le besoin. Je n'ai pas l'intention de lui laisser croire qu'il a le champ libre pour tenter d'alpaguer Lovie, professionnellement ou autre.

— C'est également une très belle femme.

Tiens donc, quand on en parle...

— Dois-je rappeler qu'il est de mauvais ton de mélanger le travail et la séduction ? dis-je d'un ton cinglant.

— Aucunement. Pour être honnête, Lucas, je ne fais pas allusion à moi, mais plutôt à cette ambiance chargée de tension sexuelle entre vous. Je ne suis pas aveugle.

— Lovie et moi ?

Il hoche la tête et affirme ses propos.

— Nous n'avons qu'une relation professionnelle.

— J'ai dû mal interpréter cette soirée et vos échanges, dans ce cas.

Son petit sourire me laisse croire qu'il n'en pense pas un mot. À cet instant, la concernée revient, tout sourire. Je règle le dîner sur le compte de la Conrad Company, puis nous quittons Harris sur une poignée de main et de sincères salutations.

La nuit est glaciale ce soir. Je vois mon assistante frissonner malgré son manteau et son bonnet. Son nez légèrement en trompette est rougi par le froid. Cela lui donne un air irrésistiblement enfantin. Nous marchons côte à côte et son parfum de grenade embaume. Cette senteur lui va si bien, sans que je puisse dire pourquoi. Je ne devrais en outre pas le penser.

— À quoi pensez-vous, monsieur Conrad ? me demande-t-elle, une lueur espiègle dans le regard.

Repensant à notre conversation de ce matin, je souris doucement. La discussion est allée sur un terrain glissant. Nos actes l'ont été tout autant. Mais une force invisible me pousse à emprunter une nouvelle fois ce chemin. Ce bout de femme au bonnet violet me fait agir de façon déraisonnable.

— À vous.

Lovie écarquille les yeux, surprise. Elle ne s'y attendait pas à celle-là visiblement, et je ne peux l'en blâmer. Le retournement d'attitude dont j'ai fait preuve plus tôt dans la journée ne laissait pas penser que je reviendrais sur le sujet, plus chaleureux. Pourtant, lorsqu'elle pose le regard sur moi, je sens la curiosité d'en découvrir davantage.

— De quelle nature sont vos pensées à mon égard, boss ?

— Moins appropriées et professionnelles que d'ordinaire, dis-je en adoptant le même ton taquin qu'elle a employé pour le surnom attribué.

— C’est à ce moment que cela devient intéressant de curiosité.

— Est-ce une tentation à laquelle vous cédez souvent ? La curiosité ?

Lovie s’arrête de marcher et nous stationnons, l’un en face de l’autre, au milieu du trottoir, dans ce froid polaire. Elle se mordille la lèvre, semblant réfléchir à la réponse la plus adéquate. Bien qu’il fasse un froid insoutenable, mon corps se fond dans une chaleur agréable et peu à peu volcanique. Je suis pendu à ses lèvres, attendant la suite.

— Lorsque cela vous concerne, il m’arrive d’avoir envie d’y céder.

Lovie Miller, vous êtes une démone...

Elle vient de me dire exactement ce qu’il ne fallait pas. Pourrais-je y voir un sens plus intime ? Qui sort réellement du cadre professionnel ? Cette femme me fait me sentir fier, simplement à l’idée d’habiter ses pensées de temps en temps. C’est tout de même fou ! Une jolie brune, avec un fort caractère et une aura mystérieuse, et me voilà subjugué. Ce n’est pas faute d’avoir connu un bon nombre de femmes, mais aucune ne m’a jamais autant interpellé que Lovie. Je n’arrive pas à saisir ce qui se produit entre elle et moi, il y a bien quelque chose qui se joue.

Ses lèvres sont là, sous mes yeux, et lancent un appel gourmand. Elle est séduisante, je n’ai jamais nié ce fait depuis que je l’ai engagé. Ses tenues décontractées camouflent un corps avec de jolies formes que j'ai pu admirer ce soir. Son visage fin et doux attendrit n'importe quel homme, moi y compris. Ses lunettes lui donnent cet air intellectuel, sans être pompeux.

— Qu'est-ce que vous voudriez savoir ?

Sa réponse se fait attendre. Puis, alors que je pense que Lovie va poursuivre avec la même tension, la conversation revient sur des contrées plus normales dans la relation d'un patron et de son assistante :

— Pourquoi aimez-vous tant Noël ?

Je reprends la marche tout en formulant ma réponse. L'ambiance entre nous n'est plus aussi chaude d'une douce tension et, avec la nuit hivernale, il me faut me mettre en mouvement.

— J'ai gardé une âme d'enfant.

Je l'entends glousser.

— Ça ne se voit pas au premier coup d'œil. Votre autoritarisme camoufle bien cette facette de votre personnalité !

Elle s'exprime sans gêne. Sans filtre. À cet instant, il n'y a plus ce lien patron-employé, simplement deux individus qui discutent de façon honnête.

— N'est-ce pas le propre de chacun de porter un masque, comme le suggère l'expression « l'habit ne fait pas le moine » ?

— Si.

Elle hoche la tête, pensive, sans ajouter un mot.

— Vous, par exemple, je ne vous imaginais pas mère à vingt-sept ans.

Son regard s'agrandit et j'y décèle de la surprise. Ne se doutait-elle pas que je serais au courant ? Certes, depuis peu, mais j'aurais pu en être informé bien plus tôt. Je ne cherche pas à connaître mes collaborateurs et mes employés, du moins c'était vrai jusqu'à ce qu'elle mette un pied dans mon entreprise. Lovie Miller suscite mon intérêt, c'est sans appel.

— Comme quoi, même moi je réserve des surprises, souffle-t-elle sombrement, les yeux rivés au sol.

Le pavé jeté dans la mare semble trop lourd. Sujet sensible donc. J'aimerais savoir ce qui la mine ainsi, la raison de son changement abrupt d'attitude. Mon assistante vient subitement de se refermer sur elle-même, alors que le sujet devrait apporter des sourires et du bonheur dans la conversation. Un enfant, ce n'est que bonne nouvelle, joie et félicitations quand on l'annonce, n'est-ce pas ? Pourquoi sa coquille vient-elle si précipitamment de se refermer ? Je respecte son silence tandis que nous continuons à marcher..

7

8 décembre

Tout le week-end, j'ai cogité. Encore et encore. Ce repas d'affaires a fait remonter beaucoup de choses au fond de moi. Enfin, quand je dis ce repas… je devrais plutôt dire l'Amiral-connard devenu l'Amiral-sexy a fait remonter des réflexions que je tiens en général éloignées. Sous ses airs de boss implacable, Lucas Conrad est à la fois tendrement piquant et « hotement » magnétique – notons mon jeu de mots brillant ~~ou pas c'est subjectif~~. Je n'ai rien loupé de ses regards en coin, de sa façon de me détailler dans ma robe ou encore de l'instinct primaire de protection dont il a fait preuve face à son partenaire. Pourtant, lorsqu'il a fait mention de mon rôle de maman, j'ai ressenti une vague d'angoisse.

Allait-il me juger inconsciente de traîner un soir alors que je suis mère ? Allait-il poser des questions sur l'homme qui pouvait m'attendre à la maison ? Allait-il m'interroger sur ma famille et mes proches ? Sur mon enfant ? Bref, voudrait-il creuser mon vécu ? Les profondeurs ne sont jamais un lieu de villégiature…

Après cet échange, nous n'avons quasiment plus parlé jusqu'à ce que je rentre chez moi et qu'une fois derrière la porte du hall, j'entende le moteur de sa voiture vrombir. Selon Alix, deux options s'offrent à moi. Me méfier est l'option 1 et l'option 2 est de revoir mon jugement sur l'Amiral-connard. La méfiance faisant partie de moi, ce dernier choix ne se pose pas vraiment, j'ai été bien assez déçue par le passé et je prends aujourd'hui des pincettes avec les relations que j'entretiens. Quant à revoir mon jugement sur Lucas Conrad… Je n'arrive pas à retirer cette idée de mon cerveau. Force est de constater qu'Alix m'a perturbée.

Depuis cet été que je travaille pour cet homme, je n'ai pas eu la moindre occasion de changer d'avis. Il a tour à tour montré une facette d'employeur autoritaire et strict, de négociateur hors pair ainsi qu'une intransigeance à l'égard d'un des chargés de communication sur le pôle Asie, qui avait, semble-t-il, merdé avec brio. À mon égard cependant, je n'ai pas grand-chose à redire. Il était distant et professionnel avant toute cette connerie de Noël, comme un boss quoi. Quelque peu dominateur, il aime être écouté et que le travail soit fait avec efficacité, rien de vraiment anormal.

Cependant, depuis que décembre a fait son apparition, je ne peux pas nier qu'un changement s'est opéré.

La magie de Noël… me souffle ma conscience.

Que dalle ! Je n'y crois plus à ces trucs saugrenus de magie et compagnie. Contrairement à Lucas, je ne suis

~~plus~~ pas une férue de cette période, et ça n'aura échappé à personne que les miracles hivernaux ne sont pour moi destinés qu'aux films et aux livres bidon. Mais il a pour lui que cette ambiance le rend charmant, sous toutes les coutures. L'Amiral-connard a un sourire à se damner quand il le porte à ses lèvres !

— Vous êtes dans la lune, Lovie.

Relevant les yeux vers la voix, perçue de loin, qui vient de rompre mon chemin de pensées, je découvre ledit Amiral se tenant debout, face à moi, les bras le long du corps dans une posture si rigide que je pourrais en oublier ses regards de braise de vendredi. Je retire mes écouteurs sans avoir mis pause à « They all Are » de Banners.

— Vous écoutez votre propre musique au travail ? me demande-t-il avec ce que je décèle comme de la taquinerie.

— C'est-à-dire que la récente playlist de l'entreprise ne convient pas vraiment à mes goûts ! dis-je avec aplomb et mon sourire le plus hypocrite.

Soudain, pour la première fois depuis que je le connais, mon boss éclate de rire. Un éclat franc et spontané. Son visage semble s'illuminer, et le poids qu'il porte habituellement sur les épaules paraît presque s'envoler. Ses yeux pétillent de malice, sans me quitter. En moi, quelque chose d'inhabituel a lieu. Mon estomac se serre. Cette douce tension qui augure une attirance se développant. Un attrait particulier.

Non, non, non. Pas d'attirance autre que factuelle pour Lucas Conrad. C'est un bel homme, je suis d'accord pour l'avouer, mais rien de plus. C'est quoi ce petit frisson qui me prend aux tripes ? Non, non.

Il reprend ses esprits avant de rétorquer :

— Moi qui pensais que vous seriez fan de ma concoction. Je suis déçu.

— Si jamais vous voulez me satisfaire, lancez de la pop rock plutôt que des chants de Noël, grogné-je.

L'Amiral-connard me sourit fièrement. Il est ravi de son petit coup, je le lis dans ses pensées.

— Vous pourriez faire un effort, Bublé n'est pas si mal. Surtout « Holly Jolly Christmas ».

— Monsieur Conrad, commencé-je avec le plus grand sérieux, si vous désirez que votre assistante vous quitte, il ne faut pas hésiter à mettre à fond l'horripilante Mariah Carey. Il n'y a rien de mieux qu'« All I want for Christmas is you » pour obtenir une démission sur son bureau.

Un nouveau rire envahit mes tympans, et mon estomac se serre une nouvelle fois en réponse. Bon sang, même son rire est sexy, ce n'est pas permis ça. On ne peut définitivement pas être Amiral-connard et Amiral-sexy en même temps ! Deux rôles majeurs, c'est trop pour un homme ! Ou du moins pour cet homme !

Je l'observe s'approcher de mon espace et poser les mains à plat sur la surface froide de mon bureau. L'air se raréfie ou est-ce dans mon esprit ? Je ne saurais le dire véritablement. Lucas sent bon. Des notes d'embruns, de bois, de résine. Comme si son parfum affirmait sa virilité assumée à toutes les femmes. Il exsude la confiance et le sex-appeal.

Ce mec est une tentation diabolique. Ou une tentation « noëlesque », vu la période !

— Qui a dit que je souhaitais que mon assistante me quitte ? Au contraire, je n'en ai pas du tout envie.

— Parce que je suis bien trop opérationnelle et compétente !

— N'est-ce que pour cela ? souffle-t-il, me faisant perdre mes moyens.

Ma respiration se bloque dans ma gorge et je n'arrive plus à aligner deux mots. *Mayday*, je sens le crash imminent.

— Avez-vous ouvert la case du calendrier de l'Avent aujourd'hui, Lovie ?

— C'est André qui est le vainqueur du dîner-croisière.

— Je ne parlais pas du calendrier de l'entreprise, Lovie.

Bon sang, mais il ne veut pas arrêter de m'appeler par mon prénom ? O.K., en même temps c'est l'utilité dudit prénom, mais là ça crame mes neurones. Ça se voit d'ailleurs, ils partent en coui... cuisses de chapon !

— Mais de celui que vous avez glissé sous votre bureau, livré par votre meilleure amie, reprend-il.

Je ne m'arrête pas sur le fait qu'il soit au courant de sa place. C'est vrai que j'aurais pu le ramener chez moi, mais je ne me voyais pas prendre le métro avec un truc aussi encombrant. Puis, Alix m'aurait obligée à ouvrir chaque case matinale accompagnée de mon sempiternel café alors qu'ici, je ne suis pas forcée de découvrir ce qui m'attend chaque jour. Enfin, je le croyais.

— Non.

— Inquiète ? Peureuse ?

— Absolument pas ! réponds-je, vexée comme un pou. J'ai oublié, voilà tout.

Un sourire carnassier m'indique qu'il a flairé le pipeau. Agacée, je me plie donc pour attraper l'objet du crime et viens le poser sur mon bureau. Je ne peux plus faire machine arrière et je prie intérieurement Alix de ne pas m'avoir réservé de surprise gênante.

— Vous avez également « oublié » hier, on dirait. Fort heureusement, je suis là pour vous rappeler les attentions de votre amie.

— Je vais rattraper cette erreur. Fort heureusement, dis-je ironiquement.

— Je n'en doute pas. Alors, vous ouvrez ? Je suis curieux de découvrir ce qui vous attend.

— Parce que vous comptez rester à m'admirer ?

J'essaie de marquer la surprise dans ma voix, bien que j'aie déjà flairé son intention. Il hoche la tête et caresse son menton d'une main, patiemment.

Ronchonnant, je m'exécute toutefois. Plus vite j'ouvre ces satanés jours, plus vite je suis débarrassée de cette tradition de Noël, de mon boss perturbant et de la playlist cucul qui tourne en boucle depuis ce matin. Je hais cette période, je l'ai déjà dit ?

Mes doigts ouvrent la longue boîte rectangulaire de la veille et j'en ressors le petit mot avant l'objet. Audacieuse, je coule un regard vers mon patron et lui lance un nonchalant :

— Vous voulez lire ?

— Avec plaisir.

Ses doigts saisissent le papier plié en deux en frôlant les miens au passage. Un picotement, suivi d'une petite décharge, me parcourt tout le buste. Instinctivement, je mordille ma lèvre pour réfréner mes pensées.

— « J'ignore si tu en as besoin, mais après tout, glisser un peu, c'est toujours maxi bon ! » lit-il.

Oh non, faites que ce ne soit pas ce que je crois... Face à moi, se tient un Amiral-intrigué qui analyse la situation avec un sourire espiègle, prêt à découvrir le coup bas de ma colocataire, dont je me vengerai d'une façon ou d'une autre. J'en fais la promesse aux cieux !

Je retire alors de l'emballage un gel lubrifiant clitoridien et vaginal, saveur « Crazy Cherry », promettant des orgasmes intenses. Le flacon rouge cerise – comme le goût l'indique – est très voyant et les inscriptions recto verso ne peuvent être cachées. Je n'ose pas lever les yeux. Je suis paradoxalement aussi gênée qu'émoustillée d'avoir cela entre les mains devant Lucas Conrad.

— Votre amie sait y faire…

Sa voix rauque est si profonde qu'elle me fait relever la tête. Le regard de mon boss a radicalement changé. L'amusement que j'y lisais a laissé place au flamboiement du désir. Pupilles étrécies, souffle rapide, doigts crispés, tout y est. Une vague d'excitation s'empare de moi.

— Pour offrir des cadeaux dont je n'ai pas l'utilité ? Visiblement… soufflé-je pour tenter de retrouver une contenance.

Il me semble l'entendre me répondre, mais je n'en suis pas certaine. La voix est si basse qu'elle en est à peine perceptible :

— On ne sait jamais ce que l'avenir nous réserve…

Je décide alors d'ouvrir le présent du jour. Espérant atténuer ces sensations.

Pitié Alix, j'ai eu le droit à une majorité de cadeaux soft jusqu'à présent, alors pas coup sur coup là...

La boîte du jour est assez petite et surtout très légère, je me surprends à soupirer de soulagement jusqu'à ce que l'ouverture me révèle de la dentelle.

Oh non... j'ai crié victoire trop vite.

J'en sors une culotte en dentelle noire, tout en transparence. La lingerie fine, la passion d'Alix. J'aurais dû m'en douter que j'en trouverais dans son calendrier de l'Avent. Ce n'est sans doute que la première fois d'ailleurs. Ma meilleure amie est le genre de femme capable de dépenser sa paie en lingerie pour se sentir à l'aise et désirable, et son célibat n'est jamais un facteur pris en compte pour son shopping !

— La dentelle noire, très bon choix.

— Vous aimez ? demandé-je, provocatrice.

— Cela donne des idées.

Je me lève de ma chaise de bureau, la culotte à la main. Je m'approche de lui, incliné dans ma direction. Je suis folle de son odeur, c'est officiel ! Bon sang, elle me donne envie d'arracher sa chemise pour pleinement avoir accès à sa gorge et y déposer mes lèvres. Si j'avais songé qu'un jour, j'aurais envie de limite lécher la gorge de mon boss…

Stop, Lovie. Tout sauf ce type de pensées.

Un sourire mutin plaqué sur les lèvres, je joue alors avec la pièce de tissu sous ses yeux.

— Il est vrai qu'avec ça, on peut imaginer n'importe quel postérieur…

— À croquer… ajoute-t-il.

Je rive mon regard au sien. L'atmosphère s'est chargée d'électricité. L'air crépite entre nous, et il en faudrait peu pour que je m'embrase. Je ne doute pas que Lucas soit dans le même état que moi. Les hormones s'affolent et la tension monte.

Mes lèvres s'approchent jusqu'à frôler son oreille, quand je reprends la parole tout en glissant le sous-vêtement dans la poche de sa veste de costume Armani :

— Vous allez pouvoir profiter de cette imagination, dans ce cas. Je suis sûre qu'elle vous ira comme un gant, Lucas Conrad.

J'appuie volontairement sur son prénom ainsi que sur son nom pour marquer mon assurance. Moi aussi, au jeu de la déstabilisation, je peux jouer. Et je viens d'avancer mon premier pion. Pour ne pas laisser redescendre le soufflé, je quitte mon bureau en direction du tableau d'affichage du gagnant du jour.

Il est certain que le vrai gagnant aujourd'hui est mon boss. Avec ma réaction, il est désormais clair comme de l'eau de roche qu'il m'attire. Même un alien aurait reçu l'information, avec la quantité de phéromones que j'ai dû relâcher !

Alors que je suis presque hors de vue de mon boss, je l'entends me dire :

— Elle ira sur tes fesses, Lovie, j'en suis convaincu, et ce pas uniquement dans mon imagination.

Le rouge me monte aux joues immédiatement et ne me quitte plus jusqu'à mon bureau. Sur le chemin, je papote avec certains collègues qui se hâtent de me demander quand l'arbre à souhaits sera installé. L'une de mes collègues, Jacquie, pousse même le vice jusqu'à m'engueuler :

— Franchement, comment peut-on avoir si peu l'esprit de Noël que toi, Lovie ? C'est fou d'être si indifférente à tout ça, c'est si joyeux !

— Eh bien moi, ça ne me met tout simplement pas de bonne humeur.

— Il faut être sacrément égoïste pour refuser la joie de Noël.

— Il faut être sacrément con pour juger sans savoir, rétorqué-je sans pouvoir me retenir.

Sa mine outrée vaut le détour, et c'est presque goguenarde que je m'en vais. Pourtant, j'ai un poids sur le cœur. J'adorais cette fête, auparavant. Cela appartient néanmoins au passé et ce dernier est révolu.

Toutefois, de retour derrière mon ordinateur, je me charge de la livraison du sapin prévue le lendemain ainsi que du planning d'activités demandé par mon patron.

Nous sommes le 8, il reste donc treize jours jusqu'aux congés annuels, soit la moitié des activités à raison d'une tous les deux jours.

J'ai noté diverses animations, auxquelles j'espère ne pas être dans l'obligation de participer. Je vérifie ma liste une dernière fois :

- Atelier biscuits de Noël
- Arbre à souhaits
- Atelier confection de couronnes festives
- Envoi de cartes de vœux
- Journée du pull moche
- Secret Santa
- Gala de Noël de la Conrad Company

Bon, tout me semble listé, je relis donc mon mail avant de l'envoyer et de finir ma journée de travail.

« Cher-e-s collègues,

Puisque j'ai été élue lutin Lovie de Noël, je vous fais part du déroulement des activités jusqu'aux congés, le 21 décembre. Une animation aura lieu tous les deux jours jusqu'au vendredi 21, dernier jour avant notre liberté hivernale.

Dès demain, un sapin sera mis en place dans le hall de l'étage principal, afin que vous puissiez y accrocher un vœu. M. Conrad en piochera trois au hasard, qu'il s'efforcera de réaliser pour votre plus grand bonheur de Noël.
Nous aurons aussi le plaisir de recevoir une cheffe étoilée afin d'organiser un atelier de confection de sablés festifs, lors duquel vous pourrez amener vos enfants. Je vous laisse m'envoyer un mail pour vous inscrire.
Par la suite, nous aurons une journée du pull moche, un atelier de création de couronnes de Noël avec une fleuriste réputée (même procédé pour les inscriptions), la rédaction et l'envoi de cartes de vœux entre nous ou à vos proches, un Secret Santa dont le sort aura déterminé le destinataire de votre cadeau, enfin le traditionnel gala de fin d'année qui aura lieu ici, à la Conrad Company.
Les dates des ateliers vous seront communiquées au fur et à mesure. Si vous avez la moindre question, vous pouvez bien sûr vous adresser à moi. La participation aux festivités de l'entreprise n'est bien évidemment pas une obligation pour le personnel, et cela ne sera pas déduit de votre temps de présence et de travail.
En attendant, je vous souhaite une belle fin de journée et n'oubliez pas,
Lovie's not all. »

Ma pointe d'humour sur la fin du mail devrait passer légèrement, tout en étant claire. N'est-ce pas ? Je valide l'envoi et tourne la tête vers le bureau de mon boss. Il a fermé la porte, baissé certains rideaux et l'un d'eux laissé remonté me permet de voir qu'il est au téléphone. Un coup d'œil à ma montre m'apprend qu'il est temps pour moi de filer. Je me presse donc de récupérer mes affaires et de rentrer chez moi après cette journée encore haute en couleur. Décembre va-t-il s'apaiser ? Rien n'est moins sûr.

C'est le cœur un peu lourd de déception que je quitte l'entreprise aujourd'hui. Ne pas avoir recroisé Lucas en est la source, même s'il est évident que je ne saurai pas sur quel pied danser après cette journée. Puis, il y a aussi ce jugement de ma collègue. En effet, je n'ai ~~pas~~ plus l'esprit aux fêtes de fin d'année, je n'ai aucune envie d'être le satané lutin de la Conrad Company ou encore l'organisatrice des activités, y participer va me faire vomir d'agacement, mais ce n'est pas pour autant que j'en suis devenue égoïste, si ? Soudain, un vicieux doute s'insinue en moi. Suis-je l'égoïste Grinchette qui va priver sa fille de la magie de Noël dans les années à venir ?

8

9 décembre, Lucas

Je me terre dans mon bureau comme une souris dans son trou pour éviter de croiser le grand méchant chat. Je suis Lucas Conrad, un homme influent dans le monde des affaires, trente ans, homme à la virilité et à la sexualité assumées, j'ai confiance en moi et en mes capacités, et je séduis les femmes sans le moindre problème.

Pourtant, je suis là à me planquer dans mon bureau. Une planque ridicule faut bien le dire quand on sait que mon bureau donne directement sur le couloir et le bureau de mon assistante, grâce à un pan en verre.

De qui je me cache ? De cette femme. Mon assistante. Elle éveille en moi des instincts de chasseur. Un chasseur de femmes, oui je l'ai été, d'ailleurs je le suis toujours, je suis un séducteur et je ne refuse jamais une belle femme dans mon lit. Les parties de jeux nocturnes sont aussi plaisantes à vivre pour elle que pour moi, la plupart du temps. Mais aussi croustillante que soit Lovie Miller, elle est ma putain d'assistante, je ne peux pas m'envoyer en l'air avec elle. S'il y a bien un fait que je garde toujours à l'esprit, c'est de ne pas mélanger le pro et le perso.

Pourtant, cette nana me donne envie de tout envoyer valdinguer. D'abolir cette règle stupide que je m'impose sans plus en connaître la raison. Déjà que le dîner de vendredi a fait naître en moi une envie dure à gérer, mais je l'ai sagement éloignée en abordant sa vie de maman. Lovie s'est d'ailleurs immédiatement refermée, ce qui a eu pour effet de rompre cette ambiance électrique. Parfait ! Mais hier ! Bordel, je ne sais pas si sa meilleure amie est un génie ou une diablesse.

L'aspect chef d'entreprise de mon cerveau me sermonne à coups de « voir son assistante avec du lubrifiant entre les mains n'est pas professionnel » quand l'homme en moi a les reins en feu. Le visage si innocent de Lovie lorsqu'elle a découvert le lubrifiant « orgasme intense », sa façon de rougir et de s'enflammer à la fois se rappellent à moi. Ses lèvres pulpeuses se chevaucher et se mordre quand la culotte en dentelle a glissé entre ses doigts, bon sang, je vais durcir de nouveau. Stop, stop, stop. Cette femme me fait perdre tout self-control. Ce n'est pas possible.

J'ouvre le tiroir droit de mon bureau pour y jeter un œil. L'arme du crime est là. Sa culotte noire. Elle pourrait aussi bien me fixer en me disant « tu aimerais me voir sur ses fesses et les caresser » que ça ne m'étonnerait pas, tant cette pensée m'obsède depuis hier. Je referme le tiroir brusquement et me dandine sur mon fauteuil pour remettre mon pantalon de façon plus confortable.

Lovie Miller est un fantasme de plus en plus dur – dans tous les sens du terme – à contenir. Je la lorgne de ma position. Elle tape sur son ordinateur, écouteurs aux oreilles comme elle ne supporte pas ma merveilleuse playlist de Noël. Je ne lui ai pas encore fait l'affront de mettre sa grande copine Mariah Carey, mais ça ne devrait pas tarder, j'ai envie de la titiller. Au fond, j'ai également envie de savoir pourquoi elle hait tant Noël.

Lovie est une femme pétillante et souriante depuis son arrivée au sein de l'entreprise, d'ailleurs la plupart des collègues l'ont rapidement qualifiée de « rayon de soleil », surtout Joe, à qui elle apporte quotidiennement des beignets. Malgré tout, depuis que décembre a fait son apparition, sa personnalité s'est faite maussade, bien plus sarcastique et tour à tour dans la fuite ou le refus. Son attitude m'intrigue, j'ai l'envie et presque le besoin d'en savoir plus, de découvrir d'où vient cette détestation. La femme rayonnante des premiers mois s'est subitement faite sombre et tranchante. Quel Noël a-t-elle bien pu vivre pour qu'elle perde son sourire ?

En attendant, je suis comme un con à me cacher d'elle.

— Monsieur Conrad ?

Sortant de mes pensées, je découvre justement l'objet de mes tergiversations en face de moi, dans l'encadrement de la porte, une main sur cette dernière comme si j'allais la manger. Cela n'arrivera pas, quoique, on ne sait jamais.

— Oui ?

— J'ai toqué, précise-t-elle avec un air pincé.

Je suis réputé intransigeant et autoritaire, et je pourrais redresser les épaules comme un coq en voyant sa réaction. Pourtant, il y a un je-ne-sais-quoi en moi qui me fait froncer les sourcils. C'est stupide et inapproprié, mais je ne veux pas que Lovie se comporte ainsi avec moi. Je la préfère bien plus piquante.

— Il me faudrait votre signature pour renvoyer le contrat Parkson.

— Bien sûr.

Mon assistante, dossier contre son buste, s'approche de moi. Je me saisis de mon Montblanc, prêt à signer, quand mon odorat est chatouillé par son odeur. Je perçois des notes de rose, de pivoine et de musc blanc. Un parfum frais et floral qui lui va comme un gant.

— Quel est votre parfum ? ne puis-je m'empêcher de demander alors qu'elle pose les documents devant moi.

Elle s'empresse de glisser une mèche de cheveux derrière son oreille, signe de gêne. Lovie est mal à l'aise et j'imagine qu'elle redoute que notre relation prenne un autre tournant, comme hier avec son calendrier de l'Avent. Toutefois, elle répond :

— Le Blooming Bouquet de la maison Dior. Un dernier cadeau de… mes parents, dit-elle avec une touche d'hésitation et de tremblement amer.

— Vous voulez m'en parler ?

Mais d'où je sors ça ?

Jouer à être à l'écoute ne me correspond pas vraiment. Ma réflexion la prend d'ailleurs par surprise, à en juger sa réaction. Elle me regarde circonspecte, les lèvres légèrement entrouvertes. Hum, je pourrais bien y glisser un doigt ou ma langue… *Putain, Lucas, reprends tes hormones et dégage-les d'ici !*

— Il faudrait un autre cadre que votre bureau pour que je me confesse.

1-O pour Lovie Miller. Sa tentative pour me remettre à ma place me fait sourire, car elle ne me décourage pas le moins du monde, bien au contraire :

— Un dîner ?

— Vous plaisantez ?

Elle m'inspecte de son regard perçant.

— Pourquoi le ferais-je ? J'ai envie de dîner avec toi.

Elle se redresse tout à coup. Le tutoiement a fait son effet, mais je n'arrive pas encore à le jauger sur une échelle de valeur. Positif ou négatif, aucune idée. J'ai sorti une carte sans même y avoir réfléchi. C'est du beau après tout un speech sur la distance professionnelle à maintenir avec mes collaborateurs.

Je me fous vraiment de la gueule du monde !

— Je ne suis pas sûre que…

— Un dîner ce soir, je viendrai te chercher à 19 h 30.

— C'est-à-dire que vraiment…

Toc toc toc.

— Excusez-moi, je viens pour la livraison du sapin. Il n'y avait personne dans le premier bureau.

À la porte, un homme d'un certain âge, quelque peu bedonnant, se tient engoncé dans une doudoune ocre. Il semble tenir un bon de commande dans la main. D'un coup d'œil, je trouve également le sapin qu'il a dû apporter et qui lui vaut son souffle court. L'arbre est posé contre l'une des vitres de mon bureau, prisonnier d'un filet.

Je signe rapidement le contrat, Lovie souffle et se dirige vers lui.

— Je suis navrée, je suis mademoiselle Miller, venez, je vais m'en occuper.

Je salue l'homme d'un signe de tête au moment où elle referme la porte.

Resté seul dans l'espace de travail soudain étouffant, je comprends que j'ai outrepassé toutes mes règles. Je viens d'inviter mon assistante à dîner et pas pour une raison valable et professionnelle. Non, non, dans un cadre purement privé.

Et sa réaction… Elle n'a pas dit non, mais elle n'a pas dit oui non plus. Je prends cependant le parti de me fier à mon instinct et de plonger vers l'aventure. Que peut-il bien m'arriver ? Au pire, je passe une mauvaise soirée qui marquera cette idée comme profondément débile et, au mieux, je profite d'un bon repas ainsi que d'un bon moment.

Non, au pire, tu passes ta soirée avec le drapeau érigé et tu craques totalement pour ta secrétaire, me souffle mon insidieuse conscience.

J'éloigne ces pensées pour reprendre le boulot avec un maximum de concentration. Quelques heures plus tard, un pop m'annonce l'arrivée d'un nouveau mail intitulé « Le lutin de Noël a livré le sapin ». Mon assistante est définitivement une vraie boute-en-train sans le savoir. Je clique dessus pour l'ouvrir.

« Cher-e-s collègues,
Le lutin en chef Lovie vous annonce que la demande du Père Noël Conrad a été respectée. Il y a donc depuis quelques minutes un sapin, Nordmann, dans le hall de l'étage principal. Ce dernier a été décoré avec soin et parcimonie par les petits lutins Amanda et Drake, que vous pouvez vivement remercier, car il est certain que le résultat n'aurait pas été le même s'il m'avait incombé.
À partir de maintenant, vous pouvez donc y accrocher vos vœux. Sur place, cordes, cartes et stylos vous attendent. Il n'y a plus qu'à avoir l'espoir.
Belle fin de journée,
Et surtout on n'oublie pas,
Lovie's not all. »

Je souris comme un crétin. Cette femme aime me piquer autant que je savoure chacun de ces moments. Elle est le feu et je suis la glace. Un dîner ne peut qu'être un danger, pourtant je décide d'y céder corps et âme. Je sens que je ne vais pas le regretter.

Je quitte mon bureau pour aller découvrir l'arbre à souhaits. En arrivant, j'observe les premiers employés y accrocher leurs vœux.

— Vous devriez participer vous aussi, me dit Jacquie, déjà présente dans l'entreprise du temps où mon père était un jeune loup du business.

— Vous savez que c'est moi qui en réaliserai trois. Ça n'a pas de sens de mettre un de mes vœux.

— L'essentiel, c'est le vœu et l'espoir qu'il y a derrière, pas votre rôle de grand manitou, me sourit-elle.

— J'y penserai alors.

— Vous devriez vraiment.

Elle pose sa main sur mon avant-bras en un geste de soutien. Cette femme me connaît depuis que je suis gamin et, pourtant, elle n'en joue jamais. Je lui porte une affection et un respect particuliers. Elle me rappelle à bien des égards ma grand-mère. Sa douceur, sa générosité et son dévouement. Lorsque je retourne vers mon bureau, ma montre m'indique qu'il est déjà 17 heures. Il ne va pas falloir que je tarde, comme j'ai bien l'intention d'emmener Lovie dîner. D'ailleurs, j'ai envie de jouer la carte de la surprise, pas de l'emmener au restaurant chic où j'ai l'habitude d'aller avec les femmes que je séduis. Elle mérite mieux, plus de personnalité dans ce… premier rendez-vous. Premier, ça signifie que j'ai envie d'une suite ? Autant arrêter de me leurrer, cette soirée est un test. Savoir si elle me plaît réellement ou si ce n'est que physique. Si la première option s'avère, je ne pourrais plus m'empêcher de vouloir la voir, je le sais à l'avance. Elle m'obsède déjà bien trop pour revenir en arrière.

En arrivant à nos bureaux, je découvre une carte beige rattachée à un cordon. Un vœu. Lovie a également pris un vœu à attacher à l'arbre à souhaits de l'entreprise. Poussé par la curiosité, je m'en saisis et l'ouvre afin de connaître ce que mon assistante espère tant.

« Un Noël en famille. »

Quatre mots. Et tout un tas d'émotions.

Je m'interroge plus encore qu'auparavant. Lovie doit se sentir esseulée pour faire un tel vœu. D'un côté, moi qui passe tous mes Noël en famille depuis mon enfance, j'imagine sa peine de ne pas pouvoir en profiter. D'un autre côté, à quelle famille pense-t-elle ? Son conjoint et sa fille ? Où est-il s'il ne passe pas les fêtes avec elles ? En faisant ce vœu, songe-t-elle à ses parents ? Lorsqu'elle a abordé le sujet rapidement, cela avait l'air de faire jaillir de douloureux souvenirs. À Noël plus qu'à un tout autre moment de l'année, on ressent le besoin de ses proches, de sa famille, de nos souvenirs d'enfance, des gens que l'on aime. L'ambiance peut tout aussi bien être magique qu'affreuse, selon le bord vers lequel on se positionne. Ce soir, j'ai la volonté de creuser et de ramener Lovie vers mon côté de Noël. J'ai aussi égoïstement besoin de savoir si le père de sa fille est toujours dans le paysage sentimental. Cette question me taraude depuis des jours. Je me rassure en me disant que Lovie est une femme de valeur, et qu'elle ne se laisserait pas séduire si elle était en couple ou si elle avait encore des sentiments pour un autre homme.

J'ai besoin de savoir si la place est libre et si je peux tout faire pour la saisir.

9

9 décembre

— Tu peux me réexpliquer pourquoi tu ne vas pas saisir l'opportunité de ce rendez-vous, seul à seule, avec Lucas Conrad ? fait Alix sur le ton moralisateur d'une mère en désaccord.

— Un, c'est mon patron. Deux, je suis sûre qu'il ne veut pas vraiment un rencard avec moi. Trois, je le soupçonne de vouloir me refourguer plus de boulot parce que je boude toutes ses conneries d'ateliers de Noël.

Nous sommes dans la chambre de Judith et je finis de changer ma fille. Cette conversation tourne en boucle depuis mon retour et depuis que je lui ai dit que son lubrifiant goût cerise avait visiblement changé la donne entre Lucas et moi. Évidemment, Alix était ravie de son projet machiavélique, qui va bien au-delà de ses espérances. Elle a même couiné de joie, c'est dire !

— Franchement, la pire idée qu'il pourrait avoir derrière la tête pour donner suite à mon ingénieuse idée du calendrier de l'Avent, c'est de te mettre dans son lit. Vraiment horrible comme plan, dit-elle faussement pour me faire réagir.

— Mouais.

— Attends, Lov', ne me dis pas que ça te déplairait ?!

— O.K., je ne te le dis pas.

— Sérieusement ?! Mais non de non, tu as ouvert les yeux dix secondes sur la bombe atomique qu'est ton patron ?

— C'est aussi l'Amiral-connard, tu l'as oublié ? Je couche avec lui, si ça se trouve c'est aussi nul que s'enfiler un sandwich au poulet sans moutarde ou regarder une mémé traverser le passage piéton. Et ensuite ? Il s'agit de mon patron, il a toutes les raisons le lendemain de me snober, de me virer ou de m'utiliser pour ses pauses d'une à deux.

Je reconnais la moue réflexive de ma meilleure amie et colocataire. Alix masse sa main droite à l'aide de la gauche tandis que je m'affaire à chercher un gilet pour Judith.

— Alors petit un, ce mec doit avoir une queue magique, O.K. ? Il ne peut pas avoir sa réputation pro et perso, et être un loukoum au lit !

— Alix ! m'insurgé-je.

— Quoi ? Ju' comprend rien, elle est trop petite !

— Elle répète de plus en plus ce qu'on dit… grogné-je en espérant que les mots les plus intéressants de cette phrase ne soient pas retenus par cet enfant encore innocent.

Avec une tatie comme Alix, elle aura sitôt fait d'en connaître un rayon de mots pas jolis.

— Bref, tu fuis l'idée essentielle. Lucas Conrad est certes ton boss, mais il t'a invitée en *date*, ce n'est pas rien. Et quand bien même il voudrait s'envoyer son assistante, je ne vois pas le mal.

— Alix… J'ai pas besoin de m'ajouter des complications.

— Tu penses encore à Victor ?

Victor. Si longtemps que je n'ai pas prononcé ou entendu son prénom. Mon deuil est terminé depuis longtemps, ma grossesse m'a poussée à aller de l'avant, à me relever et à avancer chaque jour, pour moi mais surtout pour Judith. Elle a été ma guérison quelque part face au marasme.

— Non, pas du tout. Victor appartient au passé. Il m'a offert l'une des plus belles choses dans la vie, son amour a donné vie à Ju' et je l'aimerai toujours, mais ce n'est plus comparable à l'amour que je lui portais quand il était là.

Victor. Je l'ai rencontré si jeune, à dix-huit ans. Le coup de foudre, il n'y a pas d'autres mots. C'était une évidence pour lui comme pour moi le jour de notre rencontre. Un truc sordide en plus, une voisine qui a subi une vengeance, des mecs ont fait flamber sa voiture. À l'époque, je vivais en colocation aussi, et Victor faisait partie des pompiers étant intervenus pour gérer l'incendie. En pyjama à motif fraise, summum du sexy, je suis descendue de la résidence pour savoir ce qu'il en était et, d'un brusque « Mademoiselle, reculez, c'est dangereux ! », sa voix m'a happée. On ne s'est pas quittés ensuite, et chaque année a été à la fois houleuse et merveilleuse. L'inquiétude au quotidien d'être avec un homme de terrain n'est pas toujours évidente à gérer. Les interventions nous serrent le ventre, les nuits de garde aussi. On écoute la radio ou on allume la télévision à chaque gros accident ou incendie, dans l'attente de bonnes nouvelles. Puis, un jour, la mauvaise tombe. Un pompier de l'escouade est mort. On attend tremblante, angoissée, puis on apprend que c'est le nôtre. Le soulagement maladroit se peint sur d'autres visages, alors que le nôtre se fissure. La vie est une roulette russe, je l'ai appris à mes dépens, mais ça ne s'oublie jamais.

J'étais enceinte de quelques semaines lorsque Victor est mort. Il n'a jamais connu Judith et ne la connaîtra jamais. Une fille sans son père, un homme jamais devenu père. Il aurait fait un papa formidable, un peu gaga des sourires de son bébé, drôle à lui faire des grimaces et des bruitages, attentif à ses pleurs et à ses besoins, perdant patience au milieu de la nuit, mais toujours présent pour elle. Pourtant, ce n'est pas le cas.

Néanmoins, je sais que je ne suis plus amoureuse aujourd'hui de mon premier amour. Victor est une partie de ma vie qui a pris fin. Pour autant, l'amour c'est putain de compliqué, et je n'ai pas envie de me prendre la tête avec ça, surtout que je le sais au fond. Je pourrais tomber amoureuse de Lucas Conrad et de sa magie de Noël si je me laissais aller. C'est la raison pour laquelle je m'obstine. Je n'ai ni l'envie de me compliquer l'existence, ni celle de prendre le risque d'aimer, d'accorder ma confiance et d'être une fois de plus déçue.

— Si ce n'est ni Victor ni Judith qui te retiennent, qu'est-ce que c'est ? Pourquoi refuses-tu d'être légère ? De kiffer sans prise de tête ?

— J'ai Judith, j'en suis responsable, et on ne peut pas dire que si je vais mal ou que j'aie un problème, ma famille sera là pour elle. Je ne peux pas me permettre une position délicate.

— Je serai là, moi. Ta famille aujourd'hui, c'est moi et, coûte que coûte, tu me trouveras toujours là pour toi et pour elle. Une super amie et une super tatie, voilà mon rôle.

— Je ne peux pas t'imposer cela, soupiré-je.

Alix s'approche de moi et m'enserre dans ses bras. Son contact m'apaise instantanément. Elle me fait tant de bien au quotidien et je lui dis si peu. Ça pourrait être perçu comme de l'ingratitude mais, en réalité, c'est juste de la pudeur émotionnelle.

— J'adore ta robe, me souffle-t-elle.

Même si je n'ai pas décidé d'aller à ce *date* « seul à seule », je vais bel et bien y aller. J'ai donc décidé de m'apprêter. Un minimum, quoi. Bon, O.K., je veux qu'il me trouve mignonne et désirable. Bon sang, j'ai la maturité d'une gamine. J'ai donc enfilé une robe pull noire, moulante pile où il faut et avec un col roulé pour ne pas crever de froid. Une paire de collants résille – les bas c'est ce que l'on porte quand on n'est pas maman et qu'on n'a pas à se baisser dix fois par minute sans crainte de montrer ses dessous à toute la planète –, mes bottes cavalières et, avec ça, manteau et écharpe pour rester élégante, malgré mon coup en traître. Car oui, pour le tester, j'emmène Judith avec moi. Je me suis dit qu'après sa mention de mon rôle de maman, puis sa proposition de rencard, la présence de ma fille ce soir serait le test ultime. Soit demain il fait comme si de rien n'était, soit au contraire ça n'entache pas sa détermination. Au pire, il n'y a même pas de rendez-vous ce soir, car il prend la fuite. Au mieux, il me prouve que je ne suis pas juste un numéro dévêtu sur son tableau de chasse.

— Merci, réponds-je à mon amie.

Elle s'éloigne de moi quand je prends ma petite vague dans les bras, lui ébouriffe les cheveux tendrement avant de la reposer par terre. Elle attend que je lui mette son bonnet et son écharpe, le regard pétillant. Une fois prête, elle court, enfin aussi bien qu'elle y arrive, donc c'est un peu bancal, vers le salon. Au même moment, la sonnette de l'entrée retentit.

— Ton rencard est arrivé ! crie Alix, histoire que sa voix passe bien à travers la porte d'entrée.

Je vais l'étouffer dans son sommeil avec un oreiller, je le jure !

Tout en rouspétant, je pénètre dans le salon et parviens presque à la porte afin d'ouvrir. Je découvre mon patron habillé de façon décontractée, une première. Lucas Conrad porte un jean sombre, un col roulé marinière et un duffle-coat gris par-dessus. Ses cheveux sont tout autant décoiffés qu'au boulot, cependant. Il est canon, à couper le souffle même. D'ailleurs, le mien est coupé et je ne prononce pas un mot.

— Bonsoir.

— Bonsoir. Nous sommes presque prêtes.

— Nous ? fait-il en relevant un sourcil d'un air interrogateur.

Pile à cet instant, Judith apparaît, s'agrippant d'une main à ma jambe. Elle lève les yeux si haut pour le voir que c'en est presque comique. Sa voix fluette énonce un « 'soir » de politesse et de retenue. Elle l'observe de droite et de gauche en tournant la tête de chaque côté. Je jette un œil en direction de mon boss, j'attends de voir sa réaction. Le rencard passant de deux à trois, j'imagine que ce n'est pas la plus belle surprise de la soirée.

Alors que je l'imagine pincer les lèvres et réfléchir à un alibi de dernière minute, lui faisant prendre ses jambes à son cou, il s'agenouille devant Judith pour être un peu plus à sa taille. La petite ne bouge pas d'un pouce.

— Salut. Alors tu viens manger avec ta maman et moi, ce soir ?

Ma fille hoche la tête avec un sourire de chipie. À croire qu'elle est assez maligne pour comprendre qu'elle n'était pas prévue au programme. J'ai presque envie de crier « c'est bien ma fille ! », avec une fierté toute maternelle et un peu stupide, il faut le reconnaître.

— Super ! Je suis sûr que tu vas aimer ce que je vous réserve !

Judith lui offre un grand sourire, puis il se redresse et m'observe, un sourire mystérieux aux lèvres. Lèvres que j'ai ~~très~~ pas du tout envie de mordiller.

— Manteaux ? Il vaut mieux sortir couverts, ajoute-t-il avec un clin d'œil.

Je glousse. Il doit croire que ma fille est un rempart à son lit, d'où sa présence. Ça aurait pu, il est vrai. Et qu'il y pense me fait rire, surtout après les cadeaux d'Alix. J'attrape mon manteau ainsi que celui de Judith, et nous nous habillons au moment où Alix glisse une tête.

— Bonsoir, je suis Alix, la coloc !

Le sourire de mon patron s'agrandit immédiatement lorsqu'il lui tend la main.

— Lucas Conrad. Très sympa le calendrier de l'Avent !

Oh le goujat ! Il a osé !

Alix s'esclaffe, et ils partent tous les deux dans une conversation sur l'élaboration du projet de mon amie. Surtout si je suis de trop, qu'on me le dise. Bon, je veux bien admettre que c'est de bonne guerre comme j'embarque ma fille pour notre rendez-vous mais, quand même, reparler des surprises dont recèle ce cadeau de malheur… Et les voilà qui se mettent à aborder ce qui m'attend dans les jours à venir !

— On file ? demandé-je, l'air de dire qu'il est temps de retrouver l'objectif de la soirée.

Mon boss ne perd pas son sourire, malgré mon ton autoritaire, et je me surprends à découvrir une nouvelle facette de lui. C'est étrange de donner presque un ordre à son supérieur, pourtant il n'en fait pas cas. Nous descendons les escaliers tous les trois, avec Judith, et lorsque je découvre sa Mercedes garée juste devant l'entrée de l'immeuble, je ne peux m'empêcher de sourire. En général, il dégaine la voiture de sport pour ses conquêtes, enfin d'après ce que j'ai supposé de mes réservations au restaurant L'Amore. Plus cliché, il n'y a pas avec ce restau italien.

Il a eu l'amabilité de porter le siège auto de Judith jusqu'à la voiture, mais quand je le vois galérer en cherchant le système d'attache, j'interviens. Vive l'Isofix, même si à ses yeux le monde de la parentalité est obscur. J'attrape Ju' et la ceinture avant de passer devant et de prendre place à mon tour. Lucas démarre et s'insère dans la circulation de Chicago.

— Vous nous emmenez où ?

— Tu ne penses pas que l'on pourrait mettre le vouvoiement de côté, Lovie ?

Il quitte la route des yeux et me lance un clin d'œil à me faire vriller le cerveau. Pourquoi semble-t-il si à l'aise ? Si maître de la situation alors qu'un rien me dépasse ?

Bien sûr que le vouvoiement n'a plus de cohérence, nous sommes avec ma fille dans sa voiture, cette dernière gazouille en admirant les lumières de la ville bouger au rythme où nous roulons. Je sors avec mon boss pour une soirée privée en compagnie de ma petite vague. Rien d'ordinaire. Pourtant, j'hésite encore à marquer une proximité. C'est idiot.

— Je peux t'appeler Lucas ?

— Comment veux-tu m'appeler sinon ? se moque-t-il.

— Patron ? Boss ? L'Amir… entamé-je avant de me stopper net.

Merde, j'ai failli lui balancer son surnom ! Manquerait plus que ça ! À tous les coups il me vire après !

Il m'inspecte mais reste impassible.

— Lucas, c'est bien. Et oserais-je demander comment s'appelle ta miniature ?

— Judith.

Regardant dans le rétroviseur intérieur, il observe ma fille gazouiller et baragouiner des mots plus ou moins existants avant de s'adresser à elle :

— Tu aimes Noël, Judith ? Les lumières, les sapins et les chocolats ?

Oh non, pas ça. Le piège se referme sur moi, on dirait. Ce n'est pas L'Amore qui nous attend apparemment, et j'en viendrais presque à regretter de ne pas être traitée comme l'une de ses multiples conquêtes féminines dont il ne doit même pas se souvenir du nom.

Judith s'empresse d'applaudir puisque, avec Alix, elle partage cette passion de Noël, puis lâche un petit « oui » timide.

— Parfait !

— Vous… enfin tu plaisantes, n'est-ce pas ?

— Moi ? Jamais !

Je soupire de mécontentement sous son air goguenard.

— J'ai accepté un dîner avec toi, pas une mission Noël.

— C'est dommage, car on dirait bien que tu es embarquée dans cette mission. De toute façon, la majorité l'emporte et Judith a l'air emballée !

— Forcément, c'est une enfant, bougonné-je, alors que mon patron ralentit l'allure.

Je découvre bientôt que nous sommes arrivés et, dès qu'il se gare, je reconnais le lieu que je fuis depuis le début des festivités. Nous nous trouvons à Millenium Park. Haut lieu de la magie de Noël dans cette ville. Ça promet.

Lucas aide Judith à descendre de voiture puis, étonnamment, au lieu de venir se blottir contre moi, elle lui attrape la main. Elle n'a jamais été peureuse, mais elle a toujours eu un brin de méfiance envers ceux qu'elle ne connaît pas.

— Prête ?

— C'est vous le boss, soufflé-je, dépitée et prisonnière du mois de décembre pour encore quelques trop nombreux jours.

À la mention de son statut dans notre relation, il se crispe mais ne pipe mot. Autant ne pas oublier ce qui nous lie. Nous ne sommes pas deux inconnus rencontrés sur Tinder, d'où le fait que ça n'ira pas plus loin. Nous ne sommes pas deux inconnus l'un pour l'autre, ce soir n'est pas un premier *date* sans conséquence, au contraire, quoi qu'il se passe durant cette soirée, il y aura forcément des retombées. Je ne devrais pas l'oublier mais…

Mais alors pourquoi ne pas refuser l'invitation ?

Si même ma conscience me met la tête dans le cambouis… J'avais envie de ce rendez-vous, de ressentir encore les palpitations qu'il fait naître lorsqu'il est proche de moi. C'est indécent, mais j'aime ça.

Arrivée devant le sapin, Judith s'extasie en poussant des « oh » et des « waouh » très expressifs. Le sapin est splendide, même si je ne l'avouerais pas, même sous la contrainte. Nous passons un certain temps à le contempler, pour Judith et sans doute aussi pour mon incorrigible boss accro à Noël, mais je dois reconnaître que voir leurs regards illuminés me fait un petit quelque chose. J'aimais cette fête aussi… avant tout ça. Un soupir m'échappe et je surprends alors Lucas, le regard braqué sur moi.

— Quelque chose ne va pas ? J'ai déjà le bout du nez tout rouge ?

Il sourit et secoue la tête négativement.

— Tu as la mélancolie qui fait chanceler l'éclat dans ton regard.

— Le passé, soufflé-je, face à la justesse de son analyse.

Comprenant que le sujet est délicat, il ne pipe pas mot et nous reprenons notre balade dans le parc en direction de ce que je suppose être l'activité de la soirée. J'ai bien sûr nommé la patinoire, lieu hautement dangereux pour mon manque d'équilibre !

10

9 décembre

— C'était délicieux ! m'exclamé-je, rassasiée, après avoir englouti mon croque-monsieur.

Lucas a eu la bonne idée de ne pas nous traîner dans son restaurant à conquêtes, mais bien dans un local de street food française. Le concept est cool et surtout détente : dans un décor vintage, on nous sert des recettes traditionnelles du pays de la baguette, avec la possibilité de les manger sur le pouce. Nous nous sommes pourtant installés dans la salle, sur de gros fauteuils en cuir marron autour d'une table en verre et en fer forgé d'un style indus'. Judith a opté pour un croque-madame que j'ai terminé, et Lucas pour une omelette aux champignons avec sa salade sauce césar. Du coup, *Veni, vidi, vici*, comme on dit ! Hum, je sais, on repassera pour la blague.

En dessert, on a tous validé la tarte Tatin, un régal ! Puis, on a discuté à tel point que Judith s'est assoupie, ne freinant en rien notre échange.

— J'aime bien venir ici, ce n'est pas loin du parc, et ça permet de déconnecter du boulot, des codes.

— Des costards et des dîners pompeux !

— Exactement ! Après une séance patinoire, c'est l'idéal pour reprendre des forces ! me lance-t-il avec un clin d'œil.

— Oui, alors c'est-à-dire qu'on n'a pas tous besoin de se requinquer avec la même ardeur, hein !

L'Amiral-je-ne-sais-quoi se marre. Ce soir, je ne parviens même plus à lui trouver de surnom approprié. Lucas Conrad n'est pas celui que je vois au quotidien. Je côtoie un autre homme qui me plaît bien plus. Et cette pensée me perturbe. De plus en plus à vrai dire. Je me demande comment je vais faire lundi matin pour récupérer ma simple place d'assistante dans sa vie.

Dans sa vie ? Mais je délire là, je ne suis pas dans sa vie, mais dans son boulot !

— Tu t'en es plutôt bien sortie à la fin !

Je perçois parfaitement son air taquin. Il faut dire que je n'ai pas brillé sur la glace, bien au contraire. Il faut imaginer une girafe avec des patins à glace et le cul d'un éléphant pour s'approcher de la réalité. Zéro équilibre. Zéro dégaine. Et, de la part de mes spectateurs, zéro compassion !

J'ai eu beau rester à proximité du rebord, ça ne m'a pas empêchée de me casser la figure une bonne dizaine de fois, que ce soit sur les genoux, sur les fesses, et j'en passe des positions bizarres. L'air frais m'a fait rougir les joues, et mes essoufflements répétés n'ont rien enlevé à ma mine déconfite.

Néanmoins, Lucas s'est montré prévenant et taquin tout du long.

— Tu as usé pas mal d'énergie ! sourit-il.

— Même ma fille, qui marche depuis peu, s'en est mieux sortie !

— La prochaine fois, tu prendras le même petit cheval sur la glace, tu réussiras avec brio, c'est certain, ajoute-t-il en lançant un regard à Judith endormie, dans une position improbable et bavant dans son fauteuil.

Il a glissé son manteau sur elle pour la réchauffer.

Me titiller est devenu son sport favori, dis donc...

Penchant la tête, je le fixe. À mon tour de piquer.

— J'aurais pu avoir un arrêt de travail avec toutes ces chutes ! Ça aurait été embêtant pour toi.

— Sauf en cas de télétravail... avec le boss bien sûr, glisse-t-il de façon innocente alors que je vois sa nuque se raidir.

— Pour que tu apportes toute ta magie de Noël chez moi ? Tu m'as prise pour une dingue ? Je ne t'ouvrirai plus jamais la porte en décembre, tu peux me croire !

Lucas se renfrogne faussement et croise les bras sur son buste comme un enfant boudeur, avant de déclarer :

— Il y a des choses très sympas et sexy dans Noël.

— Comme quoi ?

— Moi.

Son regard est profond, envoûtant. L'air crépite entre nous, et mon sang se met à battre la chamade dans mon corps. Je vais m'embraser. Son sourire large va avoir raison de moi.

— Ça reste à voir…

— Laisse-moi l'occasion de te le montrer alors.

— C'est une invitation ?

Il s'approche de moi en restant assis sur le fauteuil. Sa chaleur m'enrobe comme une douce caresse. La musique en fond sonore se prête à la période, car je reconnais un chant de Noël. Encore un, partout où je vais.

Hum, finalement, Noël peut être sexy si c'est à son image...

— La seule invitation que tu peux recevoir, Lovie, émanera de moi. Sache-le.

Un frisson parcourt mon corps et me fait lever les poils. Sa voix rauque est un appel à la dépravation. Je n'ai jamais imaginé mon boss en dehors du boulot mais, soudain, Lucas devient l'objet de mes fantasmes. Il suffirait d'un petit geste dans ma direction pour coller mes lèvres aux siennes. Je me vois déjà à califourchon sur lui ; les genoux engoncés dans le cuir chaud, ma respiration s'entrechoquant à la sienne.

Nom d'un sapin de Noël ! Lucas Conrad me fait un effet digne du sapin du Rockefeller !

— Et si je la refuse ? le taquiné-je.

Lucas s'approche encore de moi, si cela est possible. Ses lèvres caressent presque ma joue. D'un coup, ma température corporelle grimpe en flèche. Mes pensées deviennent irrationnelles et mes fantasmes se déchaînent. J'ai envie de cet homme d'une façon démesurée. Pas besoin de thermomètre pour savoir que je brûle de l'intérieur.

Son pouce vient caresser ma mâchoire jusqu'à descendre sur ma gorge. Un frisson se précipite le long de mon être.

— Quelle raison te pousserait à refuser ? Lovie, tu vas te pâmer sous mes attentions et tu seras impatiente de la prochaine invitation.

J'ai du mal à avaler ma salive. Elle me brûle la gorge alors que mon cœur palpite à toute allure. Son regard est pénétrant. Son attitude arrogante ne me refroidit pas le moins du monde.

— Côté invitation, je suis déjà bien servie, ne puis-je m'empêcher de mentir, pensant faire redescendre la pression.

Mais pas du tout !

Son regard s'est assombri et il m'a passée au crible. Un mélange que j'aimerais identifier comme de la jalousie et du désir a traversé son regard. Ses poings se referment et se crispent. Lucas Conrad dégage à ce moment une aura particulièrement virile qui m'aimante.

— Je saurais être au-dessus du reste. Y compris de ton calendrier de l'Avent, me taquine-t-il.

Et dire que nous ne sommes que le 9 décembre...

— Un Noël fait d'invitations, un Noël sexy, tu devrais te méfier, Lovie...

— Pourquoi donc ? demandé-je tout en sachant l'effet de provocation que cela crée.

— Je vais te faire trembler d'anticipation avec mes musiques hivernales, mes cartes de vœux et mon sapin.

— Un sapin, hein ?

Lovie Mayday, qu'est-ce que tu fous avec tes sous-entendus ?!

Je tente l'audace, que je ne maîtrise plus depuis quelque temps. Depuis ma dernière relation. Qui remonte, qu'on se le dise.

J'allume mon boss. Voilà le constat qui est fait. Je devrais ressentir de la gêne parce qu'il est mon supérieur hiérarchique, parce que ça n'a rien de déontologique. Parce que la société va crier à l'assistante passée sous le bureau pour avoir son poste. Parce que je pourrais être la risée de l'entreprise et me sentir humiliée si ça finissait par se savoir.

Pourtant, je m'en contrefous. Royalement ! Au contraire, je suis à l'aise avec l'idée de dragouiller et d'oser un jeu de séduction avec mon patron. Ce qui me met mal à l'aise, en réalité, c'est simplement de mener ce jeu des attirances. Je ne sais plus vraiment faire. Je suis rouillée.

Lucas est un très bel homme. Charismatique, sexy, viril, musclé comme il faut pour que sa chemise rende ses biceps alléchants et intéressants. Au-delà des apparences, il est travailleur et intelligent, je le sais pour être à ses côtés au quotidien. Alors, qu'est-ce qui me dit que j'ai les épaules pour entrer dans cette partie et jouer avec lui ?

La réponse ? Son regard flamboyant. Il me fait vibrer, et je sais d'ores et déjà que je vais sombrer dans cette couleur, jusqu'à m'y perdre.

— C'est une promesse, monsieur Conrad ?

— Absolument, Lovie's all.

Son sourire mutin m'achève et alors que je m'apprête à rétorquer afin de poursuivre cette petite joute verbale tout en tension, un froissement de tissus me parvient. Suivi d'un « mam » significatif. Détournant mon regard, je découvre Judith qui se réveille, sûrement à cause de sa posture inconfortable. Un genou au niveau de la poitrine, une jambe ballante et la tête sur un bras pendant que l'autre est coincé entre le dossier en cuir et ses fesses. Il n'y a que les gamins qui peuvent dormir ainsi. De vrais petits acrobates. J'attrape ma fille et la plaque contre moi pour un petit câlin afin que son sommeil ne s'en aille pas trop loin.

En relevant les yeux, je découvre mon boss, la cheville droite sur le genou gauche, qui ne m'a pas lâchée du regard.

Je m'attends à ce qu'il manifeste une posture de retrait, que son regard devienne distant ou moins marqué par le désir. Il n'en est rien.

— Je vous ramène.

Sa voix rauque est chaude. Je hoche la tête avec un sourire et alors que j'essaye de me lever avec ce poids endormi sur moi, il me devance. Il a enfilé son manteau en un tour de main, et se saisit de Judith avec précaution et délicatesse. Le souffle régulier de ma fille n'est absolument pas perturbé par ce changement de bras. Je m'empresse de réajuster manteau, écharpe, gants et bonnet.

— Je vais la reprendre, commencé-je.

— Elle ne me dérange pas. Je dirais même qu'elle me sert de bouillotte, dit-il avec humour.

— Merci.

— Malgré ce que tu as l'air de penser, Lovie, je n'ai pas que l'image du sale con.

Un gloussement m'échappe.

Percée à jour...

Évitant ses yeux, je triture mon écharpe comme une enfant prise sur le fait.

— Je n'aurais pas dit ça ainsi…

— La porte de mon bureau peut être fermée, mais ça ne reste que du verre, ajoute-t-il avec cet air vainqueur.

La discrétion et moi, ça fait 12 000...

Bon sang, je devrais faire un peu plus gaffe. Alors que j'essaie de trouver tout ce que j'ai bien pu dire à haute voix depuis le mois de juin, nous marchons vers sa voiture.

Le froid ne me sort pas de mes pensées. C'est uniquement lorsque je dois m'affairer au siège auto que je cesse de tergiverser. En m'asseyant à mon tour dans l'habitacle, un petit goût de trop peu m'assaille. Cette soirée était vraiment agréable, et je n'aurais pas été contre le fait qu'elle s'éternise un peu.

À peine ai-je compris que la soirée arrivait à son terme que nous sommes en bas de l'immeuble.

— Je vais t'aider à sortir Judith, me propose-t-il avec amabilité.

— Ne vous donnez pas cette peine.

— Le vouvoiement est de retour ?

Il hausse un sourcil et ses lèvres se pincent dans une mine contrariée.

— Je… euh…

— Lovie, cette soirée n'est pas un aparté. Je vais continuer à te tutoyer, à t'inviter et à essayer de te faire aimer Noël. Cette soirée a changé nos rapports, on en a tous les deux conscience, donc ne fais pas dix pas en arrière pour celui en avant. S'il te plaît… souffle-t-il avec douceur et calme.

11

Vendredi 12 décembre

Le week-end est enfin là ! Je le touche presque du doigt, pour mon plus grand bonheur ! Je ne rêve que d'une chose : dormir. La fin de la semaine n'a pas été de tout repos. Comme il faut boucler les dossiers en cours avant les congés annuels, toute la boîte redouble d'efforts et, bien sûr, les réunions et les rendez-vous professionnels de M. Conrad s'enchaînent.

Monsieur Conrad... Mouais, Lucas, ça sonne quand même mieux...

Je secoue la tête, tentant de repousser les pensées qui m'accaparent depuis notre dîner. Contrairement à sa promesse, il n'a rien osé. Le lendemain de notre soirée, j'étais anxieuse et dans l'anticipation du moindre de ses faits et gestes, puis j'ai fini par comprendre que tout ça n'était qu'une vaste supercherie. Pourquoi mon patron sexy se donnerait-il la peine de séduire son assistante, mère de famille de surcroît ? Franchement, avec les nanas qui l'accompagnent aux galas d'affaires et à qui il donne rendez-vous pour des pauses d'une à deux croustillantes, s'enticher de ma présence est presque risible. Le tutoiement a été maintenu. En effet, une certaine proximité s'est tissée depuis mardi, et personne ne l'a réellement relevé au bureau puisqu'il est souvent accompagné d'une « mademoiselle Miller » lorsque nous sommes entourés.

Néanmoins, je ne peux pas nier ma déception. Une pointe fine et cinglante qui adore titiller mon estomac, pour ne pas nommer un autre organe vital. Désormais, je n'attends donc plus rien.

Menteuse... me souffle ma conscience.

— Lovie ?

— Oui ? fais-je en relevant la tête.

Lucas se tient face à moi, beau comme un dieu dans son costume marine. Cette couleur lui va à la perfection. Classe et élégance se dégagent de lui.

Bref, arrêtons de baver.

— Tu devrais rentrer, on est vendredi et il va être 18 heures.

Mon petit espoir dégonfle comme un soufflé. Je suis dans le déni, j'attends toujours un signe de sa part et je suis carrément déçue. Mes épaules s'affaissent et il le voit, sa mine devenant interrogatrice. Il est prévenant et bien que ce soit agréable, j'ai besoin de savoir s'il va y avoir une suite, ou pas. La patience, il paraît que c'est une vertu.

— Quelque chose ne va pas ?

— Si, si, tout va bien. Je vais filer alors, si tu n'as plus besoin de moi. Je n'avais pas vu qu'il était si tard.

Tu mens encore...

J'attrape mon sac en shootant ~~volontairement~~ par inadvertance dans le calendrier d'Alix posé derrière ma chaise à roulettes. Si là, il ne comprend pas que je lui envoie un signe non professionnel, c'est… que c'est bien un homme ! Hélas, par politesse, il s'empresse simplement de le remettre à sa place. Aujourd'hui, j'ai eu un livre, et non ce n'était pas le Kama-sutra. Ça ne pouvait être qu'un signe d'une journée lambda !

— Passe un bon week-end, me dit-il alors que je glisse mon bras dans la manche de mon manteau.

— Merci. Il sera reposant, je n'ai rien de prévu et ma coloc' me laisse l'appartement pendant deux jours.

Les appels de phares, là, ça va, ils sont assez visibles ?

J'ignore même pourquoi je me donne tant de mal à essayer une approche. Ça devrait être assez clair qu'en définitive, après y avoir réfléchi, il se désintéresse de moi. Je ne vois pas pourquoi « je m'entête et je m'obstine », comme dirait Alix.

— Bon repos alors. Lundi…

— Nous avons rendez-vous avec les investisseurs pour l'Amérique du Sud, je l'ai noté, achevé-je.

Un sourire, un hochement de tête, il repart comme il est arrivé. D'insatisfaction, je souffle et quitte l'entreprise avec une dernière salutation pour Joe, en lui souhaitant un agréable week-end avec sa femme.

Nous sommes vendredi et, dans le métro, c'est la cohue. Je mets un temps fou à arriver à l'appartement, ce qui fait que je ne vois Alix qu'en coup de vent avant qu'elle ne s'échappe pour son week-end endiablé. Elle a fait la connaissance d'un type sur un site de rencontre – l'un des très nombreux sur lesquels elle est inscrite – et après un ou deux verres, elle s'est dit qu'un week-end « chaud lapin » était une idée judicieuse. Connement judicieuse si on me demande mon avis. Somme toute, on ne me le demande pas, et ce n'est pas parce que je l'envie ~~un tout petit peu de rien du tout~~ que je dois être mauvaise langue. Si ça se trouve, elle va revenir lundi en ayant eu le coup de foudre. Et moi je serai toujours là, vautrée sur mon canapé à attendre quelque chose sans savoir quoi.

Parce qu'il faut quand même énoncer les faits. J'aimerais un signe de la part de Lucas pour donner suite à notre dîner et, en même temps, cela me terrorise. J'ai envie qu'il montre de l'intérêt à mon égard, mais j'hésite aussi. Il reste mon patron, et ma vie est compliquée, alors l'embrouiller davantage… Sauf qu'à force de peser le pour et le contre, je me suis égarée en chemin et je ne sais plus où aller. J'en suis là de mes réflexions lorsque la sonnette de l'entrée retentit. Judith, assise à côté de moi, relève la tête du reportage sur les fêtes de fin d'année.

Comment ai-je bien pu laisser ça à la télé sans faire un anévrisme ?

Je me lève tout en faisant encore la soupe à la grimace. Je me suis changée en rentrant. Je ne porte plus de ruban dans les cheveux, et j'ai enfilé un sweat-shirt et un legging noir ainsi que de grosses chaussettes molle-tonnées grises.

Je ne prends pas la peine de regarder par l'œilleton et ouvre la porte.

— Oh merde…

Face à moi, tanguant comme un navire en pleine tempête, un sapin. L'odeur me fouette les narines. Sa robe verte prouve sa vigueur et sa haute taille me laisse penser qu'il est immense. Le filet qui l'entoure est à deux doigts de céder. Le sapin ahane et souffle fortement.

Qu'est-ce que je raconte encore comme absurdités ? Mais qui se cache derrière ?

Je me décale, dansant d'un pied sur l'autre pour découvrir l'apparence du porteur de malheurs. Bah oui, un sapin sur le pas de ma porte, ce n'est pas synonyme de bonheur, hein.

— Tu comptes me laisser entrer ? me demande une voix rauque, qui ne laisse pas de doute sur mon interlocuteur.

— Euh… non.

— Quoi ? s'étrangle-t-il, sans doute peu aidé par le poids de l'arbre.

Une petite main chaude se pose sur ma jambe et tire mon collant noir. Baissant les yeux vers le sol, j'observe Judith, qui regarde le sapin comme la septième merveille du monde.

Je vais le tuer, je le jure... purée de patate de magie de Noël de mes deux... châtaignes !

Devant la mine curieuse de Judith, j'abdique. Je me décale donc pour laisser la place à mon boss, qui pénètre avec son satané arbre chez moi.

Il pousse des grognements à chaque pas et je ne me décide pas à l'aider, bien consciente qu'il l'a cherché. Si je peux lui rendre la monnaie de sa pièce, ça me va.

Lorsque les deux intrus sont dans le hall d'entrée, je referme la porte, puis me retourne vers eux.

— Je peux savoir ce que c'est que tout ça ?

— Un sapin, affirme-t-il avec un aplomb qui rend aussi dingue qu'il est sexy.

— Merci, ça je le vois bien. Mais qu'est-ce qu'un sapin fait chez moi ?

D'une lenteur de chat, il s'approche, sourire carnassier aux lèvres. Judith, me tenant toujours la jambe, est mon seul rempart contre la fuite.

— Te donner goût à l'esprit de Noël, Lovie. C'est ma mission.

— On avait parlé d'invitations, pas de… ça, dis-je en agitant ma main d'un mouvement circulaire du poignet.

— Eh bien, le sapin s'est invité chez toi !

Son air rieur me donne envie de lui mettre des baffes. Je suis contre la violence, mais là il crée en moi de fortes émotions négatives !

Je souffle d'exaspération.

Et maintenant ? me demande insidieusement ma conscience.

Judith s'approche de l'arbre saucissonné avec des « waouh » expressifs.

— Bon, alors on l'installe ? grogné-je.

— Je ne pensais pas que te faire flancher serait si facile, c'est très prometteur pour la suite…

— Tu as déboulé dans l'appartement de ton assistante un vendredi soir avec un sapin. Je ne suis pas assez folle pour tenter l'opposition avec mon boss implacable… tenté-je, mielleuse. Je pense à ma prime de fin d'année, ajouté-je avec humour.

Lucas hausse un sourcil et retire son manteau dans l'attente d'une suite qui ne vient pas. Je secoue la tête en attrapant manteau et écharpe, et les glisse dans le placard de l'entrée. Lucas déplace l'arbre jusqu'au salon. Dans le coin sur la gauche de la télévision, il y a un espace assez grand inutilisé. Enfin jusqu'à présent.

Judith retourne s'asseoir dans le canapé, admirative de chacun de nos faits et gestes.

Je tends une paire de ciseaux à Lucas, qui s'empresse de libérer le sapin de son carcan. Ses branches se déploient d'un coup, vivement, et son odeur se met à embaumer les lieux. Judith applaudit en poussant de petits cris, et voir ma fille ainsi me serre l'estomac. Je suis émue et la prise de conscience est rude.

Je ne peux pas l'empêcher de profiter de Noël. Lui refuser cette magie est impensable. C'est une enfant, par définition elle a une prédisposition à aimer tout cela. Et encore, il n'est même pas illuminé et décoré ! L'émotion me noue la gorge. Je me souviens des Noëls de mon enfance…

Ma maman s'accordait chaque année sur les couleurs thématiques de sa table et de son sapin dès le début du mois de novembre. Mon père et moi votions généralement pour les couleurs traditionnelles : rouge, vert et doré. Néanmoins, elle parvenait quand même certaines années à imposer le bleu nuit et l'argent, ou le tartan, ou encore l'orange doré aux airs des *Mille et une nuits*.

Après mon anniversaire, je trépignais d'impatience pour mettre le sapin, le sentir, le décorer. Un arbre gigantesque venait donc habiller notre salon de ses lumières, dont je fuyais systématiquement le démêlage ! En revanche, je revenais pour y accrocher les boules et autres décorations. Le moment d'allumer l'étoile, au sommet de l'arbre, restait toujours mon préféré. Le mois de décembre était jalonné de préparatifs et d'activités en tout genre. Il s'agissait de partager en famille cet esprit et de passer de bons moments les uns avec les autres, comme en cuisine avec nos cookies aux cacahuètes ou encore les chocolats chauds devant les films d'ambiance.

Mais ça n'est plus. J'ai été abandonnée par ma famille. Judith aussi. Elle ne les connaît même pas. Ma fille n'est jamais allée dans les bras de ses grands-parents, elle n'a jamais plongé son regard dans celui de « papi » ou attrapé les cheveux de « mamie ». Cette pensée me broie le cœur, mais c'est une dure évidence. Elle s'approche doucement des deux ans, et elle n'a jamais eu de contact avec eux, elle n'a pas entendu leurs voix, ressenti leurs parfums, eu une caresse de leurs peaux. Judith est une inconnue pour les Miller. Comme je suis une inconnue dans ma propre famille. Ça me torpille le cœur et l'âme.

Comment peut-on faire ça ? Comment est-il possible d'écarter de sa vie sa propre chair ? Aujourd'hui que je suis maman, je n'envisage absolument pas de renier ma fille et encore moins parce qu'elle serait tombée enceinte.

J'étais dans une situation stable, rien ne prédisait cela. Et quand bien même ça n'aurait pas été le cas, ils auraient dû m'apporter du soutien, de la présence, de la bienveillance. M'aimer coûte que coûte, moi leur fille. Pourtant, j'ai été écartée, puis oubliée. Plus d'un an que mon père ne m'a pas adressé un mot… Ma mère a tenté, au départ. Cela s'est vite tari, cependant. Elle est entrée dans le giron de mon paternel soit parce qu'elle pensait comme lui au fond, soit par consentement face aux arguments – je dois être dépeinte comme le diable n'écoutant jamais ses parents depuis sa tendre enfance alors… À moins que mon père n'ait simplement joué de son influence et de son habileté à manier, voire à manipuler, les pensées des uns et des autres, y compris de sa femme. Dans tous les cas, la finalité est identique. Je ne compte plus aux yeux de mes parents, et leur petite-fille ne comptera jamais. J'ignore lequel des deux cas est le plus déroutant et le plus violent.

— Lovie ? Tout va bien ?

Je relève mes yeux, devenus moites d'émotions, et les plonge dans le regard de Lucas. Un flottement prend place. Il n'ose rien dire devant ma mine déconfite, et je n'ai pas la force de parler non plus. Judith est de retour contre son coussin devant la télévision et somnole. Elle va sombrer sous peu. Alors que tout semble indiquer qu'il va tenter une approche pour en savoir plus, Lucas me prend de court.

— Sushis ?

— Pardon ?

— Si je commandais des sushis, ça te tente ? Pendant que tu sers un verre de vin ?

— Euh… O.K.

Ne sachant quoi dire, je m'enfuis en direction de la cuisine afin de sortir les verres à pied du placard ainsi que la bouteille de vin blanc. *Mais où j'ai encore mis le tire-bouchon ? Je ne retrouve jamais rien dans cette cuisine !*

Je m'accroupis face au fourre-tout des ustensiles dans le placard du bas puisque le tiroir est déjà rassasié de couverts. *Ah là ! Trouvé !*

En me relevant brusquement, mes épaules percutent un torse dur et chaud. *Lucas*. Un frisson d'excitation parsème ma peau de sa caresse. Il est près, ~~très~~ trop près. Ses mains larges aux longs doigts viennent se positionner sur le rebord de mon plan de travail, en empruntant l'accès entre mes hanches et mes bras. Il me frôle. Son buste vient se coller à mon dos tout en gardant à distance ses hanches des miennes.

Cacherait-il quelque chose ? Un effet produit par notre proximité ? Tout est possible. Tout est envisageable…

Il attrape la bouteille de sa main gauche et, de la droite, se saisit du tire-bouchon en délaissant mes doigts de sa prise. Son souffle embrase ma nuque. Chaud. Humide.

Il laisse un sillon d'excitation sur ma peau. Mes cheveux qui rebiquent lui caressent les joues et la mâchoire.

Il retire l'opercule de la bouteille avec aisance, puis plonge le tire-bouchon dans le liège. Je fixe ses mains viriles et son mouvement de poignet, incapable de faire autre chose.

Donc, c'est ce moment où les mains d'un homme deviennent un fantasme ? Parce que ce petit mouvement-là... adapté à certaines zones de mon corps, c'est que je ne dis pas non...

J'ai du mal à contenir mes pensées et mes émotions. Lucas Conrad est beaucoup trop en contact avec mon corps. Je perçois sa respiration contre mon dos. Un souffle après un souffle.

Comment l'ouverture d'une bouteille de vin peut-elle être si érotique ? Il me fait presque le même effet que s'il me déshabillait !

Le « ploc » significatif de la bouteille de vin résonne à mes oreilles comme une déception. Il va se décoller de moi, et je ne suis pas tout à fait sûre de vouloir ressentir la morsure de l'absence de son corps contre le mien. Il repose la bouteille et l'éloigne avant de placer ses paumes contre le meuble. Sa bouche dérive de mes cheveux à mon oreille.

— Une invitation remarquée ?

— Avec un sapin ? Quelle question ! dis-je avec une voix bien trop aiguë pour être naturelle.

Il rit en silence, son buste s'agitant par saccades en étant la preuve.

— Je me suis invité ce soir…

— Oui, murmuré-je de façon presque inaudible.

— Pourtant, je suis toujours là, accueilli, prêt à dîner avec toi…

— En effet.

— Tu ne vas plus y arriver… laisse-t-il traîner d'une voix sombre et envoûtante.

— À quoi ?

— À résister. À refuser ma présence. À t'opposer à notre contact.

— Tu es bien sûr de toi, le provoqué-je.

Ma répartie le fait rire. Il lève une main pour venir glisser un doigt entre mes mèches brunes et jouer avec elles. Il y entrelace son index tout en reprenant :

— Je suis sûr de toi, surtout. Ce n'est qu'une question de temps.

— Je ne crois pas. Tu restes mon patron, Lucas.

— Ce n'est qu'un détail, dit-il avec assurance.

— …

Son visage se rapproche encore. Ses lèvres se posent juste au-dessus de mon oreille droite et se pressent contre ma chevelure. Il inspire mon odeur dans un geste possessif. J'aime cet aspect très dominant chez lui. J'ai la sensation que je peux m'abandonner entre ses mains, me laisser aller, et qu'il n'en ressortira que de l'allégresse, du plaisir. Tout ne paraît à cet instant que détails sans grande importance. Je pourrais m'abandonner, je crois…

— Aie confiance, me chuchote-t-il.

12

Mercredi 17 décembre, Lucas.

— Conrad, m'exclamé-je sèchement.

— Mme Swayne est arrivée. Dois-je la faire entrer ?

Je presse le combiné du téléphone fixe contre mon oreille. Il est 13 heures passées et rien ne va correctement depuis lundi. Je soupire.

— Oui, bien sûr.

— Je… euh… désolée, monsieur Conrad.

Comme un connard, je ne réponds pas et raccroche aussitôt. Je me demanderais bien qui m'a fichu une assistante pareille, mais je le sais, hélas ! Et ça me gonfle royalement. « Ce n'est que du provisoire », « l'histoire de quelques jours », « pas d'autres solutions », « il va falloir faire avec les aléas, monsieur Conrad ».

Des foutaises !

La fille de Lovie est malade. Judith a chopé une gastro-entérite, semble-t-il, allez savoir comment ! Ce n'est pas comme si elle allait à la crèche ou qu'elle était gardée par une assistante maternelle. Elle côtoie peu de monde pouvant lui refiler. Mais le week-end aura suffi !

Ma colère me fait devenir méchant et con. À dire vrai, Lovie manque dans mon paysage professionnel de bien des façons, et c'est la raison pour laquelle je parle ainsi.

En « attendant » donc son retour inespéré, mon assistante a nommé Audrey pour la remplacer, une jeune femme discrète et rougissante jusqu'à l'agacement, qui ne maîtrise pas du tout le taf. En deux jours et demi, elle a été capable d'inverser deux rendez-vous, de renverser son café sur un dossier sur mon bureau, de m'asperger la veste par la même occasion et d'envoyer promener ma mère, pensant que c'était un démarcheur téléphonique ou un journaliste.

Non mais, sérieusement, je vais finir par prier pour le retour de Lovie. C'est intenable cette situation et Audrey, bien qu'involontairement, met ma patience à rude épreuve.

Je me lève, referme ma seconde veste du coup puisque l'autre attend d'être emmenée au pressing, et ouvre la porte de mon bureau avant que Mme Swayne n'y soit présentée par Audrey.

Un sourire charmeur aux lèvres, grande et longiligne, cette femme n'est pas du tout comme je m'y attendais. Sa paire d'escarpins lui fait des jambes galbées irrésistiblement mises en valeur par le choix de son tailleur, et cette jupe crayon fendue damnerait un saint. Son chemisier au décolleté un brin provocateur laisse entrevoir un début de dentelle rose, selon l'angle de vue. Ses lèvres peintes en rouge carmin et ses yeux de biche grâce à l'eye-liner sont la touche parfaite apportée à l'ensemble.

Tout à fait mon style de femme. Avant. Avant une jolie nana à lunettes et à ruban. Lovie a changé quelque chose dans le regard que je porte sur la gent féminine.

Je suis un homme, j'aime regarder, admirer, j'aime séduire et observer les femmes flancher sous mes attentions. Elizabeth Swayne est exactement le genre de femme que j'aurais mise dans mon lit ou avec laquelle j'aurais passé ma pause-déjeuner d'une à deux. Au sourire étudié qui se dessine sur ses lèvres, je comprends que c'est une possible issue à notre rencontre.

— Monsieur Conrad, je suis enchantée ! dit-elle en posant sa main sur mon bras.

— Madame Swayne.

— Oh Elizabeth, ou même Lizzy pour vous.

Qu'est-ce que je disais ?

Être bel homme et riche a des avantages certains mais, désormais, je n'ai plus envie de jouer de ces atouts. Je ne compte pas l'appeler Lizzy, non pas parce qu'elle est dénuée de charme, au contraire, mais parce qu'elle n'a pas *son* charme. Et pour ça, il n'y a rien à faire, j'ai essayé.

Je fais entrer ma cliente et la dirige vers mon bureau autour duquel nous nous asseyons.

— Comme je l'ai annoncé à votre assistante…

— Remplaçante, ne puis-je m'empêcher de corriger, sans qu'elle en fasse cas.

— Mon père et moi souhaiterions vous associer à notre projet. Notre projet d'hôtel Splendido à Chicago ainsi qu'à Seattle se base sur une rénovation complète de nos biens déjà existants. Nous avons pour objectif la modernité et l'élégance, ce qui est votre ligne.

— Vous avez besoin de capitaux, madame Swayne, mais dites-moi exactement pourquoi j'investirais dans votre projet, et non un autre ? Qu'a-t-il de plus ? Pourquoi associer mon nom au vôtre en sachant que je n'en suis pas le principal gérant ?

Elle perd de sa contenance durant une fraction de seconde. La déstabilisation est un art à manier dans les affaires et, sans me vanter, j'excelle. Son sourire s'efface au moment où les rouages de son cerveau tentent une nouvelle stratégie et surtout décident comment aborder le problème avec efficacité. J'aime voir l'incertitude chez mes clients.

— Je peux vous assurer, monsieur Conrad, que ce partenariat peut ne rien avoir de similaire avec les précédents… Nous sommes sur le terrain et non au bureau, les meilleurs ouvriers sont sur les flancs de nos deux immeubles. Nous souhaitons accueillir un espace spa avec jacuzzi, hammam, sauna et accès massages qui nous apportera une forte valorisation.

— Comme de plus en plus. Concernant le restaurant ?

— Nous envisageons quelque chose de raffiné et d'élégant. D'étoilé à l'international.

— Bien sûr. Un nom déjà en tête ?

— Pas encore mais…

Je la coupe d'un revers de main. Plongeant mon regard dans le sien, je prends mon air le plus implacable et annonce :

— Martin Harris.

— C'est négociable ? me dit-elle en relevant sa poitrine généreuse vers moi.

Elle essaye de jouer de ses charmes. Elle peut, mais ça n'aboutira pas à ce qu'elle imagine. Lizzy, comme elle me l'a signifié, est loin d'habiter mes pensées à cet instant, malgré sa présence dans mon bureau.

— Non. Je veux l'équipe de Harris au sein du Splendido, sinon je ne signe pas. Je vous laisse trois jours pour me faire part de votre avis. Nous serons le 20 et ainsi fixés pour les fêtes au sujet du prochain partenariat, ou non.

Ma voix est tranchante. Je me redresse et me lève de mon fauteuil dans l'intention de la raccompagner à la porte lorsqu'elle se méprend sur mes gestes. Alors que je referme le bouton de ma veste, ouvert pour plus de confort en étant assis, elle y décèle une invitation qu'il n'y a pas. Se levant, elle s'approche à pas de loup et vient poser une fesse rebondie sur mon bureau, tout en nouant ses doigts au rebord de ma chemise. Son contact m'électrise dans le mauvais sens.

Je suis un homme à femmes, mais je ne supporte pas que l'on investisse mon espace, ce qu'elle fait. Ce n'est pas mon genre de repousser brutalement la gent féminine, hélas je crains qu'elle n'y échappe pas si elle ne recule pas prestement.

— On pourrait trouver un accord, Lucas. Je suis certaine d'avoir de quoi vous satisfaire.

— Je ne le pense pas, affirmé-je, le regard cinglant, dont elle n'a cure.

— Vous préférez sans doute « monsieur Conrad », c'est plus dominant… susurre-t-elle d'une voix désagréable en se rapprochant encore.

Elle est presque allongée sur mon bureau, le cul en l'air, à m'adresser des sourires obscènes et à jouer de ses lèvres. Quand les femmes se plaignent des hommes lourds, je comprends parfaitement, certaines ne sont pas plus délicates ! Le consentement, le « non c'est non », tout ça tout ça, ce n'est pas à prendre à la légère, et c'est aussi à valider chez les hommes. Ni l'un ni l'autre ne devrait se permettre des gestes ou des paroles qui ne sont pas désirés, il ne faudrait pas le perdre de vue.

Alors que je réfléchis à la façon plus ou moins polie de la repousser, Elizabeth a carrément pris ses aises en contournant mon bureau de ses jambes, se retrouvant désormais entre les miennes, face à moi.

— Une signature pourrait être un détail quand on pense à tout ce que l'on pourrait partager… ici… dit-elle en caressant la surface de mon bureau. Et plus encore dans une chambre…

— Ce n'est pas ma façon de travailler. J'apprécierais assez que vous cessiez ce petit jeu. N'oubliez pas à qui vous parlez.

Pas refroidie pour un sou, elle vient coller son buste au mien, ses seins désormais sous mon nez et contre mes pectoraux. Je ne tiens plus. Je la saisis par les bras pour la repousser au moment où la porte s'ouvre et révèle mon assistante.

La vraie, cette fois-ci. Lovie Miller. Lovie est revenue. Elle se tient là, dans l'encadrement de la porte, et m'observe d'un œil torve. Son regard passe d'Elizabeth, collée à moi, à mes mains la maintenant et à nos postures pseudo-révélatrices.

D'une voix sèche, elle s'exprime :

— Pardon de vous déranger. Simplement pour prévenir que l'assistante était de retour, mais je vois que tout roule ici et que son absence n'était qu'un détail.

Lovie referme la porte dans un claquement. J'entends Elizabeth Swayne s'interroger alors que je lui indique franchement la sortie. Je n'attends pas pour m'avancer vers la porte et la lui ouvrir. Vexée, elle récupère son sac à main et son dossier, puis quitte les lieux en roulant des hanches afin d'être certaine de capter encore mon regard.

Mes yeux tombent alors sur mon assistante, revenue après ces quelques jours d'absence. Lovie est toute concentrée sur l'agenda ouvert en première page sur l'ordinateur et s'empresse de le remplir d'un mouvement de touches brutal.

Mon assistante est mécontente, et je me doute que j'en suis le responsable, mais ce n'est qu'une illusion.

Ce qu'elle a cru voir ne serait jamais arrivé. Encore moins avec cette Elizabeth Swayne tentaculaire, pire qu'une pieuvre celle-là ! Je lui demandais de me faire confiance il y a encore quelques jours et, lors de son retour, elle me trouve limite collé à une autre femme. À sa place, je serais certainement dans le même état d'énervement.

— Ravi de constater ton retour.

Va-t-elle saisir la perche ? J'ai besoin d'un signe, de voir qu'elle accepte mon offre de paix. Avec les derniers jours et notre rapprochement, je ne peux pas la laisser croire que j'allais m'envoyer en l'air avec une potentielle partenaire sur mon bureau. J'ai trop de considération pour Lovie, même sous mes airs de connard perfectionniste. Le patron et l'homme sont deux hommes distincts.

— Je ne peux pas en dire autant, me lance-t-elle sans tourner la tête.

Ouch. Lovie 1, moi 0.

— Tu sais que… commencé-je.

— Stop. Je ne veux rien savoir, monsieur Conrad.

— Alors on est revenue à « monsieur Conrad » ?

— Cela pose-t-il un problème à mon patron ? me demande-t-elle cette fois-ci en me fixant droit dans les yeux, le regard dur.

Bon sang, ce qu'elle est torride avec cette moue en colère…

Je me frappe mentalement pour reprendre mes esprits. Lovie est en pétard, et je dois reconnaître que j'aime la voir jalouse et agacée. Savoir que ce qu'elle a pris pour un rapprochement entre Elizabeth Swayne et moi la met dans cet état me réjouit. Je m'approche d'elle – qui a opté pour une posture nonchalante et indifférente à mon égard –, mais elle se trahit par de petits tressautements dès que je parle ou que j'émets un geste.

Me penchant vers elle, je rapproche mes lèvres de son oreille, camouflée par de jolies mèches ondulées.

— C'est intéressant de te voir jalouse, Lovie.

Son corps se redresse et les muscles de son cou se tendent.

— Je ne vois pas de quoi tu parles, souffle-t-elle à mi-voix.

— On est repassé au « tu » ? Je préfère, tu as raison.

Lovie souffle et lève les yeux au ciel.

— Je ne voudrais pas paraître médisante, mais Audrey a mis le bazar dans l'agenda et je dois reprendre les derniers jours avant les congés. Est-ce que je peux travailler ? Tu peux me laisser faire ce pour quoi tu me paies ? Je suis persuadée que tu as sous la main quelqu'un pour contenter tes autres besoins, répond-elle, agressive.

Son regard est hargneux. Son attitude également. Ses mains s'agrippent au bureau et je la vois agiter ses pieds en signe d'agacement.

— Dis-moi ce qui te tracasse et je te laisse tranquille.

— Tu es sérieux ?! explose-t-elle alors.

Lovie se lève brusquement et me tire par le bras pour me ramener *illico presto* dans mon bureau. Elle referme la porte derrière elle d'un claquement sec et se met face à moi. Bras croisés, je l'observe et j'attends.

Soudain, elle éclate. Son doigt accusateur se plaque contre mon torse et son regard noir me vrille le cerveau. S'il pouvait tuer, je serais mort. S'il pouvait me faire tomber à genoux, je la vénèrerais.

— Non, mais tu as conscience des débilités qui sortent de ta bouche ? Pire que toutes ces conneries de Noël ! Tu m'as demandé de te faire confiance, confiance, bon sang ! Je suis absente de mon poste quelques jours, et tu reviens à tes habitudes de lunch et sexe. À quel moment tu as pu te dire que ça allait rouler ? Ah mais si, je n'aurais pas été au courant et au pire tu aurais cessé ce petit jeu avec ta secrétaire, car c'est ce que je suis. Ta secrétaire, Lucas, juste ça !

Elle expire comme un étalon prêt à charger dans la bataille. Ses yeux roulent sous la colère, et moi je demeure fixe, comme un con, attendant que l'orage passe. Je l'observe, sa peau se teintant de rouge à cause des émotions qui la traversent, sa poitrine remuant frénétiquement, un peu à l'étroit dans son tee-shirt scandant aujourd'hui « One day. One life ».

À cet instant, Lovie devient ce bout de femme fatale, chaussée de Stan Smith blanc et noir, et diablement belle.

— T'embrasser aurait été la plus grosse erreur de ma vie et pourtant, à en croire certains, j'en ai déjà commis de belles !

Je m'approche d'elle, son index s'écrasant contre mon torse, elle laisse retomber sa main le long de son corps. Lovie ancre son regard au-dessus de mon épaule, dans un point qui, je suppose, crée moins de remous dans son esprit. Quant à moi, je la contemple, irrémédiablement attiré par elle depuis notre rencontre. Je refoule mon attirance depuis des mois mais, aujourd'hui, je n'ai plus qu'une envie, y céder.

— M'embrasser serait la meilleure idée que tu puisses avoir en cette fin d'année, affirmé-je, confiant.

Ses yeux se déportent pour croiser les miens. Soudain, elle voit rouge, et son corps presque contre le mien se tend radicalement.

— Je vais t'en coller une, énonce-t-elle d'une voix glaciale. Je suis contre toute forme de violence, mais on pourrait juger ça comme de la légitime défense face à tes avances, non ?

— Mes avances ? demandé-je, volontairement sot.

— Tu trempes ta langue dans la bouche d'une autre femme, carrément révoltante de beauté qu'on se le dise, et tu crois que je vais me pâmer sur ton passage ? Tu as vu ça où ? J'ai un peu plus d'estime de moi-même et…

— Lovie, la coupé-je, la jalousie te rend si sexy.

Un grognement me répond. Si je dis le moindre truc de côté, il n'est pas impossible que je sente la morsure de sa main sur ma joue, mais je décide de prendre le risque. Un vrai risque, par pulsion, par envie, par abandon. Je m'abandonne à cette femme qui me rend dingue.

Prestement, ma main glisse sur sa hanche, la rapprochant de moi et empêchant toute tentative d'éloignement, pendant que la droite se pose avec douceur sur sa joue. Je ne tiens plus, et mes lèvres foncent sur les siennes dans un contact chaud et doux. Lovie ne répond d'abord pas à mon geste, puis tout à coup, ses bras m'enveloppent, sa bouche me ranime et le baiser se fait plus profond. Frénétique. Fougueux.

Mon Dieu, que j'aime embrasser mon assistante ! Comme j'aurais dû le faire plus tôt !

Sentir sa chaleur, son souffle s'entrelacer au mien, ses doigts parcourir ma nuque et s'agripper à mes cheveux me fait perdre pied. Cette femme est divine et, surtout, cette femme est faite pour moi. Cette pensée me frappe de plein fouet, comme une véritable épiphanie.

— Il ne s'est rien passé avec Elizabeth.

— Elizabeth, hein ? dit-elle en jouant de ses sourcils d'une façon interrogatrice.

La pulpe de mes doigts caresse sa mâchoire en y traçant des cercles. Son parfum fruité me fait succomber un peu plus.

— J'ai repoussé ses avances. Je ne pensais qu'à toi…

— Méfie-toi, je suis une sirène, me répond-elle en s'éloignant de quelques centimètres.

— Que fais-tu ?

Je ne comprends pas ce revirement. Pourquoi s'écarte-t-elle ? Ai-je encore fait un pas de travers ?

Cette femme est une énigme. J'avais pourtant l'impression de me rattraper.

— Ton rendez-vous avec Martin est dans quelques minutes. Que crois-tu qu'il allait se passer après ce baiser ?

Lovie est provocante, gourmande, tentatrice. Elle se mordille la lèvre avec ce regard, un vrai brasier celui-là ! Je fais un pas en avant et, elle, un en arrière. Mon regard caresse son corps, s'arrête plus que de rigueur sur sa poitrine généreuse, parcourt ses jambes. Je gigote maladroitement, tentant de camoufler mon émoi. Tout indique mes pensées et l'envie que je prévoyais à la suite de ce baiser.

Mon assistante secoue la tête de droite à gauche, l'air de me dire : « Non, non, monsieur Conrad, il est trop tôt pour avoir des pensées si débridées de mon petit cul sur votre bureau. »

Elle se détourne, prête à quitter les lieux, et c'est alors que ça m'interpelle. Le ruban noué dans ses cheveux n'est pas un de ceux qu'elle porte habituellement. Il est jaune poussin. Depuis des mois que je la côtoie, c'est la première fois qu'elle arbore une telle couleur.

— Lovie, pourquoi jaune ? ne puis-je m'empêcher de l'interroger.

— Pardon ?

Elle se retourne à demi, curieuse de comprendre le cheminement de mes pensées.

— Le ruban. Pourquoi jaune ?

— Tu n'aimes pas ?

Quel est donc le rapport avec ma question ? Ah les femmes et les couleurs !

— Si, si. Mais tu n'as jamais porté cette couleur auparavant.

Lovie m'adresse un sourire rayonnant. Je suis soucieux des détails et je viens de révéler mon point faible. Elle. C'est avec un calme olympien qu'elle me jette alors nonchalamment :

— Ils sont assortis à ma lingerie. Chaque jour.

Quoi ? Quoi ? Ai-je bien entendu ? Bon sang, mon cerveau part dans tous les sens. Lovie révèle la couleur de ses dessous par le choix du ruban qu'elle glisse dans ses cheveux ? Mais alors celui que j'aime tant en dentelle rouge… Et son violet sombre et obscur… Oh bordel. *Les femmes et les couleurs, ça me paraît une si merveilleuse facette tout à coup !*

Aujourd'hui, Lovie porte du jaune. Je suis bien décidé dès à présent à m'intéresser de près à ses rubans. J'étais fou d'elle, désormais, je suis à ses pieds.

13

Vendredi 19 décembre

On est à J-4 des congés annuels de fin d'année ! Cette libération me tarde ! J'aime bien mon boulot à la Conrad Company, mais clairement savoir que je n'aurai plus besoin de programmer mon réveil est un pur délice. Bon, calme ta joie, Lovie, ta fille jouera sans aucun doute les trouble-fêtes dans tes *dates* avec la grasse matinée, mais c'est toujours mieux !

Être en vacances un lundi est peu ordinaire, mais Lucas a été clair, nous devons tous, personnel compris, assister au gala de l'entreprise qui se déroule ce soir. Lundi, il y aura la remise des vœux de Noël et la finalisation des derniers détails.

Je suis donc partie pour une journée IN-TER-MI-NA-BLE. Pourtant, j'ai le sourire rivé aux lèvres. Est-ce dû au baiser échangé avec mon patron, il y a deux jours ? ~~Très certainement.~~ Oui, oui, oui ! Lucas Conrad embrasse comme un dieu ! C'est ma révélation de l'année ! Depuis mercredi, il n'a de cesse de regarder mes cheveux, et ce n'est pas parce qu'il les trouve particulièrement brillants. Non, il cherche du regard mon ruban quotidien, maintenant qu'il en connaît le secret. Cependant, il n'y a plus eu de rapprochement entre nos lèvres. Hier, il a sillonné Chicago pour satisfaire ses rendez-vous, et aujourd'hui cela fait plus d'une heure qu'il est à l'étage comptabilité.

Mon boss, l'Amiral-Noël, n'a même pas pu assister à l'activité couronne de fête hier après-midi. Grand bien me fasse, j'ai ainsi pu y échapper, malgré l'insistance d'Audrey qui voulait absolument la sienne pour décorer la porte d'entrée de son appartement. En revanche, ce matin, ce à quoi je n'ai pas pu échapper, ce sont les poinsettias ~~de malheur~~ qui habillent l'ensemble des étages et bureaux de l'entreprise. Il y en a partout ! Des rouges sang, des rouges à paillettes dorées ou argentées, sur les tables de la salle de pause, en salle de réunion, dans les couloirs, à proximité du tableau des gagnants du calendrier de l'Avent et même au pied du sapin aux vœux ! Partout !

Mon regard déborde de rouge et de paillettes, ça me file la nausée. Alors quand je découvre Joe, le concierge, portant une énième de ces plantes entre les bras et s'avançant vers mon bureau, je frôle la crise cardiaque.

— Non, non, non, soufflé-je silencieusement. C'est une blague ?

D'un air joyeux, Joe me salue avant de me confirmer mon pire cauchemar. *Une blague de très mauvais goût.*

— C'est pour toi, Lovie ! Livraison personnalisée en plus ! Comme tu m'apportes des beignets presque quotidiennement, je me suis dit que je pouvais bien débarrasser le livreur.

— Merci Joe, c'est gentil mais… enfin pourquoi ce truc ?

Il se marre comme s'il avait fait la meilleure blague de l'année. Peut-on m'expliquer pourquoi tout le monde croit que je n'aime pas Noël par pur amusement de la galerie ? Comme si je n'avais que ça à faire. J'étais de bonne humeur en me levant, promis. Maintenant, j'ai envie de grogner mon mécontentement.

— Il y a une carte qui t'est destinée. Tu veux que je pose la plante de Noël où précisément ?

Tout chez Joe révèle sa gaieté. À l'approche des vacances, des fêtes de fin d'année, avec le gala ce soir où les conjoints sont conviés, il ne peut qu'être tout sourire. Je ne suis pas exactement du même avis, du coup…

— Peu importe. Pose-la sur le bureau, je m'en occuperai après.

Le concierge s'empresse de m'obéir avant d'échanger encore quelques banalités, puis de redescendre prendre son poste au rez-de-chaussée. Je soupire. Ma concentration ne reviendra pas tant que je n'aurai pas percé le mystère de l'expéditeur. Et mon petit doigt me dit que ce n'en est pas vraiment un.

En effet, en décachetant le petit mot cartonné, j'y découvre l'écriture de mon boss.

« J'aurais aimé voir ton visage en découvrant encore un poinsettia et, cette fois-ci, pour toi.

Je t'ai promis de te faire aimer Noël, es-tu prête à t'envoler, Lovie ?

À ce soir. »

Tiraillée entre agacement et romantisme, il est difficile de choisir son camp. Lucas ne fait décidément rien comme tout le monde, et sa façon de me taquiner est aussi exaspérante qu'attachante. Cependant, je ne confesserai jamais qu'il arrive à m'amadouer.

Ce soir a lieu le gala de fin d'année de la Conrad Company, pour l'occasion monsieur Conrad père sera là – peut-être sa femme aussi d'ailleurs. C'est un moment de relâchement et de célébrations, ne cessent de me répéter mes collègues. Moi, je n'y vois que le moment où je vais faire face aux parents de mon boss, celui-là même que j'embrasse et envers qui j'ai ~~de pures~~ d'obscènes pensées.

Certes, on n'a pas laissé libre cours à nos envies, bien présentes pour lui comme pour moi, mais c'est tout comme. Je n'ai pas besoin de coucher avec lui pour me rappeler justement qu'il s'agit de mon patron. L'idée d'être à une soirée d'affaires en sa compagnie et celle de tous mes collègues me met prodigieusement mal à l'aise.

L'amour ne s'arrête pas à la hiérarchie... me souffle ma connasse de conscience. Et qui a parlé d'amour, d'abord ? J'ai juste la féminité qui gratouille, pour reprendre les mots d'Alix.

Certes, il est plaisant à regarder, il sait être gentleman, il a un don pour me mettre hors de moi, il est intelligent et soucieux des détails en tout genre. Lucas Conrad a tout pour lui, y compris la renommée, l'argent et l'arrogance. Il a surtout tout pour que j'en tombe amoureuse, mais je ne veux pas d'amour. Moi, Lovie Miller, je n'en veux pas, que nenni. Même si mon prénom inspire ce sentiment, je m'y refuse.

Amour, va voir ailleurs si j'y suis.

La dernière fois que je suis tombée amoureuse, j'ai dû faire un deuil. Un deuil de mon histoire, un deuil de mon amour, un deuil d'un compagnon de vie, mais également un deuil d'un père pour Judith. L'amour est violent, il déchaîne les passions comme il brise les cœurs. Il est adorable comme il peut se révéler salaud. À ce jeu, je ne joue plus.

Je reprends donc mon boulot avant de tirer au sort le gagnant du jour. Le lot se compose d'une nuit dans la suite présidentielle d'un hôtel de la Conrad Company. Je lance l'algorithme sur mon ordinateur, ayant dressé le nom des participants, puis j'actionne le hasard informatique.

Soudain, je lis mon nom.

Je tergiverse. Oui ? Non ? Peut-être ? Il faut bien reconnaître qu'au fur et à mesure des jours, j'ai eu moi aussi envie de me prêter au jeu. Après tout, si c'est pour gagner quelque chose de sympa, qu'est-ce qui me retenait ? Réponse, rien !

Sauf que là, on parle d'une nuit tous frais payés en suite prestige dans un établissement dont je n'ai clairement pas les moyens. Me faire gagner enverrait un signe à Lucas sans doute ? Ce n'est pas comme si je l'invitais à profiter de cette nuit avec moi, mais on est dans une relation officieuse et à peine nommée... Et si elle s'apprend, que penseront les collègues de mon gain ? Le hasard ne serait-il pas remis en cause pour un tel lot journalier ?

Tout à coup, je m'enfonce dans les doutes et les angoisses. Au fond, j'ai cette envie de gagner, de passer une nuit hors de mon monde, de savourer ce luxe obtenu par hasard, de me prélasser dans un bon bain moussant avant de profiter d'une soirée dans un peignoir doux et soyeux en commandant la moindre de mes envies au room service.

Au lieu de prendre une décision, je tire vers moi le calendrier de l'Avent concocté par Alix. Au fil des jours, j'ai découvert tout un tas de présents plus ou moins lubriques et plus ou moins utiles. Avec une curiosité non feinte, je me saisis de l'emballage du jour, un paquet de la taille d'un étui à bijoux.

J'en retire le papier et tombe sur une simple boîte noire. La soupesant, je la trouve bien légère.

— Zut alors...

À l'intérieur, il n'y a rien. Enfin, presque rien. Simplement un petit mot plié.

« Ce soir, il y a le gala de ta boîte et tu cherches une excuse depuis deux jours pour ne pas t'y rendre (je sais que ce sera le cas, alors que décembre n'a pas commencé au moment où je confectionne le calendrier !).

Et si tu osais ? Le présent du jour, c'est l'audace ! Ose y aller, ose ne pas porter de sous-vêtements sous ta robe bleu nuit totalement renversante, ose mettre des talons pour parfaire le tout. Ose être la plus belle femme. »

Mais elle est complètement dingue ! Faut arrêter l'addiction au lait de poule, Alix !

En définitive, je crois que j'aimais bien son dernier cadeau : des dés avec des actions et des positions à reproduire. C'était peut-être moins abstrait et moins flippant. Un genre de Twister sexuel, quoi !

Mais, ce soir, me la jouer femme fatale… Et dire qu'elle n'était même pas au courant que Lucas et moi on allait se rapprocher durant ce mois. Elle est devin ou quoi ? Non parce que, sinon, autant me filer les numéros du loto, histoire que j'aie le ticket gagnant de suite !

Je ne peux pas m'empêcher d'attraper mon portable pour lui envoyer un message.

« Dis donc, la voyante,
C'est quoi ton petit cadeau du jour sur l'audace ? »

« Ah, tu as aimé ?! »

« C'est pas la question, Alix. »

**« Mais si justement, Lovie !
En plus, j'ai déjà fait livrer la tenue, elle est entre les mains de Joe. »**

« Hein ? Quoi ? Tu as fait quoi ? »

« Tu ne sais plus lire ?
Tu as juste à te refaire une beauté avant le gala.
Mais comme tu m'as dit que tu n'aurais pas le temps de rentrer…
J'ai pris les devants. »

« Entendre par là : tu as fait à ta sauce. »

« Si peu ! »

« C'est la bleue ? »

« Quelle autre, sinon ?
Je ne pouvais que sortir celle-ci du placard pour un tel événement ! »

« Fais chier, Alix. »

« T'aime aussi, ma belle !
Ça fera un gage ! Ton attention diminue ! »

Je vais étrangler ma meilleure amie. Qu'elle me refourgue tous les gages qu'elle veut, je ne vais pas me pointer au gala de l'entreprise où je bosse dans CETTE robe.

En même temps, le cadeau du jour, c'est l'audace. Le courage. Alors pourquoi ne pas avoir l'audace de choisir l'un des deux présents ? La nuit à l'hôtel ou la fabuleuse robe que je n'ai jamais portée ? Ce soir est peut-être une soirée victorieuse, finalement.

14

Vendredi 19 décembre

C'est d'un pas incertain, sur mes talons hauts d'un peu plus de dix centimètres, que j'entre dans la salle de réception de la Conrad Company, située au dernier étage de la tour et dont la vue à 360° permet de découvrir Chicago en cette nuit hivernale.

Je n'y étais jamais venue, n'étant présente au sein de la société que depuis quelques mois. Ce que je découvre ce soir est absolument renversant et distingué. Pourtant, j'abhorre ce genre de célébrations qui ne sert qu'à rappeler la place de chacun dans la hiérarchie de l'entreprise, et à quel point tout est savamment bien huilé.

Sous mes yeux, cependant, s'étendent des hautes tables circulaires drapées de nappes rouges et blanches, quelques-unes sont mêmes vêtues de doré. Des poinsettias – encore cette ~~adorable~~ détestable fleur – sont présents en pot sur les tables, apportant une touche supplémentaire de cet esprit de Noël. Sur ma gauche, une grande table a été dressée avec une multitude de petits sachets du même rouge que les plantes, sur lesquels on peut lire, en blanc, l'inscription « Merry

Christmas ». C'est donc le moment où je peux vomir ? Non toujours pas, me dit-on dans l'oreillette.

Au plafond, de grandes bandes de tulle blanches constellées de paillettes ornent joliment l'espace afin de donner une impression de hauteur moins professionnelle. Je crois même discerner une sorte de piste de danse, laissée libre pour les plus courageux qui se décideront à la fouler.

Des serveurs très élégants papillonnent entre tables et convives, servant flûtes de champagne et petits fours de renom.

— Vous êtes totalement renversante ce soir, Lovie Miller.

En me retournant vers la voix masculine, je découvre Martin Harris vêtu d'un costume bordeaux qu'Alix jugerait de « torriiiide » tant il lui va comme un gant. Son sourire aussi la ferait tomber d'envie.

Je le remercie gentiment et laisse planer le silence, sans savoir comment le combler.

— Vous l'attendez ?

— Pardon ? dis-je, surprise.

Mon cerveau s'agite et mes mains deviennent moites. De qui peut-il me parler ainsi, si ce n'est de Lucas ? Est-ce visible comme le nez au milieu du visage que je me languis de voir mon boss ? J'ai le souhait inavoué qu'il me trouve désirable et sexy dans cette robe ? Qu'il se rappelle ce que je lui ai dit un peu plus tôt dans la journée concernant les rubans de mes cheveux ? Je suis faible face à cet homme ! J'observe plus en détail Martin, tentant de découvrir ses moindres pensées, mais il ne laisse rien filtrer, le bougre !

D'un sourire charmeur et mystérieux, il reprend alors :

— L'annonce concernant le sapin aux vœux, M. Conrad en réalise trois cette année, m'a-t-il expliqué.

— Oh !

Je dois avoir l'air d'une gourde en comprenant le sujet sous-entendu précédemment, et le soulagement doit se lire sur mon visage.

— En effet, trois vœux sélectionnés au hasard seront réalisés.

— Vous espérez qu'il y ait le vôtre ? me demande-t-il, soudain plus intrigué qu'il ne le devrait.

Je ne peux m'empêcher de lui couler un regard interrogateur sous mes longs cils recourbés par le mascara. Martin Harris est un homme séduisant et aimable, mais il y a un je-ne-sais-quoi qui me donne envie de lui claquer sa curiosité au nez.

— Du tout. Qui a d'ailleurs pu vous laisser penser que j'y avais participé ? Quand bien même, M. Conrad aurait bien du mal à le réaliser.

— N'est-ce pas ce que tous les employés de la Conrad Company ont fait ? Tout n'est pas réalisable pour votre patron ? me taquine-t-il.

Je n'aime pas le ton hautain qu'il emploie, comme si tout lui était ou leur était dû. Je sais bien que l'argent, les relations et le pouvoir dans les affaires offrent bien plus que ce qu'une vie standard pourrait compter. Pourtant, l'image de supériorité qui se dégage de lui m'agace prodigieusement. Lucas n'est pas ainsi, en tout cas il ne le manifeste pas de cette façon. Et ce n'est pas un épargné de la cuillère en or, pourtant !

— Au risque de vous surprendre, monsieur Harris, je n'ai pas besoin de Lucas Conrad pour embellir ma vie et réaliser mes rêves, rétorqué-je sèchement.

— Ravi de l'apprendre, tonne une voix grave et profonde.

C'est là que je m'en veux de monter sur mes grands chevaux ?

D'un geste lent et gracieux, je tourne mon corps d'un demi-tour pour découvrir Lucas. Il est arrivé tel un félin silencieux, à tel point que je n'aurais pas soupçonné sa présence. Je comprends qu'il prenne mal mes paroles, elles sont indélicates, mais ça ne le visait pas lui, vraiment. Enfin…

Pouh, mes neurones entrent en combustion devant tant de charme. Je n'arrive plus à réfléchir avec cohérence, je le trouve juste beau à me damner !

C'est diabolique d'être si hot, l'Amiral-sexy !

Il porte un pantalon de costume charbon, une chemise beige dont le col est maintenu par un nœud papillon rouge sang ainsi qu'une veste identique au bas. Même son accessoire « de Noël » – qu'on se le dise, ce n'est pas comme s'il allait débouler en pull moche à motifs – est torride. Un nœud pap', les gars, voilà l'atout brûleur de culotte !

Cela dit, je n'en porte pas, alors...

Lovie, tu t'égares. Il t'en veut, ce n'est pas le moment de fantasmer sur ton corps valsant contre le sien.

— Lucas, salue Martin Harris, qui se voit attribuer un hochement de tête pour toute réponse.

Mon boss ne me quitte pas des yeux. Il ne détaille rien de plus que la profondeur de mon regard, et je me sens perdre cette *battle.* La gêne m'assaille. Il veut quoi au juste, que je m'excuse ? Parce que ce n'est pas tant mon style que ça.

Son partenaire d'affaires baragouine quelque chose que je ne comprends pas avant de disparaître, ne coupant pas court à notre duel. Je ne tiens plus. J'incline alors la tête en signe d'excuse et alors que mon regard se pose sur le sol drapé de tapis aux couleurs de l'ambiance, je l'entends déglutir difficilement. C'est une sorte de grognement ou ai-je rêvé ? La curiosité me pousse à me redresser et, cette fois-ci, je découvre un tout autre éclat dans son regard.

Les pupilles dilatées, assombries, je ne perçois que le désir. Son regard brûlant rencontre le mien.

Mon Dieu, alors c'est à ça qu'il ressemble lorsque l'envie est son émotion majoritaire... Archi-torride, l'Amiral !

J'avale de travers en essayant de parler. Je ne perçois rien de ce qui a lieu autour de nous, seulement lui, son regard, son nœud papillon que je rêve d'arracher avec les dents. *Bon sang de bâton de cannelle, Alix, sors de ma tête et cesse de contrôler mes pulsions !*

— Je suis navrée.

— Pour ? Soyez plus précise, mademoiselle Miller.

Roooh, il reprend son ton autoritaire de boss mal léché ! Enfin euh... de... bref on a compris.

M'étirant du mieux possible pour me grandir, affichant un sourire sensuel et fatal, je m'approche de lui en tentant d'onduler des hanches avec élégance. Je ne promets pas le carton plein, mais à en croire son regard, le tableau n'est pas si mauvais que ça.

— D'avoir dit que je ne voulais pas que vous exauciez mes rêves. Il y en a bien un ou deux que vous êtes le seul en mesure de concrétiser.

— Lovie… Tu es pire qu'une démone tentatrice…

Cet éclat sauvage et viril dans ses yeux me fait frissonner. *Donc, Alix s'occupe de Judith toute la soirée, hein, c'est bien ça ? Non parce qu'il se pourrait qu'un programme de fin de nuit se dessine à l'horizon...*

Qu'est-ce que je vais faire ? Je ne dois pas céder. J'avais dit de la résistance ! Au lieu de quoi je fonce, je cours, je vole entre ses bras.

— Mon chéri ! s'exclame une voix féminine joyeuse, nous interrompant dans notre rapprochement.

Je me recule immédiatement d'un ou deux pas, laissant plus de place entre nous. Une femme d'une soixantaine d'années s'avance jusqu'à prendre Lucas dans ses bras et le serrer tendrement. Elle est ravissante dans sa robe dorée qui lui arrive au pied. Les manches ballon lui confèrent un petit côté vintage totalement raccord avec la modernité qu'apportent les bijoux au style.

C'est une femme naturelle, comme en témoigne sa chevelure grise parsemée de cheveux encore bruns. Les résistants d'une jeunesse qui s'effrite avec soin et élégance.

Un homme que je n'avais pas encore vu vient se positionner à mes côtés. Oh ! Conrad père ! Je le reconnais immédiatement et, maladroite, je lui adresse un timide « bonsoir, monsieur ».

— Maman, papa, je vous présente Lovie Miller, mon assistante.

— Enfin la dernière encore en lice ! s'exclame Conrad père, taquin à l'égard de son fils, alors que moi je pique un fard.

— Chéri ! Je suis Amanda Conrad, l'épouse de celui-ci et la mère de celui-là ! m'annonce-t-elle tout sourire, sur le ton de la complicité. Je suis ravie de mettre un visage sur un nom !

Secouée par la surprise, je les observe tous les trois à tour de rôle. « Un visage sur un nom » ? Qu'est-ce que cela veut dire ? Lucas parle de son assistante aux repas de famille ou quoi ?! À quoi joue-t-il ?

— Moi également, réponds-je avec politesse.

— Ce n'est pas trop compliqué de travailler avec mon fils ? s'interroge alors le patriarche. Je sais que sa réputation est sévère.

— Elle est à la hauteur du personnage !

Mon trait d'humour est un succès puisque j'observe les parents de l'Amiral-connard s'esclaffer comme deux gosses. Qui aurait cru que ce couple serait si simple, si doux à la première rencontre ? Entre l'argent, le pouvoir et les relations qu'ils ont, je m'attendais à des personnes austères, froides et distantes, or il n'en est rien.

Lui, en revanche, me sourit sans réellement dévoiler ses intentions. Je pourrais craindre le retour de bâton si notre « relation » – ou « truc », on peut l'appeler comme on veut après tout – n'avait pas légèrement évolué.

— Cette soirée semble un succès, Lovie, vous avez fait un excellent travail !

— Merci, madame Conrad. J'ai fait appel à une jeune décoratrice passionnée, on lui doit cette ambiance, fais-je d'un geste en indiquant les sapins magnifiquement décorés aux quatre coins de la pièce.

— Et le champagne est un délice, ajoute Conrad père.

— Taittinger a votre préférence, j'étais bien renseignée, concédé-je.

— Absolument, mademoiselle. Si j'avais eu une assistante de votre niveau à l'époque, j'aurais eu bien moins de couacs !

— Oh et moi, j'en aurais eu des sueurs froides, une si belle femme si proche de toi toute la journée ! glousse Amanda.

Mal à l'aise, je n'ose répondre. Le compliment est certes appréciable, mais bon je n'ai pas l'intention de lui voler son mari.

Non juste le fils, ça ira ! me rappelle ma conscience, ce qui me vaut de nouveaux rougissements. La conversation se poursuit sur un échange de banalités lorsqu'un serveur s'approche de nous et nous tend à chacun une flûte d'alcool. Les hommes discutent business quand la mère de mon patron se rapproche de moi, avec un sourire qui en dit long… À quel sujet ? Telle est la question.

— Votre robe est resplendissante, Lovie.

— Oh merci. Je l'ai dans mon placard depuis quelques années, sans jamais avoir trouvé l'occasion de l'étrenner.

— C'est chose faite ! Et, dites-moi, que faites-vous pour Noël ?

Ce n'est pas possible ! Il faut vraiment que les gens cessent leur obsession avec le 25 décembre ! C'est intenable. Je vais encore devoir me lancer dans l'explication du « je ne le fête pas, mais la raison ne vous regarde pas et, vous savez, il n'y a pas mort d'homme de ne pas aimer ce vieux barbu bedonnant ». Je souffle de lassitude, puis je me reprends rapidement pour sourire à la mère de mon patron le plus naturellement possible.

— En réalité, je n'ai rien prévu de particulier. Je vais profiter de ma fille et de notre plaid réconfortant en buvant du chocolat chaud.

Volontairement, j'ai mis les pieds dans le plat. J'ai l'air de tester cette femme comme si j'étais une garce ? Je plaide coupable. J'ignore ce qui m'attend avec Lucas, mais autant tenter maintenant le coup de l'étiquette « mère célibataire ». Ce n'est pas comme si, au XXIe siècle, elle était tous les jours facile à porter. Parfois, on m'interroge sur le père, sur le lieu où il se trouve, sur ses motivations pour ne pas être présent avec moi. À d'autres moments, je fais front aux nombreux jugements sur mon incapacité à être une bonne mère en étant seule, à cette conjointe difficile que j'ai dû être pour qu'il me quitte, à tous les manques que ma fille va avoir dans sa vie sans présence masculine à ses côtés. J'aimerais leur dire d'aller se faire voir, mais la décence fait que non.

J'inspecte donc sa réaction. Amanda Conrad garde le sourire, un éclat doux se manifeste même dans son regard. Mais, plus surprenant encore, ce sont ses mots :

— Certains ne perçoivent pas les fêtes de Noël comme le moment si joyeux et festif que la plupart décrivent.

— Je ne peux pas le nier.

— Lovie, sachez une chose, si je peux me permettre.

Sur mes gardes, j'accepte toutefois qu'elle poursuive et me partage sa pensée sur le sujet.

— Oui ?

Je retiens mon souffle. Mon instinct m'informe qu'une bombe va exploser ou imploser, c'est sans doute la seconde option qui va faire le plus de dégâts en moi, pas vrai ? J'attends donc qu'elle reprenne en jetant un regard furtif à Lucas, qui parle toujours avec son père des derniers contrats, à quelques pas de nous. Ils se sont éloignés, à moins que ce ne soit nous, je ne saurais l'affirmer.

Ma robe bleu nuit m'apparaît d'un coup bien fade pour un tel homme. Toutes les femmes de l'assemblée l'admirent, le matent, même sans gêne pour certaines, allant des collègues aux conjointes, aux partenaires et même aux serveuses de l'équipe de traiteur.

— Si mon fils a décidé de vous donner l'âme de Noël, je peux vous assurer qu'il va s'accrocher à vous jusqu'à ce que vous en ressentiez la magie. Coûte que coûte.

Il n'y a plus aucun doute. Lucas Conrad, alias l'Amiral-connard, s'est confié à sa mère. Sur moi. Sur sa détermination à me faire aimer Noël. Un homme qui se confie à sa mère au sujet d'une femme, cela ne peut vouloir dire qu'une seule chose, n'est-ce pas ?

15

Vendredi 19 décembre, le gala, Lucas

Le gala suit son cours depuis près de deux heures, et il est désormais temps de faire mes déclarations annuelles, avec le petit présent supplémentaire à destination de mes employés cette année.

Nous avons enchaîné les heures de travail sans les compter ces dernières semaines, abattant bien plus de travail depuis le congé estival. C'est la raison pour laquelle j'ai pris la décision de fermer l'entreprise un peu plus tôt. Ils l'ignorent donc pour l'instant, mais dans quelques minutes, je leur apprendrai que les vacances commencent à l'issue de cette soirée et qu'ils seront ainsi exemptés de venir au bureau lundi.

Noël avant l'heure, c'est une raison bien assez magique pour avancer de trois jours la date officielle, non ?

Cependant, une personne me fait douter de mon choix. La voir un lundi de plus n'aurait fondamentalement rien changé. Ou tout après *cette* journée, je ne sais plus. Je n'arrive plus à raisonner depuis que mes lèvres ont touché celles de Lovie Miller.

Bordel, je suis dans le cliché du boss épris de son assistante.

Cette femme me rend dingue d'elle en ne faisant rien, en faisant tout. Son insupportable manie de mordiller son stylo lorsqu'elle prend des notes est aussi addictive à regarder qu'un rail de coke à snifer, son froncement de sourcil lorsqu'elle repousse sa monture de lunettes plus haut sur l'arête de son nez me donne envie de soupirer d'aise, et cette robe…

On en parle de cette robe, nom de Dieu ? Quoique non, Dieu n'a rien à faire dans l'équation, c'est Satan le couturier de cette robe, ça ne peut pas être possible autrement !

Je n'ai jamais vu un vêtement, un simple bout de tissu même, attiser le feu en moi de cette façon. Lovie est renversante. La voir aux côtés de Martin et son sourire séducteur de premier de classe m'a instantanément agacé. Il n'a pas à s'approcher d'elle, elle est à moi.

Enfin, c'est ce que je me dis pour me retenir de lui sauter au cou, ou aux lèvres, ou dessus carrément, et de la revendiquer comme si je n'étais qu'un connard arrogant et macho. Moi qui ne me préoccupais pas des femmes, sauf pour assouvir mes envies, me voilà bien rattrapé par le karma.

Je cherche mon assistante du regard. Après avoir parlé un long moment avec ma mère – et je n'ose pas aller voir cette dernière pour la sonder sur leur échange –, la voici en pleine conversation avec deux collègues du marketing.

Je ne peux m'empêcher de détailler ses courbes généreuses et convoitées. Sa tenue se prolonge jusqu'aux pieds, ses jambes sont mises en valeur par la présence de chaque côté d'une fente vertigineuse dont les pans sont maintenus par un fin laçage doré laissant apparaître sa peau laiteuse. Le décolleté est quant à lui sage, un léger arrondi laissant présager une poitrine voluptueuse avec la même finesse qu'un débardeur. Le tissu forme une seconde peau sur son corps, m'électrisant. Du petit ventre qui me donne envie de la cajoler à ses bras que je rêve de plus en plus de ressentir autour de ma nuque ou à ses jambes de déesse autour de ma taille.

Mais surtout… surtout son absence de ruban dans les cheveux. Bon Dieu, depuis qu'elle m'a avoué la symbolique qu'elle accorde au choix de cet accessoire, je suis comme un lion en cage. Découvrir la couleur qui pare chaque jour ses cheveux est devenu un plaisir dévorant et brûlant. Et ce soir… elle n'en porte pas. Sa chevelure est dépourvue de ruban, la conclusion ne peut donc qu'être que mon assistante sexy ne porte rien sous sa robe, et *ça* crée une réaction immédiate de mon corps. J'ai une réaction d'ado avec mon érection qui s'intensifie. Il faut que je calme mon corps et que je pense à autre chose. Tout de suite !

Tout chez Lovie est un appel aux caresses et à la passion. Cela fait presque deux jours que l'on ne s'est pas vus, à peine croisés furtivement, et je succombe déjà d'impatience. Le baiser échangé dans mon bureau est chargé de promesses qui n'attendent que de se dévoiler. J'ai envie d'elle comme elle a envie de moi. Serait-ce trop confiant que j'envisage sans doute même plus ? Lovie n'est pas la femme d'une nuit, je ne cesse de me le répéter, convaincu. Partager son quotidien avec une femme, j'ignore ce que c'est mais, avec elle, je suis prêt à prendre le risque.

J'attrape une coupe de champagne sur le plateau d'un serveur passant par là et me délecte de quelques gorgées avant de demander l'attention de l'assemblée.

— S'il vous plaît, mesdames et messieurs, l'heure est venue de nos traditionnels vœux de fin d'année.

Les invités s'approchent et s'amassent autour de moi, pourtant mon intérêt reste rivé sur Lovie. *Qu'elle est belle !* Mon regard n'échappe visiblement pas à l'instinct maternel, qui m'adresse un clin d'œil alors que je déglutis pour éclaircir ma voix ainsi que mes idées.

— Tout d'abord, je vous remercie d'être présents ce soir. Je ne compte pas vous martyriser avec des chiffres et des données alors que les bulles de champagne font déjà leur petit effet, mais sachez que vous avez tous abattu un travail impressionnant ces derniers mois et que nous allons ouvrir pas moins de trois établissements l'année prochaine, grâce à vous. Vous êtes tous une pierre à l'édifice de la Conrad Company, et nous savons à quel point chacun est indispensable à la réussite de notre entreprise.

J'effectue une pause, recevant les applaudissements du public et m'y joignant volontiers. Je suis un patron intransigeant, mais je sais quand il faut féliciter ses employés. Cette soirée est l'occasion de passer un agréable moment entre collègues et partenaires, de maintenir une bonne entente ainsi qu'une stratégie commerciale et de management tout en nous congratulant pour l'investissement fourni.

Je lève donc ma coupe et déclare :

— Pour vous remercier de ces efforts, je vous annonce officiellement que vous êtes en vacances à la fin de cette soirée. Je vous demanderai donc de ne pas vous présenter lundi au bureau, mais à la place de profiter avec votre entourage des préparatifs de fin d'année !

Des « oh » et des « ah » parcourent l'assemblée. Les sourires s'élargissent et les remerciements comme les applaudissements se font de plus en plus nombreux. Je trinque aux vacances avant d'annoncer que les trois vœux de Noël vont être révélés sous peu.

Lovie s'approche de moi avec l'urne recelant tous les vœux. Au déjeuner, mon assistante a récolté l'ensemble des vœux en les retirant de l'arbre de Noël, je n'ai désormais plus qu'à en piocher trois et à les lire à haute voix.

Lovie annonce quant à elle l'heureux gagnant du dernier jour de notre calendrier de l'Avent et j'ai le plaisir de remettre une nuit dans notre hôtel en suite présidentielle à mon assistante par intérim, Audrey.

— Désormais, si tout le monde est prêt, je vais pouvoir prendre ma grosse voix du Père Noël pour exaucer quelques-uns de vos vœux !

Lovie s'approche de moi et me tend l'urne en bois, ouverte. Une montagne de petites cartes me fait face.

Mon regard croise celui de ma jolie brune. Elle me sourit, attendant la suite. Moi, c'est la suite entre nous que j'attends, et je dois dire que sa proximité me met à vif. Je fouille puis extirpe le premier carton de la boîte, le déplie et le lis à voix haute.

— Le premier vœu réalisé ce soir est une envie touchante et généreuse de la part d'un de nos collègues pour sa compagne. Andrew, je t'annonce que tu vas pouvoir emmener ta compagne assister à un match de Super Bowl l'année prochaine !

Le dénommé Andrew, que je ne connais absolument pas, je dois bien l'avouer – j'ignore même dans quel domaine de la boîte il bosse –, est ravi de son sésame. Le Super Bowl, ce n'est pas rien quand même ! Ses collègues le félicitent et j'entends Lovie me souffler :

— Tu ignores à quel point tu as fait un heureux et une désespérée ! glousse-t-elle.

— Comment ça ? lui demandé-je.

— Sa nana déteste le football, alors pas sûre qu'assister à un match de la prochaine coupe la rende heureuse !

Je lui souris après avoir brièvement levé les yeux au ciel. Qu'est-ce que j'y peux moi, après tout ? Ce n'est pas ma faute si ce mec a loupé le cours « Être romantique avec sa nana ». Remarque, je ferais mieux de me taire, j'ai séché les cours…

— Heureusement qu'il s'agissait de son vœu à lui alors ! m'excusé-je faussement.

Je me tourne vers l'urne une seconde fois et procède au même cérémonial.

— Le second vœu de Noël à se réaliser est celui… de Joe ! Félicitations, Joe, le Père Noël t'offre pour ta femme et toi un week-end découverte à New York dans l'un de nos hôtels.

Je découvre Joe tout ému, accompagné d'une femme plutôt petite et à la bonhomie certaine. Les yeux brillants, il ne cesse de me remercier en boucle. Lovie, que je sais proche de notre concierge, s'approche de lui et le serre dans les bras pour le féliciter à son tour. Mon petit doigt me dit qu'elle a glissé son carton au-dessus des autres, « au cas où ». La triche n'est pas un processus que j'affectionne, loin de là, mais quand il s'agit de faire plaisir aux personnes que l'on connaît, y compris celles particulièrement généreuses, je ne peux pas en tenir rigueur.

Je remue les cartes pour le dernier tirage et m'en saisis d'une. Alors que je l'entrouvre pour y lire son contenu, un autre vœu qui s'était glissé entre les plis du papier coulisse entre mes doigts. Une écriture fine et cadencée apparaît. Je la reconnais vite, c'est celle de ma mâchouilleuse de stylos préférée. Lovie a donc écrit un vœu et l'a glissé dans l'urne. Moi qui parlais de triche il y a quelques secondes, j'ai une folle envie d'exaucer le sien, sans même l'avoir tiré au sort réellement. Le destin, on peut mettre cela sur son compte, non ?

Avec une impatience presque incontrôlable, je me repais de ces quelques mots avant qu'une lente tristesse ne se propage en moi. Elle n'a rien changé à ce vœu que j'avais pu lire sur son bureau. « Un Noël en famille. » Quatre mots pour définir le vœu de Lovie en cette fin d'année. Quatre mots hors d'atteinte que je ne peux lui offrir. Un vœu qui ne peut pas être exaucé, et moi qui me sens face à cela désemparé. À contrecœur, je replie donc ce morceau d'âme et lis celui que j'ai tiré de la boîte.

— Bravo à Maxence, tu remportes le dernier vœu ! Un vélo de route !

J'adresse quelques mots supplémentaires aux convives, leur souhaitant une nouvelle fois de très belles fêtes avant de me détourner de l'attention et de me dégoter une nouvelle coupe de champagne.

Sur mes talons, je reconnais ceux de Lovie qui me rattrapent. Elle me fixe, soucieuse.

— Quelque chose ne va pas ?

Et là, que dois-je faire ? Franchement, j'hésite. Je pourrais agir comme un connard insensible en prétextant n'importe quoi pour qu'elle passe à autre chose. Je pourrais me comporter comme si Lovie ne m'importait pas et comme si je ne me souciais pas d'elle, mais ça reviendrait à mentir. À l'opposé, je pourrais lui dire que j'ai lu son vœu par pseudo-inadvertance. Lui dire qu'elle parvient à me toucher au-delà de tout ce que j'ai pu connaître dans mon rapport avec les femmes. Je pourrais lui demander de me raconter son passé, son histoire, de me dire pourquoi elle désire ardemment une famille à Noël. Néanmoins, ce serait intrusif. Tout ce que je me refuse à être.

— Tu te confierais à moi ? lui demandé-je à la place.

Ma question a l'effet escompté. Mon assistante ouvre plus grand son regard sous le choc de ma demande. Je n'y lis rien de ce que j'aimerais. Aucune trace de confiance, de sentiment de sécurité et de protection. À la place, des doutes, de l'angoisse et peut-être même un soupçon de peur.

Je souffle, et mon humeur s'assombrit soudainement. Elle se rapproche doucement de moi, et sa main vient se poser sur mon avant-bras. Je ne l'avais pas remarqué avant, mais elle a peint ses ongles d'un noir profond et mat.

— Lucas… commence-t-elle, semblant tiraillée entre deux actions.

— Plus tard, Lovie, tranché-je.

Elle s'arrête brusquement. Sa main se retire vivement, comme si mon contact la brûlait. Son corps est tendu, et sa robe n'est que l'artifice sexy d'une femme en colère. D'une voix courroucée, elle s'adresse alors à moi, vexée :

— Si c'est le baiser que tu regrettes, il suffit de le dire plutôt que de jouer les fantômes ou de me rabaisser, alors que tu me mates comme si tu avais fait une émission télé pour survivants et que tu crevais la dalle !

Je crois bien que je n'ai pas été discret, décidément !

— Je ne comprends pas, je croyais que tu en avais envie… Tu as apporté un sapin chez moi, nom d'une guirlande !

Elle me fait sourire avec ses expressions biscornues et en rapport avec cette célébration qu'elle déteste. Je la laisse donc poursuivre.

— Tu nous as emmenées patiner avec Judith, tu me coules des regards à allumer une nonne, tu me tutoies… Et dire que j'ai sorti une robe que je n'avais jamais mise pour t'impressionner ! Que je pensais pouvoir te séduire et te plaire. Mais tu me fuis depuis le début de la soirée !

Heureusement que nous sommes à l'écart du passage afin que personne ne puisse nous écouter ni même en obtenir quelques bribes. Lovie est sublime, et la colère colore ses joues, que j'ai envie d'embrasser et de caresser.

— Tu n'y es pas du tout, m'agacé-je malgré tout.

— Si je n'y suis pas, explique-moi alors ! Dis-moi tout ce que tu penses, tout ce qu'il y a à dire sur moi !

Lovie essaie de donner de l'impact vocal à ses propos, tout en restant discrète afin de ne pas attirer les oreilles curieuses. C'est un mélange paradoxal qui me donne davantage envie de la serrer contre moi et de sentir son corps chaud contre le mien. Quand cette femme est dans les parages, mon cerveau est absorbé.

— J'attends, ajoute-t-elle en croisant les bras sur son buste.

Elle est en colère, mais je la sens également fragile. Mon attitude, qui ne se base que sur des quiproquos entre nous, la peine.

— Pourquoi as-tu demandé comme vœu une famille pour Noël, cette fête que tu exècres ?

16

Dimanche 21 décembre

Dimanche, jour du Seigneur pour certains, jour de la flemme pour moi. Je suis officiellement en vacances depuis à peine une journée que déjà le temps me paraît long. Alix est partie ce matin pour retrouver sa famille et bien qu'elle ait tenté une nouvelle fois de me convaincre de la suivre, j'ai refusé. Je ne veux pas m'imposer chez eux, bien qu'ils me connaissent depuis des années. Noël, c'est de l'intimité, de la proximité, du partage, et je dois avouer que je n'ai aucune mais alors vraiment aucune envie de vivre cela avec des personnes, adorables au demeurant, qui me regarderont quand même comme un pauvre cœur esseulé. J'en ai marre d'avoir le rôle de la gentille âme délaissée et abandonnée. Pour une fois, j'ai envie de vivre autre chose.

Au programme donc ? Me faire livrer des repas délicieux et clairement pas de saison – ce soir, je prévois déjà de manger du porc à l'ananas –, regarder des films d'action ou fantastiques à des années-lumière des téléfilms à l'eau de rose qui pullulent en ce moment sur les chaînes télévisées, et bien évidemment flemmarder en tenue cocooning dans mon canapé. Bon… comme je suis aussi une maman, j'ai prévu des activités avec Judith, que ce soit toutes les deux ici au calme ou à travers Chicago. J'ai bien envie de l'emmener au zoo de Lincoln Park, puis d'aller admirer la vue au Lights Festival. Je n'ai rien contre l'hiver en soi, donc autant en profiter, même si on se les gèle rapidement dans cette ville.

Alors que Judith est à la sieste depuis une quarantaine de minutes, je me suis installée dans le canapé, assise en tailleur et mon ordinateur sur les genoux. Mon idée première était de m'accorder un peu de temps en lisant, mais j'ai finalement cédé en ouvrant ma boîte mail pro. Comme prévu, un e-mail nous confirmant les propos de mon boss est arrivé hier. Nous sommes bel et bien en vacances et donc exemptés d'aller au bureau demain. Je ne reverrai donc pas Lucas avant la nouvelle année.

Je ne retiens pas un soupir de déception.

On ne peut pas dire que notre dernière conversation s'est bien déroulée. J'ai explosé, l'accusant et tentant de ne pas paraître blessée, puis il m'a balancé mon souhait qu'il a découvert. *Fichu arbre de Noël à la con... canneberge !*

Lorsque j'ai écrit que je désirais une famille pour le 25 décembre, c'était un moment de faiblesse. Je venais de penser à mes parents et voici ce que ça donne, le sentimentalisme. Alors que j'allais tenter une explication confuse pour me dépêtrer de ce sujet, telle une anguille, nous avons été coupés. L'analyste, dont je ne me souviens plus du nom, est venu parler à Lucas. Opportunité que j'ai saisie pour prendre la tangente. Depuis, silence radio entre l'Amiral-connard et moi.

Pour le coup, on devrait peut-être échanger de surnoms, c'est moi qui me sens comme l'Amiral-connasse aujourd'hui, cependant je ne sais pas comment amorcer la conversation. Et si cette pause hivernale était aussi le moyen de comprendre que notre rapprochement n'a pas lieu d'être ? Je ne voulais pas de Lucas Conrad dans ma vie, il est devenu mon boss et, aujourd'hui, il a carrément un statut que je refuse de nommer. Ce n'est pas un amant, nous avons simplement cédé à la tentation du baiser, ce n'est pas un ami ni un confident, puisque justement je ne lui confie rien, mais c'est inévitablement plus que mon patron.

Ai-je envie qu'il devienne mon petit ami ? C'est étrange de l'envisager comme mon mec, mais ça fait un ~~petit~~ sérieux quelque chose au creux de l'estomac. Il se noue, une envolée de papillons s'en échappe. Je suis accro, ou je le deviens.

Driiiiiing.

Je sursaute de surprise. Cette sonnette est désagréable. Je n'attends personne, mais je repousse mon ordinateur avant de décroiser les jambes et de me rendre jusqu'à l'entrée. Un bref regard dans le miroir m'informe que je ne suis pas particulièrement présentable : un legging noir délavé qui vire au transparent par endroits bien choisis, un tee-shirt ample à manches chauve-souris camel et des chaussettes molletonnées montantes retroussées sur les chevilles. Mes cheveux sont lâchés sur mes épaules. Je tends le bras vers la poignée et lorsque la porte s'ouvre et me révèle l'identité du visiteur, mon cerveau a un temps d'arrêt.

— Lucas ? Qu'est-ce que… tu fais là ?

— Ça ne se fait pas de rendre visite à son assistante préférée le dimanche ? tente-t-il sur le ton de l'humour.

— Je suis ta seule assistante, petit un. Et, petit deux, le dimanche n'est pas un jour travaillé.

— Je ne viens pas pour l'entreprise, Lovie, reprend-il avec sérieux.

Je le détaille du regard sans pouvoir m'arrêter. Il doit neiger, car quelques flocons parsèment ses cheveux décoiffés. Le bout de son nez est légèrement rougi par le froid, et il a adopté une posture nonchalante avec ses mains que j'imagine gantées dans les poches de son long manteau noir. Un jean brut et des baskets sont visibles. Une écharpe grise est enroulée autour de son cou. Son visage est dépourvu de sourire, il paraît tendu.

— Tu comptes me laisser sur le seuil ? me demande-t-il, mi-taquin mi-grave.

— Je pourrais… Mais je ne suis pas si atroce. Je t'en prie, entre.

J'ouvre la porte davantage et me décale sur le côté afin de le laisser passer. Je lui propose de quitter le surplus de vêtements et de les poser dans l'entrée pendant que je nous sers du café. Il accepte de bonne grâce.

Lorsque je reviens dans le salon avec deux tasses chaudes entre les mains, mon patron a pris ses aises dans le canapé et jette un regard à mon ordinateur encore ouvert sur son mail envoyé la veille. Je m'assois à ses côtés, maintenant une certaine distance afin de ne pas le toucher ni même l'effleurer, et lui tends sa boisson.

— Merci.

— Je t'en prie.

Le silence prend les commandes de l'ambiance. Enfin, ambiance, c'est vite dit. Je fuis le regard de mon patron qui est ici, chez moi, tout sauf mon patron. Lovie la lâche pourrait devenir mon nouveau titre. Un peu comme les statuts amoureux à la con sur Facebook, le mien annoncerait « compliqué par lâcheté », c'est plutôt ~~original~~ affligeant.

Je n'ose pas mettre les pieds dans le plat, alors les secondes passent comme des petites dynamites, prêtes à exploser au moment donné.

— Judith et Alix ne sont pas là ?

— La première est à la sieste et la seconde est partie dans sa famille pour les fêtes, elle ne revient pas avant le 27 ou le 28 normalement, l'informé-je.

— Oh, j'imaginais que vous seriez ensemble le 25.

Il semble penser à voix haute, et je préfère stopper tout de suite la conversation sur ce terrain. La trouille, une fois de plus.

— Alix m'a proposé de l'accompagner et d'emmener Ju' avec moi, ses parents m'adorent, et c'est réciproque d'ailleurs, mais je ne me vois pas imposer notre présence à des personnes si adorables pour les fêtes de fin d'année, qui se passent avec les êtres chers et en famille. J'ai décliné.

Je reprends mon souffle après avoir parlé d'une traite. Mes yeux n'ont pas quitté leur intérêt pour ma tasse d'or noir.

— Et tu ne conçois pas le fait d'être un être cher, justement ?

Brusquement, je cligne des yeux et croise les siens. Je suis happée par son regard. Je n'ai plus d'échappatoire. Lucas Conrad est dans mon salon, assis sur mon canapé avec l'élégance qui le caractérise quand je suis vêtue comme une souillon. Je ne vais pas pouvoir m'esquiver bien longtemps de cette conversation.

— J'ai beaucoup de mal à le concevoir.

— Pourquoi ? Lovie, je suis venu pour que l'on parle de la fin du gala. Ce sont les congés et je vais partir demain rejoindre ma famille, la prochaine fois que l'on se voit, ce sera au bureau à la rentrée.

— Tu avais peur que ton assistante se fasse la malle ? répliqué-je maladroitement, ce qui passe presque pour de la méchanceté.

Lucas me fixe, interpellé. Une petite voix au fond de moi me souffle de m'adoucir et de me confier. De lui dévoiler les raisons qui expliquent que j'aime si peu Noël et toute cette atmosphère familiale. Pourtant, j'hésite encore. Je n'ai pas envie de me prendre une énième porte à la figure.

J'ai toujours envisagé l'ouverture du cœur comme une raison de se prendre une claque. L'éducation que mes parents m'ont dispensée allait dans ce sens : jamais de « je t'aime », de « je suis fier de toi », une éducation rigide et dure, des sorties réglementées, l'interdiction d'aller à la danse si je n'avais pas fini mes devoirs, ma timidité qui me freinait, pourtant j'ai fini par me rebeller face à mes parents, mais clairement pas sur le plan des émotions. Sur ce plan, ils peuvent être fiers, j'ai appliqué la leçon correctement.

Aujourd'hui, il n'y a presque qu'avec Judith que je me livre et à qui je déclare mes sentiments. Elle est ma fille, elle est mon sang, elle est une partie de mon amour, et surtout elle est une femme en devenir que je veux libre, forte et indépendante. Je veux qu'elle mène sa plus belle vie et, pour cela, il lui faut de l'amour.

— Tu crains que ton boss se fasse la malle ? me demande-t-il pour reprendre mes précédentes paroles.

Relevant la tête, je plonge mon regard dans celui de Lucas, cherchant quelque chose à quoi me raccrocher. En fond sonore, mon enceinte laisse filtrer un nouveau titre de ma playlist : « Til you're Home », de David Hodges. Les notes de la version acoustique envahissent l'appartement.

— Je suis tombée enceinte peu avant la Chandeleur en France. Ma mère est française, fais-je pour toute explication. J'adore les crêpes, alors c'est une fête que l'on célèbre chaque année.

Mon patron me regarde l'air surpris, et quelque chose me dit qu'il n'est pas près de changer son regard. Il va en apprendre beaucoup sur moi à travers cette conversation.

— C'est à cette occasion qu'avec Victor, on a décidé de l'apprendre à mes parents en allant déjeuner chez eux. Victor était mon amour de jeunesse, une rencontre un peu loufoque, une voiture incendiée d'une voisine, lui pompier protecteur, un sourire de tombeur, et hop le cœur d'une midinette de plus était accroché à lui. Depuis plusieurs années, nous étions ensemble et bien que la relation de couple et l'amour ne soient pas un long fleuve tranquille, nous avons eu l'envie de fonder une famille. J'ai arrêté ma contraception délibérément, Judith n'est en aucun cas un accident de parcours ou une surprise maladroite. Elle est juste arrivée si vite, si tôt dans nos vies. En un mois, j'apprenais que la nature avait fait son œuvre, qu'elle était là cette petite graine dont j'ignorais tout. Après avoir fait le test, je suis allée au labo pour vérifier par prise de sang mon nouvel état. Il n'y avait aucun doute, alors je suis allée chercher un petit livre s'intitulant *J'aime mon papa* et un petit pot de compote de banane à faire goûter à Victor. Il a pris l'annonce avec stress et lui qui ne fumait pas est descendu acheter un paquet. Il s'inquiétait de tout ce qu'on allait devoir changer, du rythme du boulot…

Je reprends mon souffle. La pause s'allonge, et je sens la main douce et compréhensive de Lucas qui se pose sur mon genou afin de me donner la force de continuer. Les moments moins drôles vont arriver et maintenant que j'ai entamé mon laïus, je ne peux plus faire demi-tour.

— Lors du repas, ma mère avait fait des crêpes. On avait prévu deux présents, une bouteille de vin pour mon père et une boîte de gâteaux pour ma mère. Sur chacun d'eux, un message indiquant qu'ils allaient être grands-parents. Au fond de moi, je me doutais que ce serait mal reçu, je n'imaginais pas une seconde qu'ils se mettent à applaudir, à sauter de joie ou même à verser une larme. Cependant, je n'imaginais pas… ça.

Quand j'y repense, je me souviens de mes maux d'estomac les jours précédents, de l'angoisse et des mains moites. En arrivant en bas de chez eux, j'ai même proposé de faire demi-tour et d'inventer un mensonge de dernière minute pour nous excuser de notre absence. Victor a insisté, en me rassurant. Il n'y avait aucune raison que le repas se passe mal.

— Ils l'ont mal pris ? demande Lucas en refermant sa prise sur ma cuisse, sa main se tendant comme le reste de son corps.

— C'est peu de le dire ! Ils ont servi l'apéro, je n'ai pas touché à ma bière. Mon père a déballé la bouteille et lorsqu'il a lu le message à voix haute, il s'est exclamé : « C'est une erreur, votre enfant est une erreur. » C'était effroyable.

Partager cette scène me broie le cœur et les entrailles. J'ai eu tant de mal à passer sur cette journée, à cesser de cogiter, à arrêter de m'en vouloir, alors que je ne suis coupable de rien. Pourtant, ces mots m'ont déchiré l'âme. Mon père est dur mais là, il a été bien au-dessus, il a été cruel.

Le soir même, lorsque je suis rentrée, je me suis effondrée sous la douche, en larmes. J'ignorais où commençait le jet d'eau et où s'arrêtaient mes pleurs. Aucune de mes émotions ne pouvait être maintenue, j'étais en roue libre, ne parvenant qu'à trembler, nue, assise sur le carrelage de la douche italienne. Mon père, ce héros de mon enfance, avait ce pouvoir de destruction entre les mains et venait de s'en servir. Il avait réduit à néant la petite fille que j'étais et celle que j'imaginais tenir entre mes bras.

J'ai pleuré une bonne partie de la soirée. Je n'ai presque rien mangé, dégoûtée par les événements. Je n'avais pas le cœur lourd, il était tombé et s'était écrasé à mes pieds. Ce refus a été si difficile à vivre, je regrettais cette journée, je regrettais d'être enceinte, je me demandais si ça valait la peine que je passe le cap des trois mois…

— Et ensuite ? Que s'est-il passé ?

— J'ai appelé tous les week-ends, et mon père refusait de prendre le téléphone, je n'avais que ma mère. Puis, j'ai décidé d'espacer les appels, car l'initiative venait toujours de mon côté. Un beau jour, j'ai totalement arrêté d'appeler, et Victor est mort en intervention.

Il était pompier, il y a eu un incendie dans une usine et… il ne s'en est pas tiré. C'était durant le premier trimestre. Presque à la fin.

Un sanglot m'échappe.

— Désormais, j'ai fait mon deuil, mais le souvenir qu'il me reste de Victor est déchirant. Outre mon meilleur ami et mon amant, il était mon passé, brusquement refermé à l'aube d'être père. Judith ne connaîtra jamais son papa, et cette idée me fend le cœur, bien que je n'aie aucune emprise.

— Tu as renoué avec tes parents après la disparition de Victor ?

— Non.

Ma réponse est glaciale et sèche. Tranchante.

Mes parents ont appris la nouvelle de la mort de mon compagnon, j'imagine, par les parents de ce dernier ou par les informations locales. Néanmoins, ils sont restés mutiques. Figés dans leur rancune et leur non-sens. Je n'ai reçu aucun appel, aucun message, pas même un mail. Rien du tout. Comme si j'étais une étrangère, et non leur fille unique enceinte.

Mes émotions battent la chamade et ma tête me tourne. Partager mon passé est une épreuve, c'est difficile, douloureux.

Lucas semble quant à lui estomaqué et m'observe, les yeux écarquillés de surprise.

— Co… comment est-ce possible ? Enfin c'est… cruel, souffle-t-il, atterré.

— C’est le moins que l’on puisse dire. Avant le décès de Victor, j’ai cessé mes appels lorsque j’ai constaté qu’ils avaient emmené ma cousine pour son anniversaire au restaurant sans m’en informer, alors que chaque année nous fêtions son année de plus ensemble. J’ai été vexée, je l’ai mal pris, alors j’ai décidé de bouder, de ne plus appeler. Cela faisait trois semaines, puis il y a eu Victor… La communication n’a pas repris, et la grossesse m’a sauvée.

— Tu n’avais pas d’autre choix que d’avancer pour Judith, comprend-il.

— Exactement. J’ai enchaîné les rendez-vous médicaux sans la présence rassurante de ma mère, j’ai appris que j’attendais une petite fille en pleurant à chaudes larmes, c’était le vœu de mon compagnon et le ciel m’a offert son dernier cadeau.

Ma voix s’enroue. Mes mains sont moites, et l’ambiance s’assombrit encore un peu lorsque « Say Something » se lance dans le salon. A Great Big World m’étreint le cœur avec sa chanson, alors que je fuis le regard de mon patron assis sur mon canapé au milieu de mon appartement, dans cette situation si improbable il y a encore plusieurs mois.

— Tu leur as annoncé pour le sexe de l’enfant ?

— Non.

Ma réponse est implacable et n’appelle pas à la négociation. Pourtant, sans savoir d’où me vient ce courage, je relève les yeux vers Lucas et l’observe. Me juge-t-il cruelle ? Sans cœur ? Ne pas prévenir ses parents qu'ils vont accueillir une petite-fille dans leur famille, c'est immonde, même moi je me suis dégoûtée longtemps. J'ai tant pleuré, je crois bien que je n'ai jamais versé autant de larmes depuis mes vingt-sept années de vie, c'est dire !

Depuis si longtemps – et encore aujourd'hui – on me dit que je suis une personne forte, qui sait encaisser, qui affronte les douleurs, qui ne partage pas sa peine et qui avance le menton relevé. Si seulement ils savaient, tous… Que j'ai pleuré de nombreuses fois sous la douche, mêlant mon chagrin aux gouttes du pommeau, que j'ai craqué aux arrêts de bus pour aller bosser, que la pression me rattrapait dans un parc, dans un café, aux toilettes du bureau, en lisant un livre, en écoutant une musique.

Le jour où j'ai découvert que j'attendais Judith et non pas un petit garçon, je me suis effondrée, seule, prétextant une grosse fatigue à Alix pour me réfugier sous ma couette. Et j'ai pleuré, tant pleuré. Je n'arrivais plus à m'arrêter, c'était incontrôlable. Je pensais ne pas pouvoir y parvenir, ne pas réussir à entrer dans ce rôle de mère alors que je n'avais plus la mienne, que mes propres parents m'avaient tourné le dos et abandonnée. C'est ce que je suis, c'est ce que j'ai ressenti, être un enfant abandonné et ça fait putain de mal. Comment allais-je être mère ? Comment affronter les nouveautés, les étapes, les nuits, les biberons, les maladies, les pleurs… ? Bon sang, tant de choses m'éclataient d'un coup au visage ! J'étais désemparée, et le seul moyen d'expulser tout ça, toute cette angoisse était de laisser couler mon âme. Et elle a coulé… si longtemps ce soir-là sur mes joues, trempant mon oreiller.

— Ils ont dû l'apprendre via les réseaux sociaux lorsque j'ai partagé une liste de naissance que des amis me demandaient. D'ailleurs, sur cette liste, il n'y a eu que des gestes et attentions d'amis ou de la famille de Victor. La mienne n'existait plus et n'a pas tenté de reprendre contact à ce moment-là.

— Je suis désolé, Lovie, souffle-t-il avec tendresse.

Lucas Conrad est si doux et réconfortant à cet instant. Il me fait le même effet qu'un baume délicatement parfumé, mais sur le cœur, cet organe si malmené dans ma vie.

17

— Est-ce que je peux te demander la suite Lovie… Si c'est trop difficile pour toi, tu peux aussi garder ces mauvais souvenirs. Et ce n'est pas le boss qui parle mais juste moi, Lucas, m'adresse-t-il avec un sourire tentant de soulager mon état.

Il faut dire que je tremble comme une feuille et que mes yeux sont gorgés de larmes. Je dois lui présenter un piteux état de moi-même à l'heure qu'il est. Lovie Miller, bien loin des critères de *sexytude* pour mettre son patron dans son lit, là !

Je hoche la tête doucement en reprenant une inspiration profonde. Avec un peu de sérénité, je vais arriver à finir mon histoire.

— Les semaines se sont enchaînées, grâce à une application, je suivais pas à pas ma grossesse, la taille et le poids moyens, les comparaisons aux fruits, aux pâtisseries même. Qui se préoccupe de savoir qu'à une certaine période, bébé est aussi gros qu'une part de flan, franchement ? Personne, mais ça fait passer le temps.

Je l'entends glousser et un léger sourire se dessine sur mes lèvres.

— Même en difficulté, tu gardes ton mordant, hein.

— Toujours, réponds-je avec un clin d'œil que je veux aguicheur, mais qui doit plus ressembler à celui de Meiko, le raton laveur de Pocahontas, avec mes coulures de mascara.

Je reprends donc.

— La découverte des cours de préparation à l'accouchement a été un grand moment, vraiment épique ! À croire que les hormones rendent débiles… rouspété-je. Les questions posées par les futures mamans sont cloches, totalement illogiques, puis elles passent leur temps à se caresser le ventre avec un air niais aux lèvres, c'est prodigieusement agaçant. Pas pire que les gens qui désirent toucher notre ventre cela dit, comme si en temps normal ils voulaient palper abdominaux ou bourrelets, sérieux !

Un gloussement silencieux agite son corps, puis Lucas s'installe plus confortablement.

— Et ton accouchement ?

— J'étais avec Alix. Elle était venue me rejoindre à New York, j'y suis née. Elle avait posé des congés pour être présente durant tout mon neuvième mois. Mes parents étant toujours aux abonnés absents, sans nouvelles, seulement un peu d'espionnage.

— De l'espionnage ?

Lucas est interloqué, je le devine aisément à son regard. Il se redresse surpris, la bouche arrondie.

— Ma mère me suit sur les réseaux depuis que je me suis inscrite, et son passe-temps a été de suivre mes stories Instagram pour épier chaque fait et geste de ma vie, y compris de ma grossesse.

— Et t'envoyer un message n'était pas plus simple ? grogne-t-il.

Je le sens se tendre, s'énerver. Moi qui ai eu le temps de ruminer, aujourd'hui ça me laisse totalement de marbre. Pendant des mois, ma maman suivait mes partages, lâchait quelquefois des émojis pour partager quoi, une émotion ? Était-ce une tentative d'approche ? Sans doute, mais je ne le saurai jamais puisque je n'y répondais pas.

— Insurmontable. Niveau fierté dans la famille Miller, on se pose là.

— Ce n'est plus de la fierté, excuse-moi, mais c'est de la connerie.

Je ne peux qu'acquiescer. Je me range totalement de son côté, mes parents sont sacrément cons. Hélas, on peut difficilement les changer.

— Quand le moment est arrivé, je ne m'en suis pas rendu compte.

— Pour l'accouchement ?

— Oui. J'ai été jugée comme hautement tolérante à la douleur, j'ai fait tout le travail chez moi. Je fais partie du faible pourcentage de femmes qui n'ont pas de contractions dans le ventre le jour J, mais dans le dos et les reins, donc tout ce que j'avais appris en cours de prépa tombait à l'eau. J'ai eu des pertes de sang qui m'ont menée jusqu'à l'hôpital pour un contrôle, résultat ? Le bouchon muqueux se disloquait, mais cela peut se produire sans annoncer d'accouchement immédiat. Un monitoring plus tard et mes constantes prises, je n'avais pas réellement de contractions, « trop faibles, trop irrégulières, ma petite dame, rentrez chez vous ».

— Et tu es rentrée ?

— Oui, Alix nous a reconduites à la maison après un passage au McDo. Que j'ai vomi quatorze fois pour être exacte. Je pensais que le gras ne passait pas, pas du tout que je ne ressentais pas le début du travail. Vers minuit, j'avais le dos qui tirait, alors je suis allée prendre une douche, qui a fini en bain. En allant me coucher avec la bouillotte, ça ne soulageait pas vraiment, mais c'était vivable. Puis, vers 3 heures, c'est devenu réellement plus intense. On nous apprend qu'il faut une certaine longueur de la douleur et que les pics soient peu espacés, dans les cinq minutes, mais quand je me suis mise à vraiment y être attentive, la poche des eaux s'est percée dans le lit. Il était 3 h 40. J'ai couru, aussi bien qu'une baleine échouée peut le faire, aux toilettes. J'ai un petit souci avec l'hygiène, j'ai repris une douche, mais les contractions devenaient plus sévères et mes reins s'enflammaient sous la douleur.

— Alix était avec toi ? m'interroge Lucas.

— Bien sûr. À 4 h 25, on arrivait à la maternité et, une demi-heure plus tard, Judith était dans mes bras. Le verdict était tombé, la tête commençait à être visible, j'étais en train d'accoucher presque seule, il était trop tard pour être soulagée avec la péridurale, il ne me restait plus qu'une option, pousser. Alors, allongée sur la table, les pieds dans les étriers, la sage-femme me guidant, j'ai poussé, pendant qu'un autre, aidé d'Alix, me déshabillait. Quatre poussées et j'avais mis un enfant au monde, mon enfant.

Mon regard coule sur Lucas, qui reste muet. Son regard me sonde, il semble entièrement concentré sur moi, sur mes paroles. Ses yeux brillent de cette émotion que je ne saurais définir.

— Waouh… ce doit être si… impressionnant.

— Un moment hors du temps, surtout le premier échange de regards, affirmé-je. Bon, ensuite elle a fait son premier caca sur moi… ris-je de bon cœur.

Le souvenir de ce jour restera impérissable. Je ne croyais pas à tous les blablas du plus beau jour, etc. D'ailleurs, ce fut loin d'être le plus beau jour de ma vie, entre la surprise, la rapidité et les douleurs ressenties. Faire un projet de naissance, mon cul ! Ne rien prévoir, car rien n'arrive comme prévu, c'est la leçon à retenir. En revanche, aucun doute que cet instant, cette première rencontre a chamboulé quelque chose en moi.

Dès lors, tout change. Ce regard presque noir, cette main si petite, ce corps si fragile, cette âme minuscule que l'on tient au creux de soi. Plus rien d'autre n'a d'importance que ce moment. Je ne pourrais décrire l'intense sensation de protection, cet instinct venu du plus profond.

J'observe Lucas, songeuse, me demandant quel père il serait. Si j'avais dû me poser cette question il y a quelques mois, ma seule réponse aurait été « un gros connard ». Pourtant, aujourd'hui, elle est tout autre, je suis obligée d'en convenir. Il a dévoilé une autre facette de lui, le vrai Lucas, qui a tout de charmant.

— J'imagine. Tu as annoncé la naissance à tes parents alors ?

— Non plus. J'admets que j'ai été plus tranchante que ça, j'ai partagé l'annonce de la naissance sur les réseaux sociaux le jour des cinquante ans de ma mère. C'était mon ultime acte de rébellion, comme l'adolescente que j'avais été. J'ai hésité, puis finalement ma colère a pris le pas sur le reste. Judith est née quatre jours avant ma mère, cela me paraissait le rappel le plus violent de l'acte manqué dont ils avaient fait preuve. Mon père et ma mère avaient été de mauvais parents sur cette ligne, et ils étaient déjà dépossédés – par leur propre choix – de leur rôle de grands-parents.

— Tu dois être tellement déçue. Je ne sais pas quoi dire, je n'imagine pas mes parents agir ainsi, confesse Lucas, hésitant.

— Personne ne l'imagine, je présume, certains le vivent, c'est tout. Ensuite, j'ai décidé de suivre Alix ici à Chicago, en prenant Judith et ma valise sous le bras. Elle n'avait pas loin des sept mois quand on est arrivées, puis j'ai cherché du boulot. J'ai eu des loupés, comme en atteste mon CV, et tu m'as embauchée alors que je m'apprêtais à rentrer à New York auprès de la famille de Victor.

— Je crois bien que c'est le truc le plus raisonnable que j'ai fait depuis longtemps !

— Clairement plus raisonnable que cette folie de mois de décembre au boulot !

Lucas s'esclaffe tout en remettant une de mes mèches rebelles derrière mon oreille. Avec un ton doux et alors que son index parcourt ma lèvre inférieure, il me demande si c'est à cause de mes parents que je hais tant Noël.

— Je plaide coupable. Le premier Noël que j'ai fêté sans eux avec Judith a été si dur, j'ai cru que mon cœur allait se briser en mille morceaux. Cette fête revêtait toute la symbolique familiale depuis mon enfance. J'aime tant Noël, le repas en famille, le regard de mes proches en découvrant les paquets que j'ai soigneusement choisis pour eux, décorer l'arbre… Mais quand on n'a plus de famille, ça ne rime à rien de le fêter.

— Pour Judith, fête-le pour elle. C'est elle ta famille, aujourd'hui.

— Je n'y arrive pas. C'est trop douloureux. Toute la magie du moment a disparu.

— Je comprends mieux pourquoi ton vœu était une famille à Noël. Tu n'es pas vraiment une Grinchette en fin de compte. Nous sommes à quelques jours du réveillon, et je pars demain dans ma famille au bord du lac Michigan. C'est la résidence secondaire de mes parents, on a l'habitude d'y passer les fêtes avec ma sœur et mon frère et…

— Stop. Ne dis plus rien, s'il te plaît.

— Mais je n'ai encore rien dit. Simplement, je…

Tout à coup, un gros boum résonne dans l'appartement, suivi de pleurs. Je me lève précipitamment pour aller auprès de Judith.

— Merde, mais c'est quoi ça ?!

Alors que je suis à quelques pas de la chambre de ma fille, mes pieds sont trempés d'eau. Une flaque, non plutôt une mare vu la quantité d'eau, prend ses aises dans la salle de bains et s'étend au couloir. Tout est inondé. Lucas, que je n'ai pas entendu me suivre, pose une main sur mon épaule, me faisant sursauter.

— Va voir Judith, je vais voir d'où ça vient.

— Merci.

Je pénètre dans sa chambre, encore sèche de tout dégât, heureusement. Engoncée dans sa gigoteuse, Judith a les yeux chargés de fatigue et rougis par ses pleurs. Regardant tout autour, je découvre un cadre qui s'est décroché du mur. Saleté de scratch censé tenir !

Je me saisis de Judith et la cale contre moi pour qu'elle se calme.

— Ma puce, tout va bien. Maman est là.

J'ondule des hanches et la berce doucement, son visage enfoui dans mon cou lorsque, à son tour, Lucas entre dans la chambre aux tons beiges.

— Mauvaise nouvelle, la chaudière et le robinet d'arrivée d'eau fuient, m'annonce-t-il. Il faut couper l'eau.

— Merd… médaillon de veau !

Lucas relève un sourcil. Je vois bien le « elle est complètement folle » traverser son regard. Je soupire en levant les yeux au plafond.

— Alix et ses paris débiles des expressions de Noël pour remplacer mes pics de gros mots, comme elle dit.

— Je vois.

— Bon… je peux te laisser Judith en surveillance le temps d'appeler un plombier ?

— Un dimanche 21 décembre ? Tu as bien de l'espoir, glisse-t-il, sérieux. On va se mettre dans le salon, me dit-il alors que je lui tends ma fille.

Je les laisse sortir pour dégainer mon portable de mon survêtement. Merci Google pour les innombrables numéros de plombier, hélas, entre ceux qui ne répondent pas – bah oui on est dimanche faut pas croire qu'ils font du 7j/7 – et ceux qui m'annoncent comme si j'étais demeurée que l'on est le 21 décembre… Je tente un dernier numéro en croisant même les orteils dans mes chaussettes.

Les tonalités résonnent.

— Allô ? fait une voix caverneuse à l'autre bout du fil.

— Bonjour ! Désolée de vous déranger, mais voilà ma chaudière fuit, et j'aurais voulu savoir quand vous pouviez intervenir. Aujourd'hui par exemple ?

— Aujourd'hui ? Mais ma petite dame, on est dimanche.

— Alors disons demain, je coupe l'eau pour la soirée et le tour est joué.

— Vous êtes folle ?

— Je vous demande pardon ? dis-je, un tantinet vexée.

— Demain, nous serons le 22 décembre, il me reste encore des rendez-vous à honorer certes, mais c'est le dernier jour de travail avant les fêtes que ma femme m'autorise. Je ne vais donc pas ajouter des imprévus à mon planning.

— Même pas pour moi ? S'il vous plaît, je ne vais pas passer mes vacances ainsi.

— Essayez d'appeler un de mes confrères.

— Parce que vous croyez que vous êtes le premier ? Non, vous êtes le dixième…

Un soupir se fait entendre avant un temps de silence. J'ai espoir qu'il pèse la donne de ma demande. M'aider ou non, telle est la question ?

— Je ne peux rien pour vous, désolé.

— Vous avez ménagé le suspense pour ça ? C'est ignoble !

— J'ai réfléchi, mais non. Vous avez dû être un sacré mauvais enfant vous, c'est le bout de charbon qu'il vous faut, ajoute-t-il en baragouinant.

Puis, il me raccroche au nez. Mon cerveau partagé entre colère et déception tente de trouver une solution alors que je regagne le salon pour rejoindre Lucas et Judith. Je les découvre par terre, la plus petite jouant avec un puzzle sous le regard observateur de l'adulte. Une jambe relevée, le poignet sur son genou gauche, l'autre jambe presque en tailleur, les cheveux ébouriffés, Lucas dégage une aura tendre et charismatique à la fois.

On en mangerait !

— Alors ? m'interroge-t-il, un petit sourire au coin des lèvres.

Merde, il m'a grillée en train de le mater.

Comme si de rien n'était, je réponds :

— Échec total. Dimanche, fin décembre, vacances, toutes les raisons sont bonnes pour ne pas me dépanner.

— Il faut les comprendre aussi.

— Certes.

Je m'affale avec autant d'élégance que le phoque sur la plage. Je prends ma tête entre mes mains. J'aurais dû accepter d'aller chez les parents d'Alix… Si j'avais su !

Comment vais-je bien faire maintenant ? Je n'ai nulle part où aller à Chicago, et je n'ai clairement pas le budget pour louer une chambre d'hôtel jusqu'à ce qu'on vienne réparer ce bordel.

— J'ai une solution à te proposer.

Je relève la tête. Mon patron s'est redressé et me fixe tout en laissant l'une de ses mains entre les doigts de Judith, qui s'amuse à lui passer les pièces du puzzle 3D en bois comme s'il s'agissait d'une alliance.

— Ce soir, vous venez chez moi. Demain, on part pour le chalet de ma famille au bord du lac et vous passez les fêtes avec nous.

18

Dimanche 21 décembre, Lucas

On ne peut pas dire que Lovie a été très emballée par mon idée. En fait, elle s'est même vexée et n'a cessé de rouspéter pendant une bonne demi-heure en tournant en rond dans le salon. Entre-temps, heureusement que j'avais coupé l'arrivée d'eau !

Mon assistante, charmante quand elle ronchonne, répétait en boucle : « Non, non, il doit y avoir une autre solution. » Elle a donc appelé la fin de sa liste de plombiers trouvés sur Internet, en vain, puis a téléphoné à Alix, sans doute pour lui demander ce qui était le plus sage. Lorsqu'elle est revenue de son appel passé dans sa chambre, elle m'a jeté un regard froid en déclarant :

— Il semblerait que je n'aie pas d'autre option. Mon patron ne me paie pas assez pour que j'aie le luxe de me loger à l'hôtel pendant plusieurs jours.

Ce à quoi je n'ai pu que lui répondre, un brin goguenard :

— Il faudra négocier ça à l'entretien annuel de janvier !

Lovie a donc préparé une valise avec ses affaires et celles de Judith. Nous avons épongé toute l'eau qui s'était déversée dans la salle de bains et le couloir, et mis à sécher tout ce qui était trempé. Judith pendant ce temps jouait tranquillement.

Vers 19 heures, nous quittions leur appartement, et ce n'est pas sans mal que Lovie a verrouillé les lieux. Les larmes aux yeux, mais faisant tout pour le camoufler, elle est montée dans ma voiture, le menton relevé et le regard me fuyant. Son attitude m'a décontenancé. Je ne sais pas ce qui la rend si peinée, est-ce le fait de passer la nuit chez moi aujourd'hui ou ma proposition de passer les fêtes avec ma famille ? D'ailleurs, elle n'a annoncé son assentiment que pour la nuit. Pour autant, demain matin elle m'annoncera qu'elle ne me suit pas au chalet, dans ce cas je lui laisserai les clés de mon appartement.

Je n'envisage pas de la laisser sans logement et, de ce que j'ai compris, elle n'a pas les économies suffisantes pour l'hôtel, ce qui n'enlève pas l'épine du pied. En revanche, sa présence dans mon appartement, c'est… imprévu.

Mon loft est à mon image, moderne et épuré. C'est un mélange de luxe moderne rencontrant le chic industriel brut grâce aux briques et à l'acier. Les tons sont harmonieux avec du beige, du noir, du blanc et du marron. Avec quatre chambres et quatre salles de bains, je ne manque clairement pas d'espace pour recevoir, tout en gardant mon intimité. Cette maison offre un peu plus de quatre cents mètres carrés d'espace de vie et des plafonds si vertigineux que ça en donne le tournis, même à moi.

La cuisine contemporaine dispose d'armoires à écran plat bicolores avec un lave-vaisselle et un réfrigérateur cachés par encastrement, deux fours et une cuisinière à cinq feux. Comme si je cuisinais autant ! Cependant, lorsque j'ai cherché un appartement à Chicago à mon retour de San Francisco, j'ai eu une envie jamais avouée. Celle de trouver un lieu dans lequel je pourrais me sentir vivre en couple et pourquoi pas un jour en famille, alors il fallait de la place et que la cuisine, lieu de partage et de convivialité, soit fonctionnelle. Bon, en l'état, je mange plus de plats livrés qu'autre chose et ma cuisine n'a qu'un but décoratif. L'îlot surdimensionné offre une place design et l'espace parfait pour y être confortablement installé.

À l'étage, ma suite principale se compose d'un grand dressing, d'un spa avec double vasque, d'une grande baignoire, d'une douche séparée et même d'un sauna infrarouge pour deux personnes. Dès que je l'ai vu, des idées pour le moins chaudes me sont venues en tête, un sauna bien accompagné est toujours agréable. Deux autres chambres prennent possession des lieux à cet étage.

Il y a une terrasse privée à côté du salon, en plus d'un grand patio commun. En bas se trouvent une suite de niveau inférieur et une salle de bains avec d'immenses fenêtres à ossature d'acier.

L'appartement jouit même de deux places de parking pour mes véhicules. Je vis donc dans le district d'Ogden depuis quelques années désormais, et c'est un vrai plaisir !

Tout ici est à mon image et évoque ma personnalité, alors quand je découvre sur le visage de mon assistante, tenant sa fille dans ses bras, un petit sourire et un regard glissant sur les grands canapés marron du salon ou encore sur les hautes fenêtres dévoilant le paysage enneigé, je suis bêtement rassuré. Mon espace de vie lui plaît et cette idée me fait du bien.

Je monte valises et sacs à l'étage, dans la chambre en face de la mienne, et je la laisse découvrir les lieux. En redescendant, Judith est installée devant mon sapin, que sa mère lui a allumé sans difficulté. La petite fille semble émerveillée devant toutes ces lumières. Mon sapin est le seul que j'ai fait avec soin, passant un moment à le décorer dans des tons vert et blanc. Un peu de doré par-ci par-là pour lui apporter de la lumière.

Croisant les bras, je reste à l'entrée du salon et me repais de cette vision attendrissante. Judith tient entre ses bras son doudou, un lapin crème qui semble tout doux.

— Merci.

Tournant la tête en direction de la voix discrète, je découvre Lovie accoudée à l'îlot central, deux verres d'eau face à elle, un petit rictus gêné sur les lèvres. Je la rassure d'un geste, fouiller dans mes placards à la recherche d'un verre n'est pas un souci.

— Pour elle, pour moi. Je ne… sais pas vraiment comment te remercier, mais merci pour cette nuit.

— Cette nuit, hein ? la taquiné-je.

Une rougeur s'étend sur ses joues. À croquer. Bon sang, cette femme est sublime, même vêtue d'un jean et d'un pull noir. Un rien la rend belle. À moins que ce ne soit mon regard sur elle qui ne peut plus changer désormais. Je me sens… imprégné d'elle. Niveau image cheloue, on est pas mal.

— Tu m'as aidée, ajoute-t-elle.

— C'est normal, il n'y a rien d'héroïque là-dedans.

— Normal pour un patron et son assistante ?

— Lovie… soufflé-je.

Pourquoi nous résume-t-elle toujours à ça ? Oui, notre relation est de premier ordre professionnel. Elle est plus que ma collaboratrice, elle est mon assistante. Néanmoins, on a dépassé ce stade depuis quelque temps déjà, pourquoi s'obstiner dans le déni ? Je ne comprends pas. Ou peut-être bien que si. Elle a peur. De moi ? D'elle ? De nous ? De tout ?

Je sais très bien de quoi a l'air toute cette situation. Le cliché parfait de l'homme riche et puissant – on peut rajouter canon s'il le faut vraiment – qui séduit son assistante alors qu'elle est sa subalterne. Si la relation est découverte, on l'accusera de jouer de ses charmes pour avoir obtenu son poste – ce qui est bien évidemment faux, mais tout le monde se fout de savoir ce qui est vrai ou non. On ne verra que la vile femme qui a joué les profiteuses grâce à son corps et à ses atouts pendant que l'homme ne serait qu'un éternel don Juan. Je pourrais avoir l'étiquette du patron manipulateur et pervers, remarque. C'est en vogue, hélas, à cause de mes confrères qui ont dépassé les limites.

Néanmoins, je ne vois ni l'une ni l'autre de ces options s'ouvrir devant moi. Je ne vois naïvement que ce que je ressens. Je suis attirée par cette femme piquante, cette maman touchante et cette collaboratrice efficace. Cela fait-il de moi un homme usant de son statut ? Je ne pense pas, au contraire, chacune des facettes de Lovie m'ensorcelle et j'ai envie d'en découvrir davantage.

Alors la voir ici, dans mon appartement, ça me serre l'estomac. Je crois bien que j'adore ça en fait !

— Quelque chose ne va pas ? me demande-t-elle avec un regard doux auquel je ne suis pas habitué.

Elle craint de déranger, d'empiéter sur mon espace. De ne pas être à sa place. Si elle savait… comme elle comble ce vide plutôt.

— Je me demandais ce que l'on pourrait commander ce soir pour le dîner ? Mexicain, ça te tente ?

— Tant qu'il y a quelque chose qui n'est pas trop pimenté pour Judith, c'est parfait.

— Sinon on change, proposé-je, soucieux de bien faire pour la petite fille.

Lovie s'arrête un instant et me fixe, l'étonnement se lisant sur ses traits.

— Qu'y a-t-il donc ?

— Lucas Conrad changerait ses plans pour une enfant squattant chez lui ?

Je n'arrive pas à reconnaître le ton qu'elle emploie en prononçant ses mots. Ironie ? Surprise ? Sincérité ?

— Je changerais mes plans pour beaucoup de choses. Pour toi notamment. Bon, donc je commande, mexicain ? Je dois avoir le dépliant dans le tiroir gauche de l'îlot, regarde ce que tu préfères pendant que je prends une douche rapide.

Je m'enfuis comme un gamin. J'ai osé mettre un pied dans ce que je qualifierais du « plus » de notre relation et, en définitive, je ne suis plus très sûr d'assumer, alors je préfère prendre la tangente.

Une heure plus tard, après avoir chacun pris nos douches – et cela concerne même Judith qui a boudé pour aller se laver –, nous avons donc dîné mexicain dans le salon, devant un dessin animé. Je ne remercierai jamais assez ma sœur de m'avoir forcé à prendre l'abonnement à Disney +. Elle adore les histoires de son enfance, et c'est devenu le seul moment où je les regarde également, quand elle vient me rendre visite.

Les emballages de notre repas, composé de salade aux haricots rouges, de fajitas et tacos ou encore de guacamole, trônent sur la table basse. J'ai à peine croqué dans mon burrito, j'ai eu les yeux plus gros que le ventre. Lovie a eu la meilleure des idées en commandant également des glaces, citron et fraise, pour faire couler le tout, comme elle dit. L'idée de la Teq' Paf m'a aussi traversé l'esprit, mais clairement ça aurait été malvenu de la proposer ou même de l'énoncer à haute voix.

— C'était délicieux ! s'exclame Lovie en s'affalant un peu plus dans le coin du canapé.

— Et tu profites même de la meilleure place, là !

— C'est ce que l'on offre aux invités, non ?

— Quand on est un bon hôte, rétorqué-je. Si je voulais être nul dans ce rôle, je te laisserais la place au milieu des deux coussins d'assise.

— Ah oui je vois, celle où l'on s'enfonce, une fesse à droite, une fesse à gauche, sans vraiment choisir son camp.

— Exact ! hoché-je la tête.

— T'y vois pas d'inconvénient hein, mais je te la laisse ! J'ai des galères de fuites d'eau, alors aie un peu pitié.

Je me marre. L'humour de Lovie va sur tous les terrains : tantôt piquant et déstabilisant, tantôt dans l'autodérision, tantôt cynique, mais toujours plaisant et cérébral. Elle a une véritable personnalité, personne ne pourrait dire le contraire.

— Judith n'a pas eu de soucis pour s'endormir ? demandé-je.

La petite fille a été couchée dans le lit qu'elle partage avec sa maman il y a une vingtaine de minutes après avoir englouti un burrito. Elle piquait du nez devant le *Roi lion*, alors Lovie l'a prise dans ses bras pour la mener jusqu'à la chambre.

— Non, elle a sombré comme un loir. Elle m'a impressionnée, elle qui n'est pas habituée à dormir ailleurs que dans ses propres draps.

Son regard tendre se pose dans le vide. Je reconnais là le regard que ma propre mère pose sur ses enfants quand elle les admire avec amour. Le lien parental est sincère, chargé d'émotions et surtout intangible. Du moins c'est ce que je croyais avant que Lovie ne me raconte son histoire familiale. Abandonner son enfant… Je ne suis pas père mais, à aucun moment je ne pourrais envisager de renier ma descendance parce que, à son tour, elle va donner la vie. Cela me semble impossible, cruel. Inhumain. Et lorsque je vois la force que Lovie déploie chaque jour tant dans son boulot que dans sa vie perso, affronter la solitude, les heures de travail – et je n'ai pas été le patron le plus cool en termes d'horaires ces derniers mois –, gérer un enfant en bas âge… Elle m'impressionne, c'est une femme déterminée et confiante, malgré sa fragilité qui perce parfois à travers les failles qu'elle laisse involontairement entrevoir.

— Nous n'avons pas réellement fini la conversation, lâche-t-elle d'une petite voix pour une fois timide.

Orientant mon regard vers elle, je l'interroge :

— Comment ça ?

— Au gala de l'entreprise, on a mutuellement joué au jeu du chat et de la souris.

— J'étais la souris devant l'absence de ruban noué à tes cheveux…

Sur-le-champ, ses joues rougissent et ses yeux pétillent derrière ses lunettes octogonales. Je m'amuse de la voir gênée, alors qu'elle peut aussi bien jouer les femmes tempétueuses et fatales.

— Tu regrettes ce baiser ? me demande-t-elle tout de go.

De façon incontrôlable, j'ai un mouvement de recul. Comme si ses paroles me plaquaient vers l'arrière, prêtes à me scotcher au canapé. En me voyant agir ainsi, mon assistante se méprend et fronce immédiatement les sourcils.

— Je vois, lance Lovie sèchement en détournant les yeux et en s'apprêtant à se lever pour quitter les lieux.

Je la rattrape alors vivement, ma main glissant sur son coude pour la retenir. Elle tente de se défaire, et j'affermis alors ma poigne sans pour autant lui faire mal. Je me lève et lui fais face. Son regard s'est obscurci et le mécontentement apparaît nettement.

— Ce n'est pas ça.

— Alors qu'est-ce ? répond-elle du tac au tac.

J'inspire et la main qui tenait son coude remonte le long de son bras. Mes doigts effleurent son épaule camouflée par le pull qu'elle porte. Mon index prend alors le chemin menant de son cou à sa mâchoire et à sa joue afin que ma peau s'y cale. Sa peau est chaude, et un petit contact électrique affole mes sensations. Je vais avoir beaucoup de mal à ne pas succomber, mais je résiste, je ne veux en aucun cas la brusquer.

— Je ne regrette absolument pas le baiser. Au contraire. Lors de la soirée de Noël, si j'avais pu passer mon temps suspendu à tes jolies lèvres, je l'aurais fait.

Tu étais si resplendissante dans cette robe, une véritable tentation brute. Et savoir que le tissu frôlait directement ton corps… m'a mis dans un état peu respectable.

Son souffle s'accélère.

— Pourquoi tu n'as rien tenté ? Pourquoi dans ce cas tu ne m'as pas approchée ?

— Parce que tu discutais avec ma mère, puis j'étais aussi en représentation dans mon rôle de patron.

— Je n'attendais pas que tu m'embrasses comme dans les films, un baiser de cinéma à la *Casablanca*. Je voulais juste que tu me montres que tu m'avais vue.

— Cela pour te voir…

Mon souffle contre sa joue la fait frissonner. Nos regards sont ancrés l'un dans l'autre et ne se détachent plus.

— Tu as été claire sur ce que l'on pourrait penser de toi vis-à-vis du patron. Je ne veux pas te coller cette étiquette.

— Et je ne la veux pas. C'est toi que je veux, murmure-t-elle, pleine d'audace.

Bordel de merde, Lovie va m'achever !

Mon jean a rétréci, c'est certain vu comme je me sens à l'étroit. Cette femme est si sexy. Une sirène qui me charmerait de sa voix mélodieuse n'aurait pas plus d'emprise sur moi que Lovie Miller.

Alors je franchis la dernière limite ?

Délicatement, mes lèvres viennent saisir les siennes et les butiner, comme l'abeille s'approchant du cœur de la fleur. Elle est douce, et le contraste avec le goût des épices est surprenant et agréable. Sa langue s'impose et valse avec la mienne. Je rapproche son corps du mien. Il est chaud, alangui, désireux.

Ses mains fourragent dans les cheveux du haut de ma nuque avant de glisser sous mes vêtements et de caresser mes abdominaux. Son parfum vrille mon cerveau : la rose et la bergamote.

Ma bouche papillonne dans son cou, déposant çà et là de doux baisers humides sur sa peau frissonnante. Sentir sa poitrine se presser contre mon torse a raison de mon érection de plus en plus douloureuse. Comme j'ai envie d'elle ! C'est un supplice !

— Tu sens si bon… Ta peau est si douce… lui soufflé-je à l'oreille.

La sensualité à fleur de peau de Lovie m'embrase. Comment ai-je pu passer à côté durant ses premiers mois de présence dans l'entreprise ? Comment ai-je pu résister jusque-là ?

Un sourire se dessine sur mes lèvres lorsque je sens son index suivre la ligne de poils qui se prolonge sous mon caleçon.

Le désir s'empare autant de l'un que de l'autre. Mon corps se tend d'anticipation. J'imagine son corps chaud et en sueur contre le mien entre mes draps. Ses doigts jouent avec la boucle de ma ceinture jusqu'à s'en saisir et la défaire.

Et si je me laissais aller ? Une femme si désirable entre mes bras, c'est tout ce dont j'ai envie ? J'en ai déjà eu des tas avant elle, pourquoi pas Lovie ?

D'un mouvement de la main, je l'arrête. Mes doigts se referment autour des siens.

Parce que tu veux plus avec elle, me souffle ma conscience, comme une parole sainte.

— Attends.

À son regard braqué sur moi et soudain si froid et distant, je comprends que je merde. Pourtant, je ne peux pas m'empêcher de mettre un terme à cette étreinte. Je ne veux pas que ça aille trop vite. J'ai envie que cet instant soit sincère, soit vrai.

— Tu me repousses ? Encore ?

— Ce n'est absolument pas ce que tu crois.

Elle rit amèrement en levant les yeux au ciel.

— Pitié, pas cette phrase à la con. Tu sais à quel point c'est dur pour moi de m'imaginer nue devant toi ? Te dévoiler mon corps que je n'assume plus depuis ma grossesse ? Savoir que tu es le premier depuis si longtemps ? Et tu vas te contenter d'explications bateau du type « ce n'est pas toi, c'est moi » ? s'exclame-t-elle, désormais en colère.

Je passe ma main sur mon visage et me frotte la mâchoire. Je décide de me comporter en mec bien mais, en réalité, je suis tellement maladroit car inexpérimenté que je passe pour un crétin. Avec les femmes, je n'ai jamais besoin de tergiverser, mon instinct de chasseur – oui c'est assez peu flatteur – fait le reste. Mais avec mon assistante… je patine et mal.

— Lovie, ce que je veux dire, c'est que j'ai terriblement envie de toi. Mais pas pour te baiser en mode cinq à sept. Je veux prendre mon temps, te goûter, te découvrir et coucher avec toi tendrement.

Elle m'observe un moment sans rien dire, avant d'ajouter :

— Pourquoi pas ce soir alors ?

— Viens avec moi pour les fêtes. Découvre une nouvelle facette de ce Lucas Conrad que tu apprivoises peu à peu. Laisse-moi te prouver que je ne suis pas qu'un patron connard et exigeant.

— Et si je refuse ?

— Je ne crois pas que je tenterai quoi que ce soit d'autre.

Ses mains se ravisent et ses bras glissent le long de son corps. Son regard se fait plus doux, mais il y a toujours cet éloignement, il est presque perceptible.

On dirait bien que je viens de poser un ultimatum. Ce que l'on ne fait jamais en affaires, à moins d'avoir déjà remporté les négociations. Or ici la balle n'est certainement pas dans mon camp. Il semblerait que ce soit une affaire à suivre.

19

Lundi 22 décembre

— On est arrivés.

Hier matin, en me réveillant, je n'aurais jamais songé être là aujourd'hui. Comme quoi rien n'est jamais gage de certitude dans la vie !

Mes doigts pressent l'attache afin de retirer ma ceinture. Me voici sur la rive est du lac Michigan.

Quand, hier soir, Lucas a cessé notre rapprochement avant même qu'il ne débute, j'ai eu une sensation horrible d'humiliation. Se sentir repoussée fait naître des doutes et j'ai bien passé une partie de ma nuit à cogiter. Son corps exprimait réellement son désir. Il bandait, nom d'une boule à neige !

Cependant, il a abruptement tout stoppé. O.K., je ne portais pas la tenue la plus élégante ni même la plus sexy de ma penderie, mais ce n'était quand même pas ça qui l'arrêtait ? Mon haleine de chili con carne ? La présence de Judith dans l'une des pièces de son loft ? Ma présence chez lui ?

Je suis certaine qu'il n'a jamais fait venir une de ses conquêtes ici. Son appartement véhicule un truc mystérieux, un peu comme si l'on pénétrait dans un temple masculin. Il pourrait y avoir une pancarte « Défense d'entrer » à destination des filles, comme si Lucas était encore un ado que ça ne m'étonnerait pas le moins du monde.

Mais non. Il veut que je l'accompagne dans sa famille. Voilà le véritable souci.

Mon patron ne veut pas que je me sente comme l'une de ses parties de jambes en l'air, vite fait bien fait.

Alors que ma petite vague roupillait à mes côtés, son corps chaud contre le mien, mon cerveau réalisait ce qu'il refusait de comprendre un peu plus tôt. Lucas Conrad souhaite me faire une place dans sa vie.

En assemblant ses mots et ses actes, c'est devenu bien plus clair. Son invitation à passer Noël en famille, sa façon de résister à mes charmes pour ne pas bâcler ce qui serait notre première nuit, sa présence au quotidien pour me faire aimer le mois de décembre – bien que ce soit un échec – ou encore son oreille attentive. Tout porte à croire que Lucas Conrad, le bourreau des cœurs de ces dames, envisage plus qu'une simple coucherie.

L'effet que ça me fait à moi ? C'est aussi agréable qu'une barre de Snickers qui fond sur la langue et aussi déstabilisant que de voir le nombre de calories de ce si petit truc écrit sur l'emballage.

Et comme je ne sais pas vraiment de quel côté penche la balance émotionnelle, j'ai accepté de passer Noël dans sa famille avec Judith.

Maintenant que l'on est garés devant la demeure, mon estomac se noue sévèrement et je me demande ce que je fous là. Tout à coup, mon cerveau percute. Je vais passer une fête de famille avec le big boss et le fondateur de la boîte, avec la mère de mon patron qui semble avoir déjà tout compris de la situation, alors que tout m'échappe, et sans doute avec d'autres membres de la famille. Moi la Grinchette de Noël. Le tout avec ma fille, histoire d'être bien jugée en tant que maman solo.

Bordel de sauce aux airelles, qu'est-ce que j'ai fait ?

Judith babille à l'arrière dans son siège auto alors que je reprends mes esprits. La porte conducteur claque. Lucas a quitté le véhicule.

Ma grande, fallait y penser avant. Pas faute d'avoir passé la nuit à cogiter. Maintenant faut assumer.

Une expiration profonde plus tard, je sors à mon tour et découvre les sacs de voyage sortis ainsi que Lucas qui s'attelle à sortir Judith de l'emprise du siège.

— Faut combien de doctorats pour parvenir à bout de ce truc ? râle-t-il dans sa barbe.

Barbe de quelques jours hypersexy, je dois dire. Mais je m'égare.

Je lui viens en aide et appuie sur l'unique satanique bon bouton. Un sourire penaud se dessine sur son visage. Je m'apprête à lui adresser une parole rassurante quand la porte du chalet s'ouvre, révélant la mère de mon boss sur le seuil.

Elle est resplendissante dans son ensemble décontracté gris. Je m'attendais à des tenues élégantes, pas à un pull et à un jegging, je dois dire. Je suis agréablement surprise, moi qui avais la trouille de faire tache avec mes fringues de seconde main ou ayant déjà bien roulé leur bosse.

— Mon chéri, tu as fait bonne route ? Et vous, Lovie ? Oh mais qui voilà ! C'est quoi ton petit nom ? demande-t-elle lorsque avec Judith nous arrivons après avoir franchi les quelques marches extérieures.

— Maman, je te présente Judith.

Diane relève ses yeux tendres et, avec un sourire, elle me déclare :

— Elle est magnifique et vous ressemble beaucoup.

— Merci beaucoup. Pour le compliment et pour l'accueil chez vous, surtout à cette période.

— C'est un plaisir de voir une femme intéressante avec Lucas.

Malaise. Gros malaise.

Les sous-entendus sont on ne peut plus clairs. Diane est convaincue que je suis en couple, ou tout du moins l'amante de son fils.

Outre ce fait déjà pas des moindres, elle vient de juger nettement les femmes que Lucas fréquente. En comparaison, j'ai l'air d'être un bon choix, et mon ego fait la danse de la joie en entendant ça. J'ai même envie de glousser. En fait non, en voyant le clin d'œil de Diane et le regard inquisiteur de mon patron, je crois bien que j'ai gloussé.

Nous pénétrons à la suite de la maîtresse de maison dans le lieu de notre séjour après avoir entendu la voix pressée de M. Conrad. Les embrassades et politesses redoublent, et je découvre de nouvelles têtes chaleureuses.

Lucas nous présente à sa petite sœur, une belle rouquine aux yeux verts se prénommant Millie, à son aînée, Kate, qui lui ressemble en tout point et à son conjoint, Dylan, un grand homme métis au regard ambre et aux cheveux ras. Puis, vient un homme d'un âge avancé, son grand-père. M. Lucas Conrad senior. Eh oui, encore un Lucas Conrad, bien qu'il préfère désormais qu'on l'appelle Lu', pour les intimes comme il dit en me faisant sourire.

Son regard doux se pose sur moi et, immédiatement, il ne peut contenir une réflexion, qui me fait piquer un fard.

— Si j'avais quelques années de moins, je te la volerais celle-là, fiston !

J'entends Lucas rire de bon cœur. Comme ce son est agréable.

Et comme son grand-père me fait rougir ! Mal à l'aise, je baisse les yeux au sol en trifouillant je ne sais quoi dans les cheveux de Judith.

Diane nous propose de nous installer pendant qu'elle sert le café et le goûter, et demande à son fils de me guider jusqu'à la chambre que je vais partager avec ma petite vague.

Mon Dieu, cette maison est sans fin ! Tout y est disproportionné. Déjà, j'évite de dormir dans le canapé parce qu'il y a six chambres. Rien que ça, c'est totalement… waouh ! En réalité, je ne sais pas, je n'ai pas les mots tant je suis impressionnée. Cette vie est à mille lieues de la mienne… Soudain, je m'en rends compte et mon estomac se noue. Lucas est habitué à autant d'espace, de luxe, de confort, de privilège. Que pourrais-je bien apporter de plus à sa vie ? Il ne manque de rien.

Pendant que nous montons l'escalier, mon patron me raconte l'histoire de la demeure, construite par un architecte sur un terrain d'un peu plus de six hectares. Son grand-père paternel, celui qui m'a draguée gentiment, en est à l'origine.

Je découvre alors que les hautes fenêtres du salon complètent celles des autres pièces, permettant ainsi de voir le lac Michigan sous toutes ses coutures.

Nous avons traversé une cuisine pourvue d'un îlot central en granit et de divers appareils électroménagers en acier dans des tons rouges faisant ressortir le côté industriel de la pièce. Au deuxième étage, où nous sommes allés directement, se trouve toute une aile dite « bureau » pour que chacun puisse travailler à sa convenance dans le silence. Lucas ajoute que la pièce où peint sa mère se situe également dans cette partie de la demeure. En face de cette aile se trouvent deux chambres, la sienne et celle réservée à son grand-père.

— Quand j'étais enfant, on aimait regarder les étoiles sur sa terrasse, se confie-t-il. C'était logique que je prenne la chambre d'en face, même s'il n'était pas tout le temps là. Puis, sa chambre est devenue la mienne.

— Tu as donc une terrasse dans ta chambre, serait-ce une invitation ? le taquiné-je.

— J'ai aussi un gros télescope, me lance-t-il avec un clin d'œil.

Oups. Je pique un fard. Je n'étais pas prête aux allusions sexuelles de mon boss dans sa maison de famille ! Hier encore, il m'écartait de lui, car il avait justement trop de pression et aujourd'hui il se lance sur le terrain du désir.

Son sourire me fascine. Même si ce n'était pas le sujet, je prends mon temps, et grave son visage doux et décontracté dans mes souvenirs. Je n'ai pas envie de perdre une bribe de ces moments qui m'attendent, je suis certaine qu'ils vont changer quelque chose en moi. Je le sens.

— Bref, suis-moi, ta chambre est à l'étage du dessous. Vous aurez une salle de bains communicante avec ma petite sœur, elle risque d'étaler ses produits partout, je préviens.

Je glousse. J'imagine tout à fait ladite sœur faire ça. Millie semble si fraîche, si insouciante et audacieuse, mais je ne doute pas qu'elle soit carrément bordélique, très féminine et impulsive. Du moins, elle en a tout l'air.

Nous longeons un couloir, puis passons une porte, et je découvre mon petit espace pour quelques jours. Enfin, je dis petit… La chambre est dingue. Bonhomme de neige sous ecstasy !

Je retiens des vulgarités et mes mains se portent à ma bouche sans que je puisse les retenir.

La chambre, une sorte d'hexagone non uniforme grâce à l'ensemble des trois baies vitrées donnant sur le lac, est dans des tons beiges et bois. De chaque côté du lit, je discerne une porte. L'une pour la salle de bains avec baignoire et l'autre pour le dressing, m'apprend Lucas. Une télévision ainsi qu'une bibliothèque sont disposées contre les deux murs libres. La pièce est très lumineuse et je discerne sans mal les bords enneigés du lac.

— Nous sommes à quelques centaines de mètres de la berge, me souffle Lucas, qui s'est rapproché de moi.

Il est dans mon dos, mais sans créer de contact. Il attend ou est-ce moi qui attends ? Je ne bouge pas d'un pouce, respirant calmement.

— La proximité est épatante, on a presque envie de toucher cette vue.

— Retire le presque… murmure-t-il d'une voix suave.

La conversation a dévié. Nous ne parlons pas uniquement de la position géographique de la demeure. On parle de nous. De ce truc qui nous attire et nous torture à la fois, de cette attirance qui m'a fait venir ici pour passer les fêtes avec mon boss et sa famille que je ne connais pas. De cette alchimie qui lui fait dire que je ne suis pas simplement un *date quatre heures* à se mettre sous la dent. Cette sensation qui me terrorise autant qu'elle me parle avec convoitise.

— Peut-être qu'il faut oser alors… mais…

— Pourquoi un mais ? m'interroge-t-il.

— À toi de me le dire.

Son souffle chaud se répand sur mon épaule et la naissance de ma nuque. Il a repoussé mes cheveux de l'autre côté. Ses lèvres douces et la rugosité de sa barbe me font frissonner quand elles rencontrent la chair sous mon oreille. Je suis si sensible. Je frémis.

Sa proximité me fait perdre la tête tant les sensations m'assaillent. Quelque chose prend le contrôle de mon corps, de mon esprit. Le désir. C'est chaud, intrusif. S'insinuant sous ma peau, partout, dans les moindres recoins de mon corps.

Mon soutien-gorge me paraît trop petit, trop serré, ma poitrine n'a qu'une envie, respirer, être libre de ce carcan. Mes seins pressés contre la dentelle n'en peuvent plus.

— Aujourd'hui, ton ruban est bleu nuit… murmure Lucas contre ma nuque, me faisant frissonner au passage.

— Dentelle, lui réponds-je sur le même ton.

Un grognement guttural semble remonter le long de sa gorge et se manifester. Je sens sa poitrine vibrer contre mon dos, désormais collés. Ses mains se sont emparées de mes hanches et ne les lâchent plus. Ses paumes chaudes seulement en contact avec mes vêtements me rendent déjà tout enfiévrée.

Et si mes fantasmes les plus fous prenaient vie ? Serait-ce mal d'y céder ? J'en ai envie comme jamais auparavant.

J'imagine déjà son corps nu contre le mien, sans mal, sa peau électrisant la mienne à chaque caresse, la pulpe de ses doigts jouant avec mon corps et sa bouche se délectant de mon goût.

— Tu trembles… m'indique-t-il dans un souffle.

Je ne l'avais pas remarqué mais, oui, je tremble. Le désir inonde mon corps et je n'ai plus prise sur l'un comme sur l'autre. J'ai une envie folle de Lucas. Je rêve de me retourner, de glisser mes mains sous ce tee-shirt blanc si basique, de faire sauter les boutons de sa braguette sous mon empressement. Mais quelque chose se produit au fond de moi.

J'avance d'un pas vers la fenêtre, me séparant de son étreinte.

Me tournant vers lui, je l'observe me fixant, interloqué. Son regard s'est assombri, et j'y lis tout ce qu'il est pressé de partager avec mon corps, mais également la surprise et une once d'un je-ne-sais-quoi. Soudain, alors que je ne m'y attends pas du tout, il m'offre un large sourire radieux. *Même le Père Noël n'est pas aussi tentant avec ses cadeaux !*

— Et si nous rejoignons les autres ?

Sans demander son reste, il me tourne le dos et quitte la chambre, me laissant pantelante de désir et de frustration, même si je suis celle ayant mis un terme à notre rapprochement. Je suis également dans l'interrogation, n'arrivant pas à saisir ce comportement de Lucas. Mon boss a-t-il fait son retour ? Récupère-t-il le contrôle face à une situation qui semblait lui filer entre les doigts ? Ou bien me laisse-t-il cette place et cet air dont je lui donne l'impression d'avoir besoin ?

Et les fêtes dans sa famille ne font que commencer !

20

Mardi 23 décembre

Une petite main chaude papouille mon cou. Elle dort encore, je le sais, car son souffle est régulier et doux. Cependant, elle s'éveille, comme moi qui n'ai pas encore ouvert un œil.

Je me prélasse sous la couette, me repaissant de sa chaleur et de ce moment de détente.

Ma fille est surexcitée et je ne peux pas le lui reprocher. Ses petits yeux brillent d'excitation dès qu'elle voit la neige tomber, les décors de Noël allumés, ou encore les odeurs de cookies et de gâteaux aux épices en tout genre.

Nous sommes le 23 décembre et je sais que je ne peux plus éviter ce qui se prépare. Au contraire même, j'y plonge à grands pas. Je me tourne alors vers elle pour un câlin réconfortant et me blottis contre son petit corps bouillant.

Bon sang comme je l'aime ! Ce n'est pas descriptible, je ne peux pas poser de mots sur l'intensité de mon amour pour ma petite vague, c'est comme ça, voilà tout.

Lorsque j'ai appris que j'étais enceinte, j'ai pris cette nouvelle comme un simple fait, l'air de dire « O.K., bon bah je retourne à ma vie ». Se rendre compte que tout va changer, nos habitudes, notre façon de penser, les inquiétudes du début, notre appréhension de la vie, nos réflexes… Tout. C'est un bouleversement que j'avais concrètement pris à la légère. Être maman, j'en ai toujours eu envie, je n'envisageais pas ma vie sans enfant, mais de là à me sentir « maman », non. On nous rabâche pendant neuf mois des propos que l'on n'entend que d'une oreille et lorsque la réalité nous rattrape, que ce petit être se glisse dans nos bras – et lâche son cri strident de Mandragore de Harry Potter –, là on se prend le revers de plein fouet. C'est brutal. Déstabilisant. Criant de vérité. On n'est pas prêt, on n'est jamais prêt, mais on finira par s'adapter.

Avec Victor, on voulait Judith du plus profond de notre âme. Néanmoins, plusieurs jours après l'accouchement, mon esprit était confus. J'agissais exactement selon les attentes de mon bébé, sans avoir l'impression d'endosser ce rôle, nouveau, de mère. J'étais dans le déni.

Un déni pur, sombre, violant, épuisant.

La première semaine, je me sentais vide. Pas de corps comme le fameux baby blues. Non, mon cœur était vide. Vide de sens, vide d'amour. Saurais-je l'aimer un jour ? Elle me casse les pieds en hurlant, je me sens intruse dans mon propre lit, mon reflet est abject, et les marques qu'elle a laissées sur mon corps me donnent la nausée. Je me dégoûte de corps et d'esprit.

Elle, elle m'est étrangère.

Je me souviens d'avoir eu l'impression d'être inhumaine en pensant ça. J'ignorais à qui me confier. Sans parents, je ne pouvais pas partager mes pensées les plus obscures. Alix ? Elle m'aurait hurlé dessus, peut-être même qu'elle ne m'aurait pas comprise. Alors j'ai fait ce que je pensais être le mieux, sourire à la face du monde, incertaine de la vie que j'allais désormais mener.

Le coup de foudre avec son bébé ? Mes fesses avec un ruban.

Non, un enfant, il est comme vous, il débarque face à l'inconnu. Cette relation, elle s'apprivoise. Surtout seule. Il faut en déterminer tous les aspects, se questionner, se remettre d'aplomb et en même temps accepter son corps qui d'une certaine façon se régénère pour repartir de zéro. La tête, les hormones et les émotions en ébullition, sympa le cocktail, n'est-ce pas ?

En respirant l'odeur au creux du cou de Judith, aujourd'hui je me sens apaisée. Tout cela est loin de moi à présent. J'ai fait la paix avec mes émotions et mon rôle envers elle. Je ne peux pas en dire autant avec mon corps, que j'abhorre toujours autant, mais un jean taille haute, un tee-shirt ou un pull, et le tour est joué. J'oublie à quoi je ressemble nue devant mon miroir avant ou après la douche.

Ce qui compte le plus dans ma vie, c'est ce petit être que j'admire évoluer à chaque instant. Je me sens fière de chacun de ses sourires.

— Maman, maman.

Ma main dépose une caresse sur sa joue et rejette en arrière quelques mèches de cheveux. Des petits bisous par-ci par-là.

— On se lève, ma puce.

— Noël ?

— Demain. Aujourd'hui, on installe le sapin, m'ont dit Lucas et Millie.

Je vois ses petits yeux briller d'excitation et d'envie. Judith frappe dans ses mains en se levant et en criant gaiement « oui » plusieurs fois.

Je repousse la couette entièrement et sors mes jambes du lit. Attrapant le sweat-shirt posé sur la chaise à proximité, je l'enfile. J'ai dormi en legging, je n'ai donc besoin que de mettre une paire de chaussettes. J'aide Judith à mettre également un sweat et nous quittons la chambre. Dès la porte ouverte, je l'aperçois. Il est dans le couloir, en jogging noir tombant sur ses hanches, torse nu.

Tu as un peu de bave, là, au coin de la bouche, se moque ma conscience.

Je ne peux m'empêcher d'admirer ce qui se trouve sous mes yeux. Et c'est… appétissant. L'homme, au même titre que la femme, n'est pas un bout de viande, mais une tablette de chocolat que j'ai envie de lécher et de suçoter, ça pourquoi pas ! Des images de Lucas, allongé sous mes caresses, sous mon corps, apparaissent devant mes yeux. Je les chasse tant bien que mal.

Les hormones du réveil sont les plus tentatrices. Je me souviens comme c'était agréable de faire l'amour à peine l'esprit sorti de la brume matinale. Le ressenti des caresses et des mots doux alors que l'on quitte le pays des songes. Surtout, le plaisir éprouvé dans le ballet des corps.

Bref, ce n'est pas la question. Le seul ballet qui m'attend ce matin, c'est celui avec la caféine.

— Salut, les filles.

Mon boss sourit alors que Judith s'approche de lui et lui enserre la jambe de ses petits bras. Elle n'est vraiment pas méfiante, est-ce bien mon enfant ? Ju' fait des sourires à qui veut bien les prendre, et c'est à la fois touchant et effrayant en tant que parents.

Il la prend dans ses bras, lui glisse un bisou sur la joue et la repose au sol avant qu'elle ne s'enfuie vers l'escalier et les odeurs qui nous proviennent du petit déjeuner au rez-de-chaussée.

— Tu veux le même « bonjour » ? me charrie-t-il alors que je n'ai toujours pas bronché ni bougé.

— Je m'interrogeais…

— Sur quoi ?

— La capacité de mon patron à se vêtir convenablement, réponds-je d'un ton pince-sans-rire.

Pris sur le vif, il se redresse et me fixe, cherchant la taquinerie. Je décide alors de sourire pour que ce ne soit pas mal interprété. Lucas Conrad ne mérite plus son surnom d'Amiral-connard. Plus du tout, en réalité. Alors autant éviter de jouer la reine des connasses. Puis, ce n'est pas bon pour mon karma un 23 décembre, ça.

— La vue t'importune ? me demande-t-il, très sérieux.

— Je ne voudrais pas choquer les yeux de ma fille, plutôt.

— Bien sûr, hoche-t-il la tête alors que nous avons tous les deux conscience qu'il ne me croit absolument pas. Cela dit, elle n'a pas paru traumatisée.

— Tu sais à cet âge… ça n'a pas conscience encore.

— Et au tien ?

Mange-toi ça, Lovie! Tu as voulu jouer avec le « Père Fouettard »… Nom d'une guirlande, à quoi je pense moi ? Voilà que je l'imagine dans la même tenue, dans la chambre, moi en petite culotte, sa main prête à me donner la fessée alors qu'il comble ma poitrine d'attentions.

Esprit pervers, va-t'en, va retrouver l'esprit de Noël, c'est de saison !

— Au mien…

Soudain, un souffle de sincérité passe sur moi. Je sens mes épaules s'affaisser. Brièvement, je penche la tête avant de plonger mon regard dans le sien.

— …on a oublié comment faire et que ressentir.

Ma réponse semble le déstabiliser, il a un léger mouvement de recul. Puis, avec une douceur infinie que je commence à lui connaître, il fait un pas dans ma direction, pose sa paume chaude contre ma joue et la caresse du bout des doigts. Son contact est chaud et tendre, à la fois rassurant et enveloppant. Je me sens bien tout à coup. Je n'étais pas mal à proprement parler, mais je me sens mieux.

— Laisse-moi te montrer. Amadouer ton corps, te remémorer la chaleur et les picotements au bas des reins. Laisse-moi sublimer ton corps de mes caresses, te laisser dévorer par mon désir.

Il me murmure tout cela, le visage dans mon cou, humant mes cheveux et soufflant sur ma peau tendre. Sa main caressant toujours la joue opposée. Mon excitation grimpe en flèche et, d'un mouvement incontrôlé, je bascule les hanches en avant.

Oh bah la sienne aussi d'excitation se hisse au sommet !

Avec audace, les yeux fermés, mon bassin se plaque un peu plus contre son érection et entame un mouvement circulaire.

Je ne me contrôle plus. Je ne contrôle plus rien.

La respiration de Lucas devient saccadée. L'air est électrique autour de nous. Deux corps insatiables qui veulent se rencontrer, ça fait des étincelles.

Le silence nous englobe.

Je me recule d'un pas.

— Portez un tee-shirt, monsieur Conrad, traumatiser la rétine de votre assistante n'est pas une bonne idée si vous voulez qu'elle travaille efficacement.

Je lui tire la langue comme une gamine et je décampe aussi sec.

Mon comportement me fait glousser, même s'il est vrai que je le provoque de façon immature. Ce jeu entre Lucas et moi, je l'apprécie, il est pétillant et savoureux.

Comme un bon champagne dont on a envie de se resservir une coupe.

L'attirance et l'attraction qui s'exercent entre nous deux sont aussi nouvelles qu'addictives. Je ne m'en lasse pas au contraire, j'ai bien envie de les cultiver, c'est dire.

J'arrive dans la salle à manger et salue la famille Conrad au complet. J'observe, surprise, que Judith a pris place sur les genoux de Diane. Je m'approche de la mère de Lucas pour m'excuser et éloigner ma fille, mais elle me rassure d'un geste et me certifie qu'il n'y a aucun souci.

— Judith est une petite fille très mignonne.

— Merci, dis-je en m'installant sur la chaise à ses côtés.

— Vous savez, Lovie, vous pouvez être fière de ce que vous accomplissez seule.

Je me redresse, interloquée. Diane me sourit avec bienveillance en faisant couler du sirop d'érable sur ses pancakes.

— Je ne sais pas vraiment, mais je fais de mon mieux sans partenaire.

— Vous êtes séparés ? Pardonnez-moi, c'est trop intrusif !

Je fais la moue. Je n'aime pas aborder ces sujets, mais en même temps je dois reconnaître que Diane est polie et rassurante. Je ne ressens aucune méfiance à son égard. Judith déguste un pancake en arrachant de petits bouts avec son index et son pouce comme pince. Elle regarde tous les convives, silencieuse.

— Victor, le père de Judith, est décédé avant que je n'accouche.

La tristesse et l'émotion envahissent son visage. Diane porte sa main à sa bouche et, dans un geste maternel, l'autre ébouriffe les cheveux de Judith.

— Je suis terriblement désolée pour vous deux.

Je lui réponds d'un petit sourire. L'attitude des gens à l'annonce de ma situation me met mal à l'aise. Le plus souvent, ils ignorent comment agir ou s'étendent en condoléances, en paroles désolées. C'est gênant. Et, en même temps, je ne sais pas ce que l'on peut me dire d'autre. On peut difficilement dire que c'est une super nouvelle.

— Et votre famille ? Sa présence doit être importante.

Ah, mais c'est un strike ce matin !

Je me mords la lèvre inférieure, pas décidée à mentir, chose que j'ai du mal à faire. Je suis plutôt cash.

— Ma famille est absente de nos vies. Ils ont décidé de ne pas en faire partie quand j'ai su que j'attendais Judith.

Les autres conversations autour de la table vont bon train, sauf la nôtre, qui vient de s'arrêter net. En général, c'est souvent cet effet que crée ma révélation. J'observe Diane sans savoir quoi ajouter. Dans l'absolu, il n'y a rien à ajouter, d'ailleurs.

— Mais… comment est-ce possible ? me demande-t-elle, hésitante.

Ah ça, c'est la question qui vaut un million de laits de poule !

Si j'en avais la réponse, je mènerais certainement un quotidien différent, plus apaisé et moins soucieux. Pourquoi ma famille m'a-t-elle laissée tomber ? Sur le papier, je cochais toutes les cases de la stabilité. Une relation longue, un boulot stable pour chacun d'entre nous, un appartement agréable et à nous puisque nous en étions les propriétaires avant que je ne le mette en vente, des salaires convenables pour accueillir un enfant. Pourtant, rien ne suffisait.

J'aurais pu comprendre qu'ils aient une vive réaction si j'étais sans emploi, sans abri, si je me droguais ou si je n'étais pas avec un compagnon stable et sain d'esprit. Et même là, ils auraient dû me soutenir et me prouver que je comptais pour eux en restant à mes côtés. Mes parents ont préféré foutre le camp, voilà la triste vérité.

— Il faut croire que je n'étais pas une fille à la hauteur.

— Lovie, enfin, tu ne peux pas dire ça, affirme-t-elle en employant pour la première fois le tutoiement, ce qui me surprend. Aucun parent ne raisonne réellement ainsi à propos de ses enfants. On a de l'ambition pour vous, on veut votre réussite et votre bonheur, mais ce n'est pas une question de hauteur et d'abandon.

— Il faut croire pourtant qu'avec les miens, c'est ainsi que cela fonctionne, soupiré-je.

— Je ne devrais pas te faire penser à ça. Nous sommes en fête !

Je l'observe sans mot dire. Diane est le reflet lointain de ma mère. Une femme douce, souriante, le regard perçant aux reflets mélangés de gris et de vert, la personnalité volcanique et chaleureuse à la fois. La part d'enfant toujours cachée au fond de moi a envie de la prendre dans les bras ou plutôt de me blottir en son sein.

— Oui… Noël.

— Tu ne célèbres plus le 24 ou le 25 décembre, n'est-ce pas ?

— Non, en effet. Les fêtes de famille quand vous n'avez plus de famille ont une saveur différente, un peu plus aigre.

— Mais, cette année, tu passes Noël avec nous, déclare une voix grave et profonde.

Il me donne des frissons. Je ne l'ai pas entendu arriver ni nous rejoindre. Relevant les yeux, je découvre Lucas, une tasse de café à la main. Son regard sombre et sérieux me hérisse le poil. Qu'a-t-il tout à coup ? C'est tout de même lui qui a interrompu une conversation qui ne lui était pas destinée, et pourtant il paraît agacé.

— D'ailleurs, je vous remercie tous pour cela, dis-je doucement.

Diane hoche la tête pendant que je bois une gorgée de mon nectar noir. C'est ce moment précis que choisit Millie pour proposer de décorer le sapin. En effet, maintenant qu'elle y fait allusion, je le vois, ce qui n'était pas le cas en descendant.

Dans le vaste salon, l'arbre de Noël est dans un angle entre le mur peint en blanc et l'une des hautes baies vitrées. Pour l'instant, il est dénué de guirlandes ou de décorations, mais vu comme le petit garnement de Tom s'empresse de lui tourner autour, quelque chose me dit que ça ne va pas durer. Il entraîne d'ailleurs Judith dans son impatience quand il vient lui tendre la main pour aller s'asseoir au pied du Nordmann. Diane, désormais libre de ses mouvements, invite Kate à aller chercher les cartons qu'elle a mis dans l'entrée hier soir avant de se coucher.

— Ma mère est une férue d'organisation et pour Noël encore plus ! m'explique Millie, qui s'est rapprochée de son frère et moi. Dites, pourquoi vous faites la tronche vous deux ?

— Millie… grogne l'Amiral-pas-aimable.

— Quoi ? Roh, tu as cette tête des mauvais jours. Lovie, un conseil, fuis !

Je glousse comme une ~~idiote~~ nana bon public, puis je lance un regard vers mon patron. Il a ce petit rictus qui révèle sa fossette sur la joue gauche. *Si sexy.*

Tout chez lui semble là pour me provoquer et davantage pour me faire craquer.

— Je la connais bien cette grimace, il a la même au boulot certains jours.

— Sa tête de constipé ?

J'éclate de rire avant de répondre à Millie par l'affirmative, alors que son frère fait tout pour qu'elle s'éloigne et qu'elle l'oublie un peu au passage. La jeune femme souriante et taquine continue encore un peu avant de retourner dans la cuisine se servir un jus de fruits.

— Ne crois pas tout ce que l'on te dit dans cette maison.

— Que tu as une tête de constipé ? me moqué-je.

— Plutôt que ma famille est parfaite, d'après la vision qu'elle t'en donne. Ce n'est pas le cas, loin de là.

— Ce n'est pas ce que je pense, le rassuré-je tout en évitant son regard.

Il n'a pas tort, sur le papier, j'aime l'image que les Conrad me renvoient parce que tous ont l'air épanouis et heureux. Cependant, je ne suis pas assez naïve pour croire qu'il n'y a pas de conflits ou de discordes entre eux.

— On s'aime, mais ce n'est pas toujours un long fleuve tranquille.

— Comme toutes les familles, opiné-je.

Lucas termine sa tasse, la dépose sur la table au moment où je recule ma chaise et change de sujet :

— Et si on participait à la décoration de ce sapin ?

Comment je vais pouvoir m'extirper de ça ? Moi vivante, décorer un sapin, jamais de la vie !

J'imagine allègrement mon visage tirer une grimace devant cette ~~redoutable~~ charmante proposition.

21

Mardi 23 décembre,

Lucas

Cette grimace est à la fois laide et sexy. Comment est-ce humainement possible de faire un truc moche et d'être canon ? Mon cerveau n'arrive pas à expliquer ce que mes yeux voient et ce que mon corps ressent.

En croisant Lovie ce matin, j'étais certain qu'elle allait flancher. J'étais torse nu, bon sang, et pourtant non. Pas faute d'avoir tout tenté, quitte à faire un peu d'espionnage et à paraître à peine détraqué psychologiquement.

L'œil dans le trou de la serrure, j'ai attendu qu'elle ouvre la porte et qu'elle sorte de la chambre avec Judith pour sortir également de la mienne et provoquer une réaction en lui affichant sous les yeux mon corps musclé. C'est désespérant. J'ai l'air d'un adolescent qui tente d'attirer les regards, et le pire c'est que je le sais. Pourtant, je n'y peux rien, il faut que j'essaie tout ce qui est en mon pouvoir.

Lovie m'obsède, elle me colle à la peau, sans même que j'aie besoin de la voir, de l'entendre ou même de la sentir. Elle est là, sous ma peau, tout le temps, de façon immuable. Alors, ce matin, rien ne m'indiquait que c'était une mauvaise idée de la séduire avec mes charmes et mes abdos. Son regard glissant sur ma peau comme du velours, sa respiration haletante, ses lèvres qu'elle humidifiait, tout laissait croire qu'elle était dans le même état d'excitation que moi. Autant dire que si je bande pour cette sublime femme qui est mon assistante, j'espère bien que mon stratagème lui a fait mouiller sa petite culotte. J'ai regardé la couleur de son ruban d'ailleurs, enfin je devrais plutôt dire que je l'ai cherché. Au réveil, on dirait bien qu'elle n'en porte pas et, en constatant ça, il en était fini de ma sage libido. Mes neurones sont partis en vrille, je ne pensais plus qu'avec ma testostérone et ma bite. Adieu le boss élégant et respectueux, bonjour le mec qui a envie de déshabiller cette femme et de lui faire perdre la raison en l'entendant crier son prénom.

L'homme est faible et je ne suis qu'un homme. Imaginer les courbes de son corps, la douceur de sa peau sous la pulpe de mes doigts sans qu'ils rencontrent l'obstacle des sous-vêtements sur leur passage, et hop mon érection se manifeste encore. Ce n'est plus tenable. Je vais finir par n'avoir aucune tenue en sa présence. Ou en son absence.

— Alors le sapin ? la relancé-je.

Lovie louche à moitié tout en mordillant l'intérieur de ses joues et en les gonflant d'air. Je n'ai pas la moindre idée de comment elle y parvient mais, en tout cas, elle le fait. Alors que je suis allé trouver un tee-shirt à enfiler après notre petit interlude dans le couloir, je l'ai surprise à discuter avec ma mère en arrivant dans la salle à manger.

Toutes deux arboraient une mine grave. En m'approchant, j'ai rapidement compris de quoi il était question et pourquoi chacune semblait sur la retenue. La famille de Lovie.

Il y a quelques jours à peine, mon assistante me racontait son histoire, sans détour, sans mensonges ni omissions, de façon vraie et sincère. Tel qu'elle le ressentait, le vivait.

Au départ, je me suis questionné sur ses réactions. Comment peut-elle faire pour en parler avec autant de détachement ? À croire qu'on lui parle d'un sujet léger comme une plume. Son attitude est étrange, puis en définitive, j'ai compris. Lovie possède un bouclier lui servant de camouflage. Elle est à même de faire croire au monde que tout va bien quand, dans l'intimité, je présume qu'elle craque sous le poids des émotions.

Il est plus simple de paraître fort devant la foule pour ne pas se sentir davantage acculé par le chagrin. Lovie sait parfaitement mettre cela en pratique. Elle n'est pas impassible, elle est forte. Elle n'est pas sans cœur, elle souffre seule. Peut-être y a-t-il aussi des émotions qui maintiennent ce bouclier, comme la colère ou la déception. Elle n'est pas du genre à se laisser abattre, après tout. En apprenant pour Victor puis ses parents, je me suis demandé un instant si j'avais une quelconque place dans sa vie, et plus généralement dans son cœur.

Comment faire pour lui exprimer avec honnêteté ce que je ressens pour elle alors que toutes les personnes qu'elle a aimées l'ont quittée ? C'est rude. C'est pour cela que lorsqu'elle était chez moi, j'ai reculé. Je savais qu'à attendre encore un peu, à faire monter la pression comme c'était le cas, je ne tiendrais pas et je regretterais. Lovie n'est pas un coup d'un soir, j'ai besoin qu'elle le comprenne.

Je ne suis plus un étudiant qui ne pense qu'avec le truc qui lui a poussé entre les jambes à l'adolescence. Je suis un adulte. Avec certes une queue, mais aussi un cerveau qui lui non plus n'a rien de dégonflé.

— On est vraiment obligés de se coltiner le sapin ?

— La décoration du sapin, nuance.

— Tu joues sur les mots, Conrad, me dit-elle en levant les yeux au ciel.

Je hausse les épaules, nonchalant.

— J'ai dit que je te ferais aimer Noël, pas vrai ?

— Tu vas encore plus m'en dégoûter, si c'est possible, oui.

Elle a un charme piquant quand elle boude. Lovie n'a aucune envie de se prêter au jeu, mais je sais qu'elle va céder, il n'y a qu'à voir la façon dont elle regarde Judith avec amour. La petite fille fouille dans le carton que vient de déposer ma sœur, le démon, pour en sortir tout ce qui brille ou qui a des paillettes. Et la mission n'est pas vaine, car ce n'est pas ce qui manque dans nos décorations familiales.

— Judith s'éclate.

— Je n'ai pas mis de sapin cette année… soupire Lovie.

— Je sais bien puisque c'est moi qui en ai livré un à ton domicile, dis-je, ne récoltant qu'un regard hautain.

Bon, corde sensible... Ma boutade a fait un plat.

Je me sens presque obligé de lui rappeler que je ne la juge nullement sur ça. Ne pas mettre de sapin ne fait pas d'elle une mauvaise mère, mais j'espère qu'elle le sait. Lovie crée en moi une capacité à avoir des scrupules, à me sentir coupable ou encore maladroit. C'est une personne douce, et je n'envisage pas qu'elle se déprécie dans son rôle.

Je lui tends donc la main, la paume ouverte vers le ciel, et lui adresse le regard le plus rassurant. J'aimerais qu'à travers mon regard gris elle puisse lire que tout ira bien, que se rapprocher d'un sapin et le parer de lumières ne la vouera pas aux souffrances éternelles. Mais comme je ne suis pas convaincu de la réception de ma blague, je m'abstiens. À la place, je souris.

Lovie glisse sa main dans la mienne et nous nous rapprochons du Nordmann.

Mon père n'a pas lésiné, il a sélectionné un arbre d'un peu plus de deux mètres. Il loge pile comme il faut dans le salon. Touffu à souhait et impressionnant par sa taille, il révèlera toute sa magie une fois notre entreprise terminée.

Je décide de commencer par l'activité la plus fastidieuse : démêler les guirlandes lumineuses.

Je m'assois en tailleur à même le carrelage et Lovie m'imite. Elle se positionne en face de moi.

— Le premier qui a terminé doit faire un chocolat chaud avec guimauve à l'autre.

— Marché conclu ! répond-elle en s'activant à dénouer ce foutoir.

La voir sourire et tenter de me battre dans cette compétition me fait sourire. On dirait que son âme d'enfant revient peu à peu. Quelques minutes plus tard, elle lance :

— J'ai gagné !

Son sourire crée une cassure chez moi. Elle est solaire. Ses lunettes hautes sur son nez fin agrandissent son regard, et ses boucles brunes ondulent joliment au-dessus de ses épaules. Elle est encore en pyjama, et pourtant je ne la verrais dans rien d'autre ce matin.

Un 23 décembre avec Lovie Miller dans mon chalet familial. Bordel, si j'avais imaginé ça il y a quelques mois ! J'aurais explosé de rire au visage de la personne qui me l'aurait annoncé. Au fil des jours, j'ai pris conscience de sa présence à côté de mon bureau, de son franc-parler et de son odeur de rose qui embaume les locaux.

Cependant, je ne m'attendais pas à ça. Passer du professionnel au privé n'était pas prévu dans mes plans ; la voir ici, chez moi, en famille, non plus.

Aujourd'hui, je n'ai qu'une envie, laisser le temps filer entre nous, flâner sur son corps, errer dans ses yeux et me perdre contre son âme. Puis, laisser nos peaux et nos cœurs s'entremêler. J'ai l'âme poète, elle la fait fleurir.

Lovie se lève et se met à se dandiner, là, au milieu du salon envahi par nous tous. Elle tourne sur elle-même en se déhanchant de droite et de gauche, levant les mains au-dessus de sa tête, ses cheveux s'agitant en rythme. Mon regard se fixe – et bloque hein – sur son derrière rebondi et moulé dans son legging noir.

Il est fait pour mes mains, non ?

Après une claque mentale pour repousser mon esprit graveleux, je lève les yeux un peu plus haut. Je dois me concentrer sur autre chose. Sur elle, dans tous les cas. Je suis incapable de me focaliser sur autre chose que ma terriblement tentante Lovie Miller.

— Alors, monsieur Conrad, on va aller faire mon chocolat chaud ? J'ai envie d'une montagne de guimauve.

Son petit air mutin me fait craquer. Je déplie mes jambes et prends appui dessus pour me redresser.

— Mademoiselle Miller, onduler ainsi est pire tentation que tous les chocolats chauds existants.

Ma voix est basse. Je veux la faire frémir. La sentir lâcher prise peu à peu. Sera-t-elle prête à me tomber dans les bras ? Ce matin, elle a failli, avant de se raviser.

Elle m'inspecte, inquisitrice.

— Tu l'as fait exprès.

— Quoi donc ?

— De me laisser gagner, m'accuse-t-elle.

— Je ne parlerai qu'en présence de mon avocat.

— Lucas ! s'exclame-t-elle, mécontente.

— J'essaie d'améliorer mon sort avec des bonnes actions. Je ne veux pas découvrir un morceau de charbon après-demain matin, fais-je, faussement contrit.

— Et se laisser faire, c'est censé aider ?

Je m'approche d'elle. Lovie m'a tendu une perche dont elle n'a même pas conscience. Mes doigts frôlent son épaule et longent son bras jusqu'à atteindre sa main. J'y reste sans pour autant les nouer entre elles.

— Et si tu tentais pour voir ce que ça donne ?

La tension sexuelle entre nous est avérée. Ce n'est même plus un sujet de débat. Mon esprit débridé, comme mon corps, a envie d'elle, et je sais que c'est réciproque. Nous avons envie de cette intimité supplémentaire. Elle. Moi. Nus. Enlacés. Mes fantasmes se mettent en action, sans contrôle.

— M'abandonner entre tes mains ?

— Oui.

— M'abandonner entre tes lèvres ?

— Oui.

— M'abandonner à ta langue ?

Elle me provoque. J'ai du mal à avaler ma salive. Mon jogging ne doit pas cacher grand-chose de l'effet qu'elle a sur moi. *Elle me file une putain de gaule*, crie ma conscience, qui en perd les pédales. Je ne peux rien faire de plus, et elle le sait. Nous sommes exposés, entourés de mes proches, d'enfants, dont sa fille. Il n'y a que le désir qui grimpe toujours, comme une évidence.

Alors je me contente de répondre.

— Oui.

Sa propre langue passe sur ses lèvres, les rendant brillantes d'humidité. Je veux les croquer. Non, j'ai besoin de les mordre, de les embrasser.

Elle murmure alors, un sourire espiègle au visage :

— Souhaite-le pour Noël.

Je reste con. Elle m'a pris à mon propre jeu. J'ai envie de crier et en même temps de l'embrasser à en perdre haleine. J'ai voulu lui faire aimer Noël et les fêtes de fin d'année, et voici qu'elle me piège en retournant mes vœux du 25 décembre contre moi. Une chipie. Une chipie sexy.

— Bien joué, soufflé-je en partant en direction de la cuisine pour son chocolat chaud et remettre en place mes attributs. Au fait, cet aprèm, c'est atelier couronne de Noël, tu vas voir, tu vas aimer !

Jetant un coup d'œil derrière moi, je me réjouis de la voir pâlir. Je n'ai pas totalement perdu ce petit jeu.

22

Mercredi 24 décembre

Il va falloir que je me presse. Il ne doit pas être loin de 18 h 30, et je n'ai pas quitté ma chambre. Pas encore depuis que j'y suis entrée pour préparer Judith, il y a bientôt une heure, pour ce réveillon.

Le réveillon… Le grand soir est arrivé, Lovie, *Love is all* comme diraient certains ! Quelle ironie.

Love is all et pourtant Lovie se retrouve seule. *Je déteste le 24 décembre, putain de merde ! Et je m'en tape de ce pari débile d'expressions noëlesques !*

Cette journée a été effroyable. J'ai souri autant que faire se peut. Avec sincérité ?

Absolument pas. Bien que la famille de Lucas ait été attentionnée et que nous ayons fait des activités presque toute la journée, je n'ai pas réussi à me changer les idées. Pourtant, j'avais de quoi !

Kate, la sœur aînée de Lucas, est une personne, disons particulière. Nous ne sommes pas du tout sur la même longueur d'onde quant à nos façons de vivre. Elle est tellement dans le contrôle que ça me filerait presque des angoisses, moi qui prends tout à l'instant – sauf ma relation avec mon Amiral-sexy. C'est ainsi que j'ai vu Kate passer l'aspirateur deux fois – alors que l'on s'attend, vu la superficie de la maison, à ce qu'il y ait une employée de maison –, la première après le café du petit déjeuner et la seconde après l'activité biscuits de son fils alors que l'on avait déposé un vieux drap au sol pour éviter toute projection. Elle n'a bien évidemment pas participé à cet atelier, il fallait faire les ongles, activité hautement primordiale la veille de Noël. Passer du temps avec son fils, c'est un timing précis et serré.

Dans mon souvenir, il s'agissait d'une fête d'enfants, mais j'ai dû me tromper. En définitive, elle a passé du temps avec Tom uniquement pour l'atelier coloriage de Noël proposé par Millie. Le contrôle a encore frappé puisqu'il ne fallait pas dépasser des bords et appliquer les bonnes couleurs à la tête d'affiche, j'ai nommé le Père Noël. Soit du rouge et un peu de noir pour les bottes et la ceinture. Autant dire que lorsqu'il a dégainé le bleu, sa couleur préférée, j'ai bien cru qu'elle allait nous claquer entre les doigts.

Je n'ai rien contre la famille de Lucas, loin de là, ils sont tous adorables, mais avec certaines facettes de sa sœur, je dois admettre que j'ai du mal. Beaucoup de mal. La journée étant déjà chargée émotionnellement pour moi, c'est compliqué à gérer. J'ai bien cru que j'allais lui sauter à la gorge une ou deux fois. Quelques messages SOS à Alix m'ont permis de relativiser même si, au fond de moi, je sais que j'aurais dû en envoyer davantage pour tenter de passer un meilleur moment. Un moment avec moins de souffrances, car c'est bien de cela qu'il s'agit. J'ai souffert aujourd'hui, presque à chaque minute. À chaque respiration, et c'est plus de l'ordre de l'euphémisme que de l'hyperbole.

En aidant Diane à la cuisine, en préparant les petits fours et les blinis pour le caviar. J'ai reçu un message de ma mère via Instagram qui m'a achevée. Une simple photo de ce qu'elle faisait, elle aussi en pleine préparation des blinis, avec la petite phrase qui va bien pour piétiner un cœur à quelques heures de Noël : « Mon commis me manque. » Comme si ce n'était pas assez difficile d'avaler cette journée « oursin », il fallait qu'elle ajoute sa pincée de sel… Et le sel sur une plaie à vif, vraiment je déconseille. La pire des tortures. Je me suis contentée de reprendre mon activité sans répondre à ma mère ~~ce parfait tyran émotionnel~~ et de saisir la bière proposée par Lu' senior avec un sourire faux qui ne l'a pas berné.

— Je sais reconnaître les cœurs en peine.

Je ne sais pas quoi répondre sur le coup alors je lui adresse une grimace, espérant que ça fasse l'affaire, mais je me suis mis le doigt dans l'œil. Le grand-père de Lucas est aussi tenace que mon boss, si ce n'est plus !

— L'amour ? me demande-t-il.

— La famille, soufflé-je, abattue.

L'espace d'une seconde, j'ai eu envie de me confier sur cette journée. Sur le traumatisme que je suis en train de vivre. Je ne suis pas stupide, je sais pertinemment que c'en est un. Chaque Noël en l'absence de mes parents, en me sentant reniée de toutes les façons, restera gravé, surtout les premiers. Aujourd'hui, c'est le second Noël où mes géniteurs – car ils ne sont plus que ça aujourd'hui – ont décidé de rayer la vie qu'ils ont donnée. N'est-ce pas le pire châtiment pour un enfant ? Et le pire acte pour un parent ? Voir sa vie rayée comme une simple feuille qui tombe de l'arbre et s'envole.

Puis, j'ai bu une gorgée de ma Budweiser, et nous avons été coupés par Kate qui cherchait son mari. Ses ongles n'étant pas secs, elle avait expressément besoin de lui pour aller aux toilettes, et lui défaire le bouton et la braguette de son jean. Nous avons échangé un regard lourd de sens avec papy Lu'. Franchement, qui peut bien prendre ainsi son mec pour un larbin ? Ça me dépasse, mais ce n'est pas mon couple, après tout. Chacun ses problèmes. Si Dylan accepte cela, c'est lui que ça regarde.

Un sourire me prend quand je pense à la réaction qu'aurait eue Victor dans une telle situation. Il m'aurait gentiment envoyée sur les roses, fissa. Avec sa voix rauque, il m'aurait lancé un moqueur :

— Souffle dessus, ça sèchera plus vite.

Je glousse, assise au pied de mon lit dans cette chambre si spacieuse. Judith est en bas à jouer avec Tom, le neveu de Lucas. Elle est prête pour la fête. J'ai sorti le joli petit ensemble robe et collant qu'Alix lui a acheté la semaine dernière, à croire que son instinct lui avait déjà tout soufflé. Ma fille aux doux cheveux bruns est donc vêtue de beige et d'or.

Enroulée dans ma serviette humide, nue, les cheveux noués en chignon rapide sur la tête, les yeux certainement rougis de toutes les larmes que j'ai versées dans la salle de bains, je dois faire peur à voir. Je ne suis pas prête à affronter cette soirée, à respirer chaque minute avec ce nœud inextricable dans l'estomac. J'attrape mon téléphone et lance « Dancing on my Own », de Calum Scott. Moi non plus, je ne suis pas celle que l'on ramène chez soi, enfin pas celle que mes parents veulent chez eux, du moins. J'ai une envie de hurler qui me prend aux tripes. Crier. Hurler. Rejeter mes émotions. Tout cela à la face du monde, au nez de ceux qui me font tant de mal. Mais j'inquiéterai toute la maison, alors je vais m'abstenir et continuer d'extérioriser avec les larmes.

Dans l'après-midi, Lucas a lancé sur Netflix *Le Pôle express*, ce film de mon enfance.

Quand la chanson a commencé, les larmes me sont montées, presque comme par habitude.

« J'appelle de tous mes souhaits
L'étoile du Père Noël
Qu'elle traverse le ciel
Et l'aide à me trouver
Je me doute qu'il est très pris
Puisqu'il vient jamais me voir
Je pense à lui, 24 décembre au soir... »

La première fois que je l'ai chantonnée, j'étais assise dans le canapé, avec mon pyjama un peu kitsch et ma robe de chambre rose. J'avais dix ans, même pas, j'attendais Noël avec impatience. Même si quelques années auparavant, j'avais eu le cœur brisé par LA révélation : le monsieur à barbe n'existe pas, j'étais férue de cette période. Toujours aussi impatiente que mes parents soient en vacances, cuisiner avec ma maman, regarder des dessins animés avec mon papa et me mettre dans l'ambiance, tout cela représentait le bonheur à mes yeux.

Dorénavant, je n'ai plus cette envie. Ce goût des fêtes et du partage. Je suis là, avachie, le dos tourné à deux tenues sorties de ma valise : une robe foncée ou un jean avec une blouse dorée. L'une est la version de mes Noëls passés et l'autre des Noëls futurs.

Pff, une version de Dickens bien bâclée.

Je me redresse, sans entrain et plus par obligation. Il faut que je me reprenne. Je finis de me sécher, avant d'enfiler des sous-vêtements roses, à petites fleurs brodées, avec un ruban assorti noué à mes cheveux ondulés dont j'ai retiré l'élastique. Je retourne dans la salle de bains pour arranger mon visage. Un peu de fond de teint pour camoufler les rougeurs, des paillettes pour le côté festif…

Au fur et à mesure que je m'apprête, ma gorge se noue, et tout mon corps se sent oppressé. J'enfile la robe, histoire de donner le change, puis je chausse mes escarpins en velours noir.

Un dernier coup d'œil dans le miroir. Suis-je prête ? Non, je ne le serai jamais. En revanche, pour ma fille, je rendrai ce Noël magique, coûte que coûte. S'il y a bien quelque chose de positif à ressortir de ma situation, c'est que jamais je ne me comporterai comme mes parents. Jamais je ne serai cette mère qui abandonne sa fille, je la soutiendrai quoi qu'il arrive même si ses choix ne sont pas les miens, pour la simple raison qu'il s'agit de sa vie et que je n'ai aucune décision à prendre à sa place. L'être humain n'est pas fait pour l'esclavage, c'est bien pour cette raison qu'il a été aboli, non ? Alors pourquoi nos enfants devraient-ils suivre ce que l'on dit dès lors qu'ils sont assez grands pour mener leur propre vie ?

J'ai toujours eu cette âme libre.

À trois ans, mon sac à dos vichy bleu bien fixé sur mes épaules, je tapais des pieds sur le sol en répétant, boudeuse : « Je vais me barrer de cette baraque de fous. » Passons sur le langage fleuri et la maîtrise de l'allitération. On se rendit vite compte que je ne manquais pas de tempérament.

À treize ans, je fugue un été et me réfugie dans la forêt voisine parce que, malgré mes week-ends, mes parents refusent que je profite de sorties au parc avec une amie. J'ai récolté une gifle sifflante de ma mère en voiture et une punition en CDI.

Ah !... la punition en CDI, ce bon vieux temps maudit !

C'est la durée qui n'est pas achevée. La sanction qui n'a pas de fin et qui ne sera levée qu'au bon vouloir des parents. Une spécialité des miens. Ainsi, on passe une, deux ou trois semaines, voire des mois, à être privé de quelque chose. Dans mon cas, les mois étaient plutôt l'unité de mesure.

Mais je me rebellais toujours. Ma princesse préférée était Pocahontas. Il faut croire que l'air du vent coule dans mes veines, au grand désespoir de mon père qui doit se faire des cheveux blancs depuis.

— Lovie ?

La voix de Millie passe à travers la porte.

J'ai trop attendu. Je me suis fait désirer, je le sais, et il est temps que je descende. Je lui ouvre la porte et la découvre en robe dorée somptueusement évasée sur le devant. Je lui souris en réponse et la suis sans un mot vers le salon.

Que ~~l'Enfer~~ le repas commence !

23

Mercredi 24 décembre

Accompagnée de Millie, je descends donc rejoindre le reste de la troupe au salon. Le sapin est magnifique, il faut le reconnaître. J'ai pu éviter la majorité de l'œuvre, en ne participant qu'au démêlage des guirlandes lumineuses. Le reste n'est clairement pas de mon fait !

Immense, il brille et illumine la pièce d'une douce lumière cocooning. L'étoile en haut du sapin a été fabriquée par les trois enfants, Kate, Lucas et Millie, quand ils étaient petits, m'a raconté le grand-père Lu'. Lors d'un des ateliers de Noël du même type que celui de la couronne auquel je n'ai pas pu échapper. Lucas junior est tenace et, malgré mon argumentaire imparable, il a fait tonner sa voix de boss. Nous avons passé un bon moment en outre, j'ai aimé découvrir le talent créatif approximatif de Lucas et les regards illuminés de Judith alors que l'on parait les branches de sapin naturel de paillettes ou lorsque je nouais les rubans de tartan.

Il faut aussi avouer que ma présence évitait tout interrogatoire sur mon comportement face à cette journée.

Diane et Lucas sont déjà au courant, je n'ai pas envie d'essuyer tous les regards tristes et chagrinés de la famille Conrad. Je me recentre sur l'arbre que j'admire. Les guirlandes ont été placées à intervalles réguliers, permettant de le faire briller harmonieusement. Au centre comme au bout des branches. Des décorations en tout genre ont été suspendues avec des boules colorées. Les tons dorés, rouges, verts, blancs, roses, bleus, se mélangent les uns aux autres pour créer une atmosphère multicolore soignée. Tout va ensemble. Je découvre les effigies d'un bonhomme de neige, d'une paire de bottes, d'une pomme bien rouge, d'une paire de patins à glace en m'approchant. Ce qui retient le plus mon attention est la boîte aux lettres. Tout en métal, elle est peinte en rouge et l'inscription « Pôle Nord » est blanche sur le côté de l'objet. Elle est fermée, mais le loquet relevé indique qu'il y a du courrier.

Ce n'est pas ma lettre ! ai-je envie de dire avec mauvaise humeur.

— Tu as écrit ta lettre cette année ?

Me retournant, je découvre Lucas, si beau dans son ensemble pantalon de costume gris, chemise blanche et gilet de costume assorti au bas avec des richelieus châtaigne aux pieds. Ses manches sont retroussées sur ses avant-bras, révélant sa musculature et des poils bruns. Je m'arrête un instant pour contempler le tableau qui s'offre à moi.

Je mate des avant-bras et des poils. Je suis émoustillée par cela, rien ne va plus !

— Qu'est-ce que j'aurais bien pu lui demander ?

— Une augmentation ? fait-il, moqueur.

— Je préfère directement m'adresser à mon boss. J'ai les armes pour le faire flancher.

— Comme ?

Il me demande cela d'une voix tout à coup plus sourde, tout en me parcourant du regard. On dirait que ce qu'il voit lui plaît. Ma robe sombre fait son petit effet, et il s'intéresse davantage à mon décolleté rond, à mes hanches, puis à mes jambes se terminant sur une paire d'escarpins que je ne porte jamais. Au boulot, c'est baskets, bottines ou sandales, mais toujours à plat essentiellement.

J'ai envie de le taquiner.

— Je parlais de mes compétences pro.

Il sourit d'avoir été pris en flagrant délit.

— Cela coule de source. Votre patron en a conscience.

Nous nous regardons l'un et l'autre, en silence, un léger sourire aux lèvres. Tellement de choses pourraient être dites à cet instant, que nous gardons néanmoins muettes. Tant de questions en apesanteur entre nous. Tant de mots que nous refusons de prononcer par crainte que cette bulle éclate. J'ai peur, du changement, de l'inconnu, de ce « nous » qui tisse sa toile de jour en jour… Quelque chose me dit que lui aussi ressent de la peur.

— Et si on trinquait ? propose Millie en tenant entre ses mains trois flûtes de champagne en équilibre.

Lucas la libère prestement avant de la remercier. D'un demi-pas, nous nous rassemblons tous. Diane a ce sourire rayonnant des jours de fête. Le père de Lucas, plus sur la réserve, est un peu en retrait de sa femme, lui laissant l'honneur d'entamer la soirée. Kate, dans une robe longue bronze, est époustouflante. Elle surveille d'un œil son fils, qui s'empiffre déjà de toutes les mini-saucisses du bol, l'apéritif étant disposé sur la table basse.

D'un même geste, nous trinquons, les coupes s'entrechoquant et les regards brillants se tournant les uns vers les autres, quand les voix éclatent d'un « Joyeux réveillon ».

Par politesse, je musèle la petite voix sarcastique qui a envie de se déchaîner et je me prête également à la célébration.

Nous discutons de tout, de rien, du repas qui promet d'être délicieux, des cookies aux cacahuètes que j'ai préparés avec l'aide de Tom et de la petite main chipeuse de chocolat de Judith, des souvenirs d'enfance de la fratrie aussi. Pendant ce temps, les enfants grignotent, Judith les petits fours et Tom a donné le coup de grâce aux saucisses.

Je suis en passe d'entamer mon premier réveillon depuis quelque temps et, étrangement, pour l'instant je me sens bien et apaisée.

Ma conscience ne cesse de me dire que ça ne va pas durer. Alors je finis cul sec ma coupe de champagne. Millie explique ses envies de voyages et le prochain périple qu'elle projette, Kate discute avec Diane de bijoux, les Conrad père et fils parlent de l'entreprise, ne quittant jamais vraiment leur rôle de boss. Dylan, lui, s'occupe de Tom, qui entame une crise en agitant le verre d'eau partout et en se mettant à se déshabiller sous le regard de sa mère, qui ne bouge pas d'un pouce. Judith observe le petit garçon, intriguée, et se demande ce qu'il fait, puis se dirige vers la table basse, pique un toast et l'enfourne dans sa petite bouche en deux fois.

Je suis assez surprise que Kate ne sermonne pas son fils pour son attitude, j'avais cru comprendre que les Conrad avaient la même ligne de conduite niveau éducation. Mais lorsque Tom se met soudain à hurler contre sa mère parce qu'il n'est pas libre de faire ce qu'il veut – autrement dit des bêtises –, elle lui parle d'une voix douce en l'appelant « mon chéri » et en lui disant que c'est Noël, qu'il peut faire ce qu'il veut. Mouais, j'ai un doute là-dessus, mais je me tais.

— Alors tu as suivi notre tradition de Secret Santa ? me demande Millie, qui s'est éloignée de sa sœur et de sa mère après le sujet « voyages ».

— Bien sûr, c'est la moindre des choses.

Hier, Lucas m'a expliqué que, depuis des années, ou plus simplement depuis que les enfants sont adultes, ils ont une tradition familiale. Le Secret Santa, mais revisité. Chacun effectue les cadeaux pour ses proches et lorsque ces derniers reçoivent leurs présents, ils doivent retrouver qui a offert quoi. Celui qui a juste sur toute la ligne a le droit de choisir l'activité qu'il veut faire – imposer – en famille le lendemain, le 26 décembre donc, ou sur toute l'année.

— L'année dernière, j'ai été championne, du coup on est tous allés à Coachella cette année, m'annonce-t-elle fièrement.

— Ton frère était au festival ?

— Oui, oui ! Et mon père ! Tu aurais dû voir leurs têtes avec des strass à la tempe dans une ambiance hippie, c'était à mourir de rire !

Millie glousse en se remémorant ce moment, et je dois dire qu'imaginer Lucas faire la fête dans le désert l'éloigne tellement de la réalité du quotidien que j'ai envie de rire. Je souris en l'observant, cherchant à démasquer chacune de ses personnalités, plus surprenantes les unes que les autres. Sa petite sœur me montre des photos du fameux festival, et je me plie de rire en découvrant mon boss à Coachella.

— Alors c'était cool ? demandé-je à l'intéressé.

— Les strass un peu moins, mais l'ambiance était inattendue.

— J'imagine.

L'apéritif prend fin et nous nous installons autour de la table de la salle à manger, avec toujours une vue sur le sapin. La table est magnifiquement décorée.

La nappe initiale est rouge, mais un chemin de table en tartan vert et blanc la recouvre. Les assiettes blanches et dorées en porcelaine ont des bords raffinés et ciselés. Les sous-assiettes apportent un peu de couleur et d'élégance à l'ensemble. Deux verres à pied sont disposés pour chacun des convives, un pour l'eau et l'autre pour le vin. Des accessoires décoratifs sont disséminés sur l'espace. Je peux ainsi avoir le ~~déplaisir~~ plaisir hésitant d'observer des rennes, de la fausse neige, un Père Noël, des rondins de bois, de petites étoiles dorées… Bref, une table de fête ! Ma mère en faisait d'identiques, avec des tons toujours harmonieux et soigneusement sélectionnés. Je n'ai jamais connu à Noël, du plus loin que je m'en souvienne, une table sur laquelle on dépose une nappe de couleur, on y met les assiettes de tous les jours, des couverts mal rangés, puis où l'on dispose à la volée une pauvre guirlande et trois ou quatre étoiles par-ci par-là, sans faire attention aux détails. Ma mère a toujours mis beaucoup d'attention dans ces petites choses qui rendaient nos moments magiques, je m'en rends compte aujourd'hui.

Je m'assois selon le plan de table indiqué par Diane et je m'empresse d'éloigner mes pensées familiales pour ne pas avoir le cerveau parasité par la nostalgie.

Judith est assise à ma gauche et Lucas à ma droite en face de Kate, ce qui signifie qu'en face de moi, il y a Dylan.

Diane et Millie entament le service de l'entrée, une salade Waldorf aux noix caramélisées, réalisée par leurs soins. Il s'agit d'une salade composée essentiellement de céleri-rave, qui me fait penser au céleri rémoulade que me préparait ma grand-mère maternelle lorsque je me rendais chez elle en France.

Je déguste sans me préoccuper des conversations, je me laisse porter. Puis, viennent les huîtres. Je sais comme ces petites choses sont rarement appréciées, même si elles restent un mets de luxe sur les tables de fête. Il faut dire que l'aspect est peu gourmand et que la texture est assez repoussante – enfant, je les comparais à des molards, autant dire que ça ne fait rêver personne – pourtant, aujourd'hui, j'adore ça et j'en mange si peu, seulement à Noël.

Au passage du plateau, la maladresse de grand-père Lu' me vaut de me faire asperger de jus de crustacés ! Mes jambes découvertes reçoivent en pluie le jus iodé et frais qui emplissait le plat doré de service. Grand-père Lu', mal à l'aise et se sentant coupable, s'est empressé de m'éponger avec sa serviette, malgré mes mots rassurants. Me levant, je suis passée à la salle de bains me rincer. J'ai eu de la chance, la robe n'a pas été victime du mollusque et, lorsque je suis revenue à table, presque rien n'avait bougé. Mon assiette s'était remplie de six coquillages, Kate bavassait, Lucas m'observait, un sourire doux aux lèvres.

— Maman ? fait la petite voix de Judith, qui ne tient plus en place.

Je lui passe la main dans les cheveux et lui embrasse le sommet du crâne. Diane a bien fait de leur servir une assiette de rosbif et de pommes de terre sautées, ils sont à la fois épuisés et excités, Tom et elle. Je ne vais pas tarder à la voir piquer du nez.

— Tout va bien, ma petite vague.

— Je suis vraiment désolé, j'ai les mains pleines de pouces, ma défunte femme ne cessait de le dire ! me dit grand-père Lu', tout penaud.

— Il n'y a pas de mal, cela arrive.

— Tu sens la sirène comme ça ! s'exclame Millie, hilare, entraînant ainsi mon propre rire.

— Une sirène, c'est sexy, me souffle mon boss en posant une main sur ma cuisse nue.

Un courant électrique parcourt mon corps. Sa main paraît soudain brûlante. Elle n'est que le reflet du désir que nous ressentons tous les deux.

Mes mots restent enfermés entre mes lèvres alors que la voix de Diane nous invite à manger avant que la suite n'arrive.

Non, mais combien de plats vont défiler au juste ? Où vais-je mettre tout ça ?

Personne ne lui a dit que je n'avais plus d'appétit depuis que j'étais tombée enceinte, mince. Autant, auparavant, je pouvais manger comme une affamée, avec l'estomac d'un homme se dépensant beaucoup, autant, désormais, je suis rapidement à satiété et je picore plus que je ne mange réellement. Je n'ai jamais réussi à retrouver mon appétit. Durant le postpartum, je faisais un repas par jour avec difficulté, moins par fatigue que par manque d'appétit.

Pourtant, pour faire honneur aux Conrad qui me reçoivent en ce 24 décembre, je déguste avec engouement ce repas. Les saveurs se succèdent : saumon fumé sur des blinis élaborés par mes soins, rosbif aux carottes rôties et aux pommes de terre, fromage accompagné d'une salade, puis les desserts.

Tout est succulent, et il est difficile de ne pas refuser vers la fin du repas alors que je me sens prête à exploser. Je tire doucement sur ma robe comme pour faire de la place à mon ventre qui pourrait s'arrondir de nourriture, quand j'entends la voix chaude et taquine de Lucas qui m'émoustille :

— Je goûterais bien ce fondant au chocolat sur ce petit ventre que tu essaies de cacher.

Mes joues rosissent de plaisir. D'un regard circulaire, je vérifie que personne ne nous entend ou ne nous observe avant de lui répondre :

— Serait-ce le meilleur moyen pour devenir ton dessert ?

— Le meilleur, je l'ignore, mais il est certain qu'il doit être fabuleux.

Il m'en bouche un coin. Je ne sais pas quoi répondre et je suis sauvée par Dylan, qui propose un petit jeu pendant que nous buvons une coupe de champagne avant la dernière note sucrée de ce soir. Les enfants se sont endormis dans le canapé, il y a de ça une bonne heure, et nous les avons montés dans les chambres après avoir disposé leurs petits chaussons sous le sapin.

— Alors, et si chacun d'entre nous racontait un souvenir des Noëls de son enfance ?

Mon cerveau réagit immédiatement, tout comme ma conscience.

C'est quoi cette idée de merde ?

Sur mes cuisses, mes mains se crispent sur ma robe. Mes jointures blanchissent presque immédiatement. La soirée était agréable, j'avais presque réussi à occulter la célébration du jour et du lendemain, et à savourer simplement l'instant en bonne compagnie, et voilà que Dylan ramène sa fraise. J'ai tout d'une Grinchette à cet instant et je l'assume entièrement.

Comment je fais pour me mettre dans un trou de souris et fuir ? Ouh ouh, marraine la fée, c'est l'heure de sortir ta baguette et de me faire disparaître !

Hélas, personne ne vient à ma rescousse. Je suis donc bel et bien coincée sur ma chaise, à écouter Dylan commencer son jeu ~~à la con~~ convivial.

— L'un de mes souvenirs préférés, c'est lorsque j'avais huit ans et que la neige est tombée le matin du 25 décembre sur New York. J'avais espéré qu'on irait chez mes grands-parents au chalet, mais mes parents travaillaient. Pourtant, ma mère me répétait que si on avait de la chance, on aurait aussi de la neige pour ouvrir les cadeaux, et elle a eu raison ! On a entamé une bataille de boules de neige qui a duré facilement une heure avant d'aller boire un chocolat chaud avec mes parents.

— C'est si touchant, affirme Diane, émue. Pour ma part, ce n'était pas enfant, mais depuis votre départ à l'université, dit-elle en regardant tour à tour Kate, Lucas et Millie. J'avais si peur que l'on ne fête plus Noël ensemble, que vos vies vous prennent trop de temps et nous éloignent, mais je m'émerveille de vous voir présents chaque année et de passer ces moments magiques en famille. Ma famille, c'est vous, avec votre père, on est si fiers des adultes que vous devenez, déclare-t-elle, des trémolos dans la voix en agrippant la main de son mari en geste d'amour.

Ce dernier poursuit le petit laïus entamé par Diane, mais je n'ai plus les oreilles connectées. Les larmes me montent sans que je puisse les retenir et effleurent mes cils. De ma serviette, je tente de camoufler le tout.

Diane ne s'en rend pas compte et je ne peux pas la blâmer pour cela mais, bon sang, comme ça fait mal. La famille, elle a résumé cette notion de la plus belle des façons. Une famille, c'est une entité qui se gorge d'amour et de soutien, fière de la réussite de chacun, présente dans les bons comme dans les mauvais moments, et qui surtout ne lâche jamais le navire pour son propre profit ou par désaccord d'un autre compère. Une famille, c'est un cercle, disait mon père.

Fourre-toi ton putain de cercle au cul ! hurle ma conscience, dont la rage s'est emparée.

Il m'a abandonnée comme un vulgaire déchet que l'on ne trierait pas. Il a fait l'exact opposé de ce qu'il promettait dans sa définition du cercle, de sa famille. Il a été maître de l'intolérance et de l'autoritarisme. Est-ce que je pourrais le qualifier de tyran émotionnel ou de dictateur de vie ? Sans conteste. En tout cas, moi c'est comme ça que je le ressens. Aujourd'hui, une rancœur s'installe, si forte qu'elle efface une grande partie de mes souvenirs heureux. Je ne comprends pas comment tout cela a pu tourner…

Cette douleur émerge peu à peu. Nous sommes le 24 décembre, demain est mon jour de l'année favori. Celui que j'adore pour sa magie, pour son esprit de famille. J'aime fouiller les boutiques à la recherche de cadeaux pour mes proches, j'aime passer des heures en cuisine à aider ma mère pour affoler les papilles lors de ces repas qui finissent à pas d'heure. J'aime glisser mes chaussures sous le sapin et l'admirer, tout illuminé, avant de me coucher. J'aime sentir sa magie autour de moi. Pourtant, je ne vivrai plus ces moments.

Ma famille à moi s'est retournée sans même un souffle. Le poignard qui s'est enfoncé lors de mon premier anniversaire sans eux a été effroyable, mais la hache invisible qui a martelé mon corps de coups lors du premier Noël, puis des suivants – car rien ne changera plus, je pense – est un coup fatal porté à mon âme.

On dit que les expériences changent les gens, qu'elles permettent de moduler une âme, de devenir meilleur. Et si la mienne créait en moi une version pire que la précédente ? Je ne vois pas comment je peux me relever de ça. J’essaie, chaque jour, pour Judith, pour l’amour que j’ai eu et que j’aurai toujours pour Victor, mais ce n’est qu’une illusion. Je suis brisée, je suis aigrie, plus sarcastique encore. Je mérite mon surnom de Grinchette et même mon boss l’a compris. L’ironie de la vie pourrait me faire sourire à cet instant, mais mon cœur est trop gorgé de rancune et de chagrin.

J’ai envie de tout envoyer valser. Alors que nous sommes le soir du réveillon, j’ai cette subite envie de l’appeler et de l’insulter de tous les noms d’oiseaux de mon répertoire, et plus encore. Vraiment, je peux être créative. Je n’ai jamais autant haï un Noël, je n’ai jamais ressenti autant de colère envers quelqu’un et elle me bouffe. Cette colère qui se mue peu à peu en haine, je pourrais frapper pour extérioriser, je pourrais crier tout ce qui est emprisonné dans mon corps, mais à quoi bon ?

Mon père n’est qu’un connard maniaque du contrôle qui croit qu’il peut imposer aux autres sa vision de la vie, me souffle ma conscience. Sans réfléchir, je serais plus crue encore. Mon père est ce type qui se croit au-dessus de tout, supérieur en intellect et en choix. Il est ce genre de type qui ne supporte pas d’avoir tort, qui ne connaît pas la remise en question et pour qui le libre arbitre est important à enseigner tant que tu ne lui demandes pas de l’appliquer. Il ne faudrait pas contredire M. Miller. Pourquoi ? Parce que M. Miller ne connaît pas l’erreur, ah si, au temps pour moi, son erreur a un nom désormais, celui de sa fille.

Tu vois ça, papa, j'ai fini par comprendre que j'étais le plus grand échec de ta vie. Tu en auras au moins connu un, ça va, tu ne te sens pas trop humain ? Parce que ta condition de dieu, va falloir l'oublier et redescendre de la merde de piédestal que tu t'es fabriqué.

À l'évidence, je ne l'ai pas devant moi. Nous sommes le 24 décembre et je dois raconter un souvenir d'enfance autour de cette table. Je ne veux pas briser la magie de leur soirée, mais les mots m'étouffent. Je ne serai pas capable d'en aligner deux. Je ne serai capable de rien sauf de pleurer, à la réflexion. J'ai des souvenirs de Noël en pagaille, j'ai des moments d'allégresse et en famille à tire-larigot, mais les énoncer revient à me torturer l'âme et le cœur avec les regrets et la nostalgie. La déception, ce terme devenu le synonyme du mot « famille ».

Alors, à la place, je m'attelle à raconter un truc mignon, sans plus. Surtout sans plus d'émotions. Le Noël où j'ai reçu mon vélo sans roulettes. Il était rose et blanc, avec un panier, il m'a fait mordre la poussière et j'ai abandonné. Ou non, mes parents ont abandonné l'apprentissage. Était-ce le premier indice sur ce qui m'attendait ? Ce serait prêter trop de pouvoir au destin que de répondre oui.

24

Mercredi 24 décembre

Les Conrad ont une tradition la veille de Noël. Une fois minuit passé, il faut danser. Moi je mettais Jésus dans la crèche, eux ils dansent et je dois avouer que c'est bien plus plaisant !

C'est ainsi que nous nous sommes retrouvés à danser en échangeant les partenaires et bien que grand-père Lu' m'ait quelque peu monopolisée, Lucas est venu marquer son territoire d'un « papy, fini de rêver de ta jeunesse, j'aimerais récupérer ma partenaire ». Moi, bien évidemment, j'ai gloussé de plaisir.

Nous avons enchaîné les slows, puis alors que l'heure se faisait de plus en plus tardive, chacun a quitté le salon, nous laissant tous les deux. J'ai eu du mal à me détacher de son corps. Ils sont irrémédiablement attirés l'un par l'autre, comme des aimants. Pourtant, un peu déçue qu'il ne me retienne pas, je suis montée à l'étage de ma chambre.

La main sur la poignée de ma porte de chambre, un soupir m'a échappé.

— Non, je ne peux pas.

Alors, sur un coup de tête, j'ai rejoint l'escalier, puis traversé le couloir jusqu'à sa porte. J'ignore même s'il est déjà là, mais je vais regretter si je ne fais rien. Je toque deux coups contre la porte et j'attends. Mon impatience me donne l'impression d'attendre des heures alors qu'en vérité Lucas ouvre sa chambre presque immédiatement. Il est encore vêtu de sa tenue du dîner, à l'exception de son gilet qu'il a retiré.

Qu'il porte bien la chemise ! soupire ma libido qui s'agite.

— Salut.

— Salut, réponds-je sur le même ton.

Nos regards brûlants s'emmêlent. Qui de nous deux fera le premier pas ? Lui. Il m'attire à l'intérieur d'une main sur mon poignet, referme la porte de l'autre et plaque directement mon dos contre le bois froid. Son souffle est si proche du mien qu'il me fait gémir alors que nous ne sommes pas vraiment en contact.

— Et si je t'embrassais là ? me demande Lucas, le regard enflammé.

— Je cèderais. J'aurais envie que tu ailles plus loin.

— Jusqu'où ? dit-il, provocant.

Je soupire, excédée de retenir mes envies et de résister. Je ne sais même plus pour quelles raisons je m'obstine à résister, d'ailleurs. C'est idiot au stade où nous en sommes, c'est bien pour cela que je suis venue le rejoindre. J'ai envie de céder à la tentation, et Lucas Conrad est cette tentation. Ce soir, il n'est plus mon patron, il n'est plus Lucas Conrad millionnaire et don Juan, il est juste Lucas, le mec sur qui j'ai craqué et qui a su semer la graine du désir en moi. Pour le reste, je m'en fiche.

Je fais un pas en avant, me rapprochant encore de lui. Plus, ce n'est pas possible. Pourtant, il me repousse contre la porte et vient se coller à moi. Ma poitrine est écrasée contre son torse, ma bouche à quelques millimètres des siennes. Nos souffles se mélangent alors que nos regards se perdent l'un dans l'autre.

— Tu es ravissante.

— Ce soir ? Dans cette robe ?

— Chaque jour, peu importe ce que tu portes. Si tu savais depuis combien de temps tes tee-shirts à message me rendent fous. Plus que ce qu'ils disent, c'est la rondeur de tes seins qui m'interpelle.

— Séducteur… murmuré-je, impressionnée par sa franchise.

— Oh non. Je ne veux pas te séduire, Lovie, je veux te conquérir. Te posséder.

J'inspire par saccades, enivrée par son odeur. Je ne reconnais pas ma voix rauque lorsque je lui demande, fébrile :

— Alors qu'est-ce que tu attends ?

Tout à coup, ses lèvres s'emparent des miennes pour un baiser endiablé. Je vacille sous l'effet produit.

Lucas me fait entrer en combustion, le désir m'anime, et tout le reste est dérisoire. Je ne ressens plus rien d'autre que lui. Partout autour de moi. Mes paupières se ferment quand il dépose ses lèvres dans mon cou. Sa main remonte vers mon sein gauche, et il l'empaume avec une douceur et une avidité mêlées. Je porte toujours ma robe et pourtant les sensations sont déjà folles.

Mes doigts fourragent dans ses cheveux désireux de ne pas le voir s'éloigner de moi.

Lorsque je sens que ses mains glissent vers mon dos, je m'attends à entendre le Zip de ma robe moulante. Il découvre ma poitrine du tissu, et désormais elle n'est emprisonnée que par mon soutien-gorge rose et ses fleurs brodées. De l'index, il caresse la rondeur de ma peau et la dentelle.

Sa bouche se pose à cet endroit précis, et mon corps par réflexe s'arc-boute dans sa direction. Il commence à descendre ma robe sur mon ventre et mes hanches et, soudain, je l'arrête dans son entreprise.

— Attends.

Ma voix est à peine reconnaissable tant l'envie y est tangible. Lucas stoppe directement et recule d'un pas pour me laisser de l'espace. Il me regarde, soucieux.

— Je suis désolé, je me suis laissé emporter.

— Non, ce n'est pas ça…

— Lovie, rien ne nous oblige à coucher ensemble, me dit-il calmement.

— Tu n'en as pas envie ?

Tout à coup, je m'interroge. Je ne l'ai jamais imaginé forceur et lourd comme ces types qui ne comprennent pas le « non », le « stop » ou encore le concept de consentement. Maintenant que je le vois en face de moi, son regard brûlant et suivant le moindre de mes mots, mon âme se réchauffe un peu plus. Lucas est ce genre d'homme dont on tombe amoureuse. Celui qui est à l'écoute et respectueux. Pourtant, je refuse qu'il se méprenne. C'est pourquoi je lui confie une nouvelle faiblesse au moment où il m'affirme :

— Je n'ai qu'une envie, Lovie, c'est de te déshabiller et de t'entendre crier de plaisir entre mes bras. Mais je veux surtout aller à ton rythme.

Il me coupe le souffle durant quelques secondes. Mon corps vibre de son absence.

— J'ai envie de te sentir aussi. C'est juste que… mon corps est… marqué. J'ai eu Judith, je ne suis pas comme tes autres conquêtes, ma peau est… abîmée, soupiré-je.

Je baisse le regard sur mes mains qui se frottent l'une à l'autre. Je n'arrive pas à me sentir confiante. Je fuis son regard, pourtant je le sens sur moi. Un ange passe. Le silence devient oppressant. Auparavant, il m'arrivait de me sentir belle et sexy, d'être fière de mon image, de ce que je renvoyais aux autres. Aujourd'hui… mon reflet est un champ de bataille.

Je me fuis comme la peste. J'évite de regarder le miroir en sortant de la douche ou en me déshabillant. J'ai honte de moi. J'aime Judith au-delà de tout ce que je pourrais décrire, mais moi je me hais. Je me dégoûte même.

Autant que faire se peut, j'évite de passer mes mains sur mon ventre en m'habillant ou en retirant mes vêtements. Je porte des culottes hautes et gainantes, comme s'il s'agissait d'une solution miracle. Frôler ma peau flétrie, creusée, marquée par ma grossesse, me provoque des haut-le-cœur. J'en ai la nausée rien qu'à l'imaginer. Ces vergetures, d'abord violettes, sont devenues peu à peu blanches, mais sont toujours creusées comme une tombe. Mon ventre n'a pas retrouvé sa fermeté et sa tonicité. Je suis entre la nana mal dégrossie et la nana aux stigmates. C'est ignoble comme dureté de jugement, j'en ai conscience, mais c'est bel et bien ainsi que je me vois et me ressens.

Le fameux « Il faut neuf mois pour faire un enfant, neuf mois pour s'en remettre », mon cul ! La vérité est d'une banalité affligeante, on n'est pas toutes impactées de la même façon. Les nanas de la téléréalité qui rentrent dans leur 36 d'après grossesse et qui s'exposent en maillot sans même que la vie ait laissé une marque, on les voit et c'est une réalité. L'autre, c'est que l'image n'est pas toujours aussi parfaite. Rejeter son propre corps renvoie aux douleurs adolescentes, aux peines de la puberté…

Je n'ai pas couché avec un homme depuis une éternité, et soudain cela me semble une mauvaise idée. Je ne veux pas que Lucas soit dégoûté par ce qu'il verra lorsqu'il me retirera cette robe, qu'il soit repoussé par l'image qui m'empêche désormais de m'exposer au soleil, moi qui aimais tant ça. Je ne veux pas voir dans son regard l'aspect repoussant que je lui offre.

D'un pas, il s'approche et attrape mes mains. L'une des siennes remonte à mon visage pour le relever. Je me noie dans son âme.

— Je n'ai que faire d'une femme au corps parfait. Je ne veux que toi. Dans ta globalité, ton passé, ta vie de maman, ton corps m'obsède, et ce ne sont pas des marques de grossesse qui m'éloigneront de tout le plaisir que j'ai envie de lui faire ressentir. De tout ce temps que je veux lui accorder pour prendre soin de lui. Lovie, tu es une femme sensuelle et belle, souffle-t-il en saisissant le haut de la robe pour la faire descendre le long de mon corps, et je te désire comme aucune autre…

Ma respiration se coupe subitement au moment où le froissement du tissu touchant le sol parvient à mes oreilles. Je suis à demi-nue devant mon patron et son regard torride. Mon corps entre soudain en contact avec lui lorsqu'il dépose ses lèvres tendres sur mon ventre. Je me crispe involontairement. Pourquoi cette zone ? Il y en a tant d'autres à cajoler. Sa bouche humide parcourt mon ventre, mon nombril de baisers délicats, alors que ses mains se sont posées sur l'arrière de mes cuisses pour m'éviter de prendre de la distance. Lucas est à genoux, et dans un murmure à peine audible je l'entends prononcer des paroles qui me réchauffent…

— Tu es superbe, Lovie… Je veux te faire l'amour à en perdre l'âme…

Ses doigts remontent sur l'arrière de mes jambes, jouent avec le tissu recouvrant mes fesses. Je brûle de le sentir plus près, de sentir sa peau sur la mienne. Quand il embrasse mon aine, je me sens en ébullition. Ses index crochètent mon tanga et le tirent doucement, le faisant frôler contre la chair de mes cuisses. Mon souffle rauque inonde la pièce.

Lucas est à genoux devant ma nudité. Il lève le regard et je n'y lis qu'un désir sombre et brut. La brûlure de son souffle contre ma féminité me rend fébrile. S'il ne me tenait pas, je défaillirais. Poussée par la passion, le regard rivé au sien, je passe les mains dans mon dos et détache mon soutien-gorge, libérant mes seins de leur carcan et le jetant plus loin.

Lucas grogne de plaisir. Je n'ai jamais entendu un bruit si excitant de ma vie. Cet homme me rend si femme.

C'est alors que je perds pied dans les méandres du plaisir. Lucas pose ses lèvres sur mes replis, et sa langue joue, titille, éveille mes sens alors qu'il goûte, aspire et entame une valse de désir avec mes chairs. Des gémissements de plus en plus prononcés m'échappent.

— Lucas…

Mon cœur tambourine dans mes tempes et mes reins sont en feu. *Oh... j'avais oublié à quel point c'était bon de se sentir si vivante...*

Si proche de l'orgasme, je le sens alors reculer et se relever. Je ne peux m'empêcher un regard de frustration à son égard. Lucas me sourit, amusé par la situation.

— J'ai envie de t'entendre encore et encore gémir, mais si je continue, mon corps va réagir comme celui d'un gamin, m'apprend-il avec une moue boudeuse.

Ses doigts s'enlacent aux miens et il me guide vers son lit, sur lequel je m'allonge sur le dos. Debout face à moi, il se déleste de ses derniers remparts vestimentaires. Mes yeux se promènent sur son corps, sur l'intégralité de son corps même. Je suis subjuguée. Sa musculature laisse voir ses abdominaux se tendre à chaque respiration. Ses épaules dessinées, tout comme ses cuisses, sont un appel aux caresses. Tout est enivrement chez Lucas. Puis, il y a *ça*... Son sexe est sans équivoque, c'est moi qu'il veut pour le dessert nocturne. Il est long, bien proportionné, et me donne un coup de chaud immédiat quand je me demande si je vais de nouveau savoir faire.

Lucas attrape un préservatif dans la table de chevet.

Prévoyant ~~le garçon~~ l'homme...

Se redressant, il s'immisce entre mes jambes et vient presque s'allonger sur moi. Ses lèvres papillonnant dans mon cou pendant que l'une de ses mains caresse ma hanche alors que son autre bras repose à côté de ma tête pour se maintenir en équilibre.

Je ressens tout de lui. Son excitation qui me fait tournoyer, son désir qui m'anime de la même façon, sa tendresse dans chacun de ses gestes, son odeur masculine qui m'enivre les sens.

— Tu es certaine de ton choix ?...

Lucas me demande si je suis sûre de moi. Je ne l'ai jamais autant été qu'à cet instant. Une petite voix me souffle que je suis prête à tout lui donner, ça y est. Sans concession. Je hoche donc la tête. Ses doigts jouent avec la pointe de mes seins avant de descendre plus bas. Je ne peux m'empêcher de tressaillir d'anticipation.

Il introduit d'abord un doigt qu'il fait tournoyer en douceur, me torturant un peu plus à chaque cercle. *Bon sang, j'ai chaud...* Il est habile de ses doigts comme de sa bouche, qui s'amuse avec mon sein gauche en aparté. Je pense que Lucas va me faire mourir de désir quand il introduit un second doigt dans mon antre chaud et humide.

— Tu vas me faire perdre la tête… chuchoté-je dans un souffle.

— La mienne est déjà perdue.

Il me répond en retirant ses doigts et d'un dernier coup de langue en remontant sur le sillon entre ma poitrine. D'un mouvement leste, il me pénètre et je pousse un cri spontané de plaisir. Je me sens complète, d'une si divine façon. Lucas prend le temps de m'apprivoiser.

J'ai envie de plus. J'ai besoin de plus. Je lui fais alors comprendre en attrapant à pleines mains ses sexy fesses rondes et en lui embrassant l'épaule. Une caresse sur ma joue et les mouvements s'accélèrent.

Je gémis. Il grogne de sa voix rauque. Être dans les bras de Lucas est un plaisir à tout niveau. Le feu qui m'embrase monte encore et encore jusqu'à me pousser à la délivrance, au moment où j'enroule mes jambes autour de ses hanches et le presse de façon incontrôlable. Il ne tarde pas à me rejoindre dans ce désir assouvi.

Avec précaution, il se recule, tire la couette sur moi et s'éclipse sans un mot vers la salle de bains. Il revient quelques minutes plus tard et se glisse à mes côtés, un bras sous ma tête et l'autre autour de mon buste, enveloppant ma nudité de sa chaleur. J'ai peur de prononcer le moindre mot, pourtant c'était…

— Magique. Lovie, tu m'as fait ressentir des choses dingues.

Je rougis de sa confession et tourne mon visage vers le sien. Il est si beau. Quelques mèches en bataille, les lèvres gonflées de nos baisers, le regard encore brillant.

— J'ai adoré aussi, lui avoué-je.

Il me serre davantage contre lui et dépose un baiser sur mes lèvres. La chambre est inondée de nos odeurs et de l'atmosphère encore présente de nos ébats. Je ferme les paupières et me laisse bercer par cet apaisement. Faire l'amour avec Lucas me fait revivre quelque chose d'oublié, de lointain. Cela me fait vivre. Cela me rend femme.

25

Jeudi 25 décembre,

Lucas

Je suis réveillé depuis une bonne heure, pourtant j'ai décidé de ne pas bouger. Dans mes bras, Lovie dort. J'ai rarement passé un réveillon de Noël si chargé en émotions. Quand je repense à la nuit que nous venons de partager, je n'ai qu'une envie : recommencer !

La douceur de sa peau, la rondeur de ses formes, son parfum entêtant, ses cheveux soyeux et son corps à en perdre la raison, tout chez elle me rend dingue. Je suis fou d'elle, et cette réalité me frappe en ce jour de Noël.

Je ne veux pas aller trop vite en besogne, je sais quel pas important elle vient de franchir en lâchant prise entre mes bras, et j'ai envie de m'en contenter et de savourer. Je ne veux pas qu'elle prenne peur et qu'elle me repousse parce que je cède à l'envie de lui partager ce que je ressens quand je suis avec elle.

Et, bordel, que c'est saisissant !

Je l'observe, attendri. Son visage est lové contre mon flanc, ses cheveux épars sur mon torse. L'une de ses mains repose sur ma cuisse nue et l'autre est, je présume, sous son corps. Nous sommes toujours nus de nos ébats d'hier. La couette épaisse nous recouvre et m'empêche d'admirer un peu plus ce corps qui me fait tant saliver de désir. Lovie est si belle, elle semble si apaisée. Pourtant, je ne cesse de songer à sa crainte d'hier, celle que je découvre son corps marqué, comme elle dit. Comme si j'allais mettre de la distance à cause de son passé. En effet, son ventre témoigne de lui-même de sa grossesse, il possède de nombreuses vergetures, il a ce petit renflement de bidon postpartum, comme dirait ma mère à Kate, ses hanches se sont peut-être un peu élargies aussi. Néanmoins, je ne vois rien de laid dans tout cela, au contraire, je ne vois que la vie d'une femme, que son expérience. Cela n'entache en rien toute l'envie que j'ai pour elle.

Lovie est d'une sensualité incroyable lorsqu'elle prend du plaisir, et lui faire l'amour est un véritable enchantement. Pourtant, on ne peut pas dire que j'en sois à mon coup d'essai. Les femmes, j'en ai une très bonne connaissance et je n'ai plus de palmarès à créer. Mais avec elle, c'est différent. Je soupire. J'appréhende son réveil. J'ai la crainte qu'elle regrette cramponnée à l'estomac et ça me flanque une frousse terrible.

O.K., elle a pris son pied – du moins ça en a tout l'air – mais est-ce suffisant pour lui éviter la panique ? J'imagine déjà les rouages de son cerveau lui rappeler que je suis son patron et qu'elle est mon assistante, que sa fille dort dans la chambre à l'autre bout du couloir, qu'une relation entre nous va être compliquée et qu'en plus de cela, nous sommes le 25 décembre et qu'elle déteste profondément cette journée.

Soudain, mon idée de cadeau me paraît totalement débile.

— Tu comptes me fixer longtemps comme ça ? On dirait un harceleur, me demande-t-elle, amusée.

Je n'avais pas remarqué qu'elle s'était réveillée. Elle relève la tête, les cheveux en pagaille et un léger sourire aux lèvres. Ce brin de femme respire le naturel et la simplicité, à des kilomètres de celles que j'ai l'habitude de côtoyer, et ça me fait un bien fou !

— Bien dormi ? demandé-je pour masquer le trouble qu'elle fait naître en moi avec ses jolis yeux braqués sur ma personne.

— Tu es le meilleur doudou possible, me taquine-t-elle. Et toi ? Je ne t'ai pas trop écrasé ?

Sa mine se fait tout à coup inquiète et confuse. Je la rassure d'une caresse sur la joue alors que son regard s'agrandit. Est-ce que je me méprends en ayant l'impression de voir de l'impatience dans son regard ? Du désir ?

Lovie se mordille la lèvre, songeuse.

— Pas le moins du monde. C'était même plutôt agréable de se faire écraser par ton corps chaud.

La rougeur gagne ses joues et son regard se pose sur tout sauf sur moi – et il n'y a pas grand-chose d'autre.

— Alors euh…

— On n'est pas obligés de mettre des mots sur ça, qu'en dis-tu ? lui proposé-je.

Je suis prêt à tout pour éviter qu'elle m'échappe. Ne pas la brusquer est donc l'opération numéro un, et je compte bien la réussir haut la main pour qu'elle passe encore des nuits dans mes bras. J'ai Lovie dans la peau et je ferai mon possible pour que la réciprocité soit vraie. Penchant la tête d'un côté, elle m'inspecte.

— O.K.

— Ça ne te convient pas ?

Soudain, je doute. Je ne sais jamais à quoi m'attendre avec cette femme. Quand je pense qu'elle va agir d'une façon, elle exécute un revers à cent degrés. Elle m'épate autant que ça m'agace. Résultat, je me retrouve comme un con à attendre le fin mot de l'histoire.

— Je pensais que l'après serait plus radical, confie-t-elle, ses yeux plongés dans les miens.

Hein ? Mais elle s'attendait à quoi au juste ? Que je la vire sans sommation ou à une demande en mariage ?

Sa mine stupéfaite et sa bouche en forme de O me font réaliser que je viens de penser à voix haute.

— Quoi ? Mais pas du tout !

Brusquement, Lovie recule tant qu'elle peut en se redressant, et la couette qui nous protégeait tombe sur ses hanches, découvrant son buste nu. Mes yeux papillonnent sur sa poitrine généreuse et la naissance de son cou. Le désir doit se lire dans mon regard. Elle n'esquisse pas un mouvement.

C'est plus fort que moi, mes yeux caressent sa peau nue et frissonnante, la pointe de ses seins se tend sous mon inspection minutieuse et silencieuse. Le galbe de son épaule où j'ai envie de poser mes lèvres, son ventre qui a fait naître la vie qui n'attend que mon toucher, sa peau laiteuse comme de la soie.

Mon corps réagit en raison du sien, et soudain mes pensées se brouillent. Qu'est-ce que je disais, déjà ? Je m'en moque.

— Ne me regarde pas comme ça, souffle-t-elle d'une voix rauque.

— Comme quoi ?

— Comme si j'étais un petit déjeuner appétissant, répond-elle du tac au tac.

— Rien ne peut rivaliser avec toi au réveil…

Lovie clôt les paupières un bref instant en se mordillant la lèvre et révèle une sensualité incroyable à travers ce geste. Ma respiration s'accélère. Mes paroles ne sont plus qu'un lointain souvenir maladroit. Lorsqu'elle rouvre les yeux, mon cœur rate un battement. Les siens semblent me crier qu'elle a envie de se glisser entre mes bras de toute son âme. Cet écho de nos envies, de nos émotions, de nos âmes me perturbe de la plus agréable des façons.

Brusquement, la porte s'ouvre sur une voix pleine d'entrain et de gaieté.

— Hé, frérot, tu veux pas bouger, c'est No… Oh merde ! Désolée !

Levant les yeux rapidement, je vois le visage de Millie se décomposer au fur et à mesure qu'elle prend conscience de la situation. Heureusement que Lovie était de dos, elle n'a rien pu voir de gênant, même si mon amante s'est empressée d'attraper la couette et de se glisser dessous pour cacher son corps dénudé.

Presque aussi vite qu'elle est entrée, ma petite sœur a refermé la porte d'un coup sec. De l'autre côté, je l'entends présenter ses excuses et se sentir mal à l'aise d'avoir mis un pied brutal dans mon espace intime. Je la rassure d'une voix forte :

— C'est bon, Millie.

— Je descends. Euh, c'était juste pour prévenir que tout le monde est levé pour les cadeaux. Et que Judith cherche sa mère, mais bon on l'a trouvée maintenant ! Elle était bien gardée, s'esclaffe-t-elle.

Ses pas indiquent qu'elle s'éloigne, et je jette alors un regard sur Lovie, rouge de honte. Puis, tout à coup, j'explose de rire. Bordel, ce 25 décembre promet d'être épique !

Je suis bientôt suivi dans mes éclats par Lovie. Je m'approche et fais cesser ses rires d'un baiser voluptueux.

— On devrait y aller, lui intimé-je en glissant une jambe hors du lit.

— Tu te décides donc pour un petit déjeuner plus raisonnable ?

J'aime cette Lovie taquine et joueuse. Mon sang palpite dans mes veines. Bien que l'envie de lui faire l'amour me taraude, malgré les entrefaites de ma sœur, je me dégage de son aura envoûtante. Je ne dois pas céder si je veux préserver cette journée pour mes proches et les petits.

— Je me décide pour chaque nuit torride à tes côtés. Ne mettons pas de nom sur ce qu'il y a, dis-je en agitant mon index d'elle à moi, contentons-nous de savourer. Tout comme je vais déguster les pancakes de Noël de ma mère avec toi.

Lovie semble réfléchir un instant à ma proposition. Puis, d'un geste gracieux, elle s'étire et sort du lit, comme si son plus simple appareil ne lui conférait aucune gêne, contrairement à la veille. Mon regard gourmand de prédateur s'arrête sur chacune de ses courbes alléchantes. Tel un chat, elle manœuvre son buste pour soulager les courbatures de la nuit, puis s'approche de moi, son corps nu contre le mien. Ma raideur ne peut pas lui échapper. Un ado en rut, mais je n'y peux rien avec Lovie.

— On peut partager une douche avant de se remplir l'estomac, non ?

Oh que oui...

D'un mouvement leste, je glisse mes mains sur ses cuisses et la hisse plus haut contre moi. Elle enroule ses jambes autour de mes hanches et je la guide vers ma salle de bains attenante pour y allumer l'eau, comme elle allume mon corps et mon cœur. Un peu plus de retard aux retrouvailles matinales en famille, ça ne changera pas grand-chose.

26

Jeudi 25 décembre,

Ce matin, je suis à l'ouest. La faute au 25 décembre en partie, et à ma nuit dans les bras de Lucas pour l'autre.

En descendant les escaliers menant au salon, j'ai le plaisir de découvrir tout le monde installé à table ou au pied du sapin. Millie tient Judith entre ses jambes, toutes les deux assises en tailleur sur le sol, fixant l'arbre de Noël et la montagne de cadeaux avec des yeux émerveillés. Les adultes finalisent l'installation du petit déjeuner de Noël. Lucas avait raison, Diane a littéralement préparé une montagne de pancakes, débordant des deux assiettes réparties sur la table nappée de rouge et d'or. Je salue tout le monde puis, étonnamment, je ne peux m'empêcher de jeter moi aussi un coup d'œil vers toutes ces lumières.

Une petite voix d'enfant souffle en moi. *Qu'il est beau... comme dans mon enfance...*

La nostalgie étreint mon cœur. Petite, le matin de Noël était un moment magique qui se répétait chaque année. Malgré l'âge adulte, il faut bien avouer que je retrouve aujourd'hui un peu de cette magie. Dans le salon, les notes d'Andy Williams résonnent avec son « It's the Most Wonderful Time of the Year ». Cette musique arrive même à faire naître un léger sourire sur mes lèvres, c'est une prouesse. L'étoile en haut du sapin brille à en faire éclater les cœurs et, à travers la grande baie vitrée, je découvre que la neige tombe sur le lac. Le panorama est splendide. Il a tout de cette magie, tous les éléments sont regroupés dans l'air comme dans les cœurs. Même moi, je suis là.

— Mam !

Une petite furie m'attrape les jambes et me les enserre. Je me baisse vers Judith pour la prendre dans mes bras et l'embrasser fort sur la joue. Son regard étincelant et sa mine réjouie me comblent soudain d'amour. La joie chez un enfant, je crois bien qu'il n'y a rien de plus pur à voir et à savourer.

— Plein 'adeaux ! me dit-elle, toute guillerette.

— Oui ma puce, le Père Noël n'a pas lésiné, dis donc !

— Y compris pour vous deux, ajoute Millie, qui s'est rapprochée, avec un clin d'œil.

En effet, en analysant chaque paire de chaussures, je peux facilement me rendre compte que les chaussons de ma petite vague et ma paire de bottines ont accueilli dans leur périmètre des cadeaux qui ne sont pas de mon fait. Un peu gênée par l'attention, j'observe Millie, un air interrogateur. Je la soupçonne d'avoir fait des emplettes de dernière minute, ce qu'elle me confirme en me disant que Diane ne concevait pas de ne pas participer à notre magie de Noël alors que nous passions ces célébrations ensemble.

— Il ne fallait pas. C’est déjà adorable de nous accueillir, suis-je obligée de dire.

— Ton Père Noël secret pas si secret y est pour beaucoup.

Fronçant les sourcils, je tente de la cuisiner, mais elle me fait le signe du « motus et bouche cousue », jetant la clé par-dessus son épaule. Un hochement de tête vers son grand frère me fait comprendre à qui je dois ces attentions. Pressant un peu plus Judith contre moi, je me tourne vers Lucas, qui se tient debout à proximité de la table. L’air indéchiffrable de son visage ne révèle rien. Ne sachant pas quoi faire d’autre, je lui souris.

Je creuserai plus tard.

Nous passons au petit déjeuner, que chacun entame avec appétit, et les conversations vont bon train. Mais l’impatience des enfants nous contamine bien vite, et nous décidons de passer à l’ouverture des cadeaux. Les petits en tête découvrent une multitude de jouets, de coloriages, de livres, d’habits. On ne sait plus où donner de la tête, et je suis très émue de découvrir que chacun a eu une attention pour ma fille, qui a été gâtée à n’en plus finir. Cela fait si longtemps que je n’ai pas ressenti autant d’affection que cette déferlante me fait monter les larmes, que je retiens malgré tout. Les enfants ont bien vite fait de se mettre à l'écart pour jouer, et il ne reste alors plus que nous, adultes, pour déballer nos cadeaux.

— Et si l'on commençait par notre tradition du Père Noël secret ? propose Millie.

Quand nous sommes arrivés au chalet, la famille Conrad m'a vite mise dans la confidence. Chaque année, dès qu'ils sont tous rassemblés, ils mettent dans un bol le nom de chaque personne présente sur un morceau de papier plié puis, après avoir mélangé, chacun tire un nom à qui il va devoir offrir un petit cadeau supplémentaire. La seule règle ? Le cadeau doit définir la personnalité du destinataire. Sinon pas de budget imposé, pas de thématique, rien de plus.

Je me suis donc prêtée à leur tradition avec la volonté de faire plaisir. Le hasard doit bien faire les choses quand on y pense parce que, bien évidemment, le nom que j'ai tiré est celui de mon Amiral-sexy.

Mardi après-midi, je suis donc partie avec grand-père Lu' pour dénicher quelque chose, et ce n'est pas faute de m'être appliquée ! J'ai en définitive trouvé ce que je cherchais. Dans une petite boutique nichée dans une rue en retrait du centre-ville, j'ai dégoté deux présents.

Le premier est un carnet de cuir de la taille d'un portefeuille dans des tons marron glacé. À l'intérieur, je n'ai pu m'empêcher de lui adresser une première dédicace, bien avant que je ne sache que la nuit du 24 décembre chamboulerait mon cœur, car c'est bien de cela qu'il s'agit, un chamboulement total. Je clos les yeux en repensant à toutes ces sensations qu'il a fait naître sur ma peau…

J'espère que Lucas appréciera donc ce message.

« Monsieur Lucas Conrad, Boss, Lucas, Amiral-séducteur,

Je pourrais te proposer de choisir ton appellation, mais même pas en rêve ! Je me garde ce plaisir non dissimulé !

Tu crois au destin ? Je vais finir par y céder pour ma part… J'ai tiré ton nom et j'ai aimé ce carnet pour tout ce à quoi il me fait penser chez toi.

L'élégance du cuir, la couleur de tes yeux lorsque tu ordonnes, la rigueur et le soin dans le tracé de ses lignes à l'instar de l'exigence dont tu fais preuve au boulot, son toucher sensuel qui me fait frissonner, son odeur enivrante.

Merci de m'avoir invitée, sans ça, je n'aurais pas pu t'offrir ce petit geste.

Puis, si jamais ça peut te permettre d'y noter tes rendez-vous non professionnels et d'éviter de passer par moi pour ton pressing – entre autres –, ça m'arrange !

Une assistante ~~pas toujours~~ si dévouée ! »

Lorsque je vois Lucas se saisir du fameux cadeau, je ne réprime pas mon air malicieux, bien au contraire. Le déballage rapide laisse place à l'amusement lors de la lecture. Relevant les yeux vers moi, il ne prête aucune attention au reste de sa famille, qui s'affaire à trouver les cadeaux des différents Pères Noël secrets. Son regard cache chaque émotion qui pourrait le traverser.

D'un pas lent, il s'approche de moi avec l'autre partie du cadeau à la main, toujours emballée. Je ne peux me dévier de sa bouche, que le désir me donne envie d'embrasser et de mordiller, là maintenant.

Très approprié, Lovie, bravo, s'insurge ma conscience qui, pour une fois, ne vire pas perverse. Celle-là franchement, elle ne réagit jamais comme on s'y attend !

Un murmure me parvient.

— Tu devras noter mes pauses-déjeuner, y compris les endiablées…

— Pourquoi ferais-je ça ? lui demandé-je, soudain piquée de jalousie.

Il croit vraiment que ça m'intéresse de savoir quand il pourrait bien avoir un *date* coquin avec une poupée refaite ? Le feu de la jalousie me tord les intestins. Je déteste cette impression, mais je ne peux pas la repousser. Moi, jalouse vis-à-vis de mon patron, ce n'est pas ce que j'avais prévu… Enfin, je n'avais fait aucun plan, mais clairement pas celui-là.

Va falloir arrêter de vivre dans le déni, cocotte !

Conscience, tais-toi. Merci.

— Parce que tu auras les mêmes. J'ai toujours su que mon bureau aurait une utilité pour toi et moi.

Mon visage se tend vers le sien. Mon Dieu, une bouffée d'envie me saisit l'entrejambe lorsque je croise son regard, qui s'est fait prédateur. Je retiens avec peine un gémissement.

— Tu devrais ouvrir l'autre paquet, tenté-je pour détourner la conversation.

Il se marre et son rire rauque m'émoustille plus que de raison. Ce mec est le sex-appeal incarné. Si la sensualité masculine avait un son, un corps, une odeur, elle aurait tout de Lucas Conrad.

Au moins, ma technique a fonctionné. Il s'empresse d'ouvrir en même temps que Kate ouvre le sien. Cette fois-ci, ce n'est pas un carnet, mais une affiche encadrée en format A4. Assistante jusqu'au bout des ongles.

Un paysage verdoyant s'étale sous ses yeux. Un jour, alors qu'il avait laissé la porte de son bureau ouverte, je l'ai entendu parler au téléphone. Il expliquait que s'il n'avait pas à travailler autant pour succéder avec les honneurs à son père, il réaliserait des rêves. Parmi eux, voyager au Vietnam. À défaut de pouvoir lui payer et lui organiser le voyage – il faudrait que je négocie une sacrée augmentation –, je lui offre une vision de l'un de ses rêves. J'espère que ça fera mouche.

Pendant un certain temps, il fixe le cadre sans dire un mot, alors que Kate jacasse sur la veste qu'elle avait repérée et que son père lui a offerte. Pas étonnant, elle nous bassine avec depuis des jours. Son frère, en revanche, ne bouge plus et, moi, je triture mes doigts en signe de stress.

Lucas relève les yeux vers moi. Un orage s'y déroule. Ai-je touché une corde sensible ? Un sujet tabou ou presque ? Rapidement, il s'approche de moi après avoir déposé le cadre sur la table basse. L'une de ses mains s'enroule autour de ma nuque, et ses doigts plongent dans mes cheveux désordonnés. Ce geste vif et chargé de passion me transperce. Est-il en colère ? Bouleversé ? Heureux ? Nostalgique ? Je l'ignore. Tout ce que je sais, c'est l'envie irrépressible qui me prend. Je veux qu'il m'embrasse. Je veux que, de cette façon primaire, il me revendique. Lucas Conrad, c'est toi que je veux. Aujourd'hui et demain et les jours d'après. Le déclic se fait en moi. Je tombe amoureuse, à moins que je ne sois déjà tombée amoureuse de cet homme depuis des semaines ?

Mon corps lui crie « embrasse-moi ». Si j'en avais le courage, ma voix ferait de même. Mais je suis lâche, j'ai la trouille que ce ne soit pas réciproque.

Il me serre contre lui. Son autre main se trouve à la naissance de mes fesses, dans le creux de mes reins, et ses doigts jouent avec le bas de mon pull. D'un coup, je meurs de chaud. Mon cœur papillonne d'une nouvelle façon.

— Je brûle d'envie de t'arracher mille baisers, susurre-t-il.

Je ferme les yeux et me laisse envahir par ses paroles. Et si c'était aussi simple après tout ?

— Tu devrais ouvrir tes cadeaux, me glisse-t-il comme une suggestion.

— Maintenant que c'est offert, je ne compte pas les laisser, dis-je avec taquinerie et un sourire espiègle.

J'aime le faire rire et ma boutade a le résultat escompté. Sur l'un des paquets, de la forme d'une boîte régulière, j'y lis « Père Noël secret pas si secret ». Un soupir d'amusement s'échappe de mes lèvres. Je lui jette un coup d'œil par-dessus mon épaule, auquel il répond en haussant les épaules. Si j'avais un jour pensé que Lucas Conrad se révélerait si joueur le jour où il m'a embauchée et n'a laissé couler que de l'exigence et de l'autorité de son être… Les meilleures surprises ne nous viennent pas toujours de l'inconnu, finalement. Il se peut que ce soit ce qui se trouve déjà sous nos yeux. Je déchire le papier cadeau rouge – décidément si on n'a pas compris que c'est *the* couleur chez les Conrad, on ne le saura jamais – et soulève le couvercle de la boîte.

À l'intérieur, je découvre avec un sourire qui s'agrandit à mesure que je lis un tee-shirt à message prônant « Assistante-boudeuse-mignonne-autoritaire ».

— Tu as su ? le questionné-je en me mettant face à lui.

— Oui. Alix n'est pas très discrète quand vous êtes au téléphone toutes les deux !

Surprise et rougissante, je baisse le regard. Alors mon boss connaît le petit surnom qu'on lui attribue parfois sympa, parfois insupportable. *Merde alors !*

— Attends, mais tu es au courant depuis longtemps ? l'interrogé-je, de plus en plus mal à l'aise.

— Quelques semaines. Je dois dire que l'Amiral-connard n'est pas mon préféré, je préfère de loin l'Amiral-sexy. Ça me va mieux, tu n'es pas d'accord ?

— Dans l'immédiat, c'est plutôt l'Amiral-roublard qui me vient, boudé-je.

Il éclate de rire et glisse une mèche de cheveux derrière mon oreille.

— Je n'ai jamais été dérangé par le fait que mes employés me trouvent exigeant et autoritaire. Il en était de même pour toi, même si mon ego s'est froissé pour le « connard », mais depuis que je sais que tu craques pour mon corps d'Apollon, c'est pardonné, se moque-t-il. Regarde au fond de la boîte.

Souriante malgré la révélation que je viens d'apprendre, je m'empresse de vérifier ce que j'y ai laissé. Mon sang se fige. Mon cœur rate un battement. Ma respiration se coupe. Tout me rattrape. La vie. La mort. L'amour. La famille. Le chagrin. Le pardon. La confiance. Le renouveau.

— Tu ne m'as rien promis, ni même demandé… commence-t-il.

Je cligne presque frénétiquement des paupières. Ma voix s'est coupée net. Le temps s'arrête ou ralentit très fortement du moins.

— Lorsque j'ai tiré le dernier vœu des collègues, le tien s'y était mêlé. « Une famille pour Noël. »

— « Une famille pour Noël. »

Nous avons parlé en même temps et nos voix se sont confondues. J'ai besoin de voir son visage.

Lucas ne manifeste que douceur et tendresse. Ses mains se posent sur mes hanches. J'oublie tout le reste, les enfants qui jouent, sa famille qui achève de découvrir les cadeaux que chacun a reçus, l'odeur de sapin qui imprègne l'air. La neige qui tombe sur le lac Michigan à quelques mètres de la maison. Mon cœur brisé depuis si longtemps. Mon rôle de mère. Mon rôle de fille. Mes responsabilités. Mon quotidien. Ma famille dysfonctionnelle, terme à la mode, mais tellement vrai.

— Laisse-moi t'offrir une famille pour Noël.

Sa voix n'est qu'un souffle. Une requête vibrante d'incertitude. Il a peur que je refuse, je le lis dans son regard. Lovie, elle pourrait fuir. Lucas en a parfaitement conscience. Et si après avoir été rejetée par l'amour, c'était moi qui le rejetais par peur de souffrir ? Un juste retour des choses ? Une erreur de plus ?

Ce petit objet, au fond de cette boîte, pourrait symboliser de si belles choses dans ma vie. Une suspension à glisser dans mon sapin à Chicago. Dans des tons dorés et lumineux, une boule en verre avec un côté plat pour la poser représente une scène de vie. Une maison, de la neige au sol, un bonhomme de neige avec une carotte dont l'orange vif rappelle les contes de l'enfance, un couple dans le jardin avec un enfant, se livrant à une bataille de boules de neige. Sur le verre de la boule, est écrit à la peinture « Une famille à Noël ».

Mes paupières sont lourdes, je n'arrive plus à retenir mes larmes. Avoir un bébé a été un moment magique dans ma vie. Passer mes anniversaires et Noël seule et délaissée, sans mes parents, a été un moment effroyablement douloureux. Pourtant, aujourd'hui, dans une famille que je ne connaissais pas il y a encore quelques jours, je retrouve la chaleur au creux de l'hiver qu'apportent les instants en famille.

L'amour que je donne à ma fille n'est plus celui que je reçois de mes parents. Rien ne changera jamais cette trahison vécue, cependant, Lucas me prouve que *Lov' is all*. Et que mon prénom garde cet amour à vivre, à ressentir. Je ne peux pas le délaisser et m'en séparer comme un vêtement mal ajusté. L'amour nous choisit et frappe quand il en a envie.

Je sens les larmes couler le long de mes joues. Chaudes, bouleversantes. Lucas remonte ses mains à mon visage. Il ancre son regard dans le mien. Le sien est si fort, si confiant, il dégage une assurance que je n'ai pas, mais qui me donne la force de faire mieux.

— Laisse-moi t'aimer pour Noël.

— M'aimer ? demandé-je, incertaine d'avoir bien entendu ce mot dans sa bouche.

L'air grave, la mine en attente, Lucas hoche la tête. Rien ne sera plus pareil en fonction de ma réaction. Tout s'apprête à changer d'un côté ou de l'autre.

— Je brûle d'envie que tu te réveilles chaque matin à mes côtés. Oui je suis ton boss, oui j'ai conscience des probables rumeurs. Je sais qu'il y a Judith et j'ai envie de passer du temps avec elle, avec toi, avec vous. Je prends tout de toi, Lovie. Ça fait des mois que tu accapares mes pensées, je refusais simplement de voir l'essentiel. Je tombe amoureux de toi un peu plus à chacun de tes sourires.

Un battement. Puis deux. Un clignement de paupières. Un sourire.

Et si j'avais droit à une fin heureuse moi aussi ?

Lucas interprète mal mon silence.

— Lovie, je ne veux pas te mettre la pression, commence-t-il en relâchant mon visage, prêt à s'éloigner.

Je glisse rapidement mes paumes sur ses mains afin de calmer son ardeur à s'éloigner. Je ne veux qu'il aille nulle part. Il ne peut rester qu'auprès de moi, c'est un peu comme un deal, non ? Je me laisse aimer et il se laisse aimer.

— Aime-moi, soufflé-je.

Ses lèvres fondent sur les miennes dans une précipitation folle. Un baiser presque désespéré, fiévreux. Son haleine chaude et humide me donne le souffle qui manquait. Mes doigts jouent avec ses mèches rebelles. Une douce lave s'immisce dans mon corps sous son toucher. Totalement dépossédés de raison, nos corps se collent, nos bras s'étreignent. Si je pouvais me fondre en lui, je le ferais.

Notre baiser semble durer une éternité et c'est à la fois trop court.

— Ça signifie que…

J'essaie de poser des mots sur ce qui naît en ce moment entre nous, mais Kate me coupe.

— C'est vraiment le bazar ! Pire qu'un jour de chantier ! Je vais passer l'aspirateur ! dit-elle en fixant d'un mauvais œil les lambeaux de papier cadeau et les présents éparpillés un peu partout.

Mais qui songe à passer l'aspirateur le matin de Noël, bon sang ? Il ne faut vraiment pas être tranquille dans sa tête ! La maniaquerie n'a plus de limite. Un coup d'œil à Lucas, dont je n'ai pas quitté l'étau de ses bras, et j'apprends bien vite qu'il est aussi interloqué que moi.

— Franchement, vous pourriez fournir un effort pour ne pas en mettre partout !

Mais il lui manque une case, ce n'est pas possible autrement...

Qui est préoccupé par l'ordre et le rangement, voire carrément le ménage, le jour de Noël ? Et comparer l'aspect festif à un bazar de chantier… Je n'ai pas les mots. La grande sœur de Lucas s'active donc à sortir l'aspirateur du placard, tout en nous demandant de nous dépêcher de préparer le repas de ce midi, auquel bien sûr elle ne semble pas avoir envie de participer.

— Et, ce soir, ce sera tarte aux poireaux, hein. Trop de calories sinon, affirme-t-elle le plus sérieusement du monde.

C'est la goutte de trop. Lucas et moi éclatons de rire avec bonne humeur. Que Kate sorte l'aspirateur ou la serpillère, nous rions aux éclats. Pour un 25 décembre, ce n'est pas si mal.

27

Jeudi 25 décembre

— À quoi penses-tu, Lovie ?

Assise sur les marches du perron, j'admire la poudreuse qui a recouvert les alentours depuis une demi-heure. Le soleil se couche sur cette journée surprenante, que je n'aurais jamais songé vivre depuis quelques années. C'est à la fois impressionnant et vertigineux.

Je n'ai pas entendu Diane s'approcher. Emmitouflée dans un grand plaid épais en tartan vert, elle vient s'asseoir à côté de moi. Je me décale pour lui faire un peu plus de place.

— Je pense à aujourd'hui. À cette journée surprenante dont je ne me serais jamais doutée.

— C'était une belle journée.

Tout le bonheur qu'elle puisse partager s'insuffle dans sa voix. Diane est profondément heureuse d'avoir pu une nouvelle fois rassembler ses enfants pour Noël et voir Tom, son petit-fils. Tout ceci y compris la tarte aux poireaux que Kate veut manger ce soir – car elle n'a pas renoncé, malgré les objections de certains. Résultat, elle sera la seule à en manger, et je suis d'avis de me ranger du côté des toasts et du saumon ! Même si cette fête m'a bousillé le cœur précédemment, ce n'est pas pour m'étouffer avec une tarte aux légumes. L'année dernière, j'avais opté pour un repas italien de A à Z, histoire de m'éloigner des conventions tout en me régalant. Un bon compromis.

— La magie de Noël a été au rendez-vous, lui concédé-je.

— Tu sais, Lovie, savourer des journées importantes ne fait pas de toi quelqu'un qui oublie.

Surprise, je l'observe, mais Diane garde un visage plutôt neutre.

— Comment ça ?

La mère de Lucas inspire, regarde le panorama magnifique avec une vue en plongée sur le lac Michigan avant de reprendre, d'une voix tendre :

— La famille, ce n'est pas toujours ce que l'on souhaite au moment où on le souhaite. Il y a des déceptions malgré les moments de joie, des trahisons qui nous marquent malgré les effusions de bonheur. Je sais qu'en t'invitant, Lucas voulait faire une bonne action et à tout niveau. Pas seulement pour le dégât des eaux. Mon fils, contrairement à son image, est un homme qui a de profondes valeurs familiales. Cette notion est primordiale pour lui, et j'aime me dire que je lui ai transmise. Alors t'offrir un Noël en famille, entourée, choyée, lui tenait à cœur.

— Je m'en suis rendu compte, Diane. Et c'est tout à son honneur. Je n'aurais jamais vécu un tel Noël sans sa présence. Lucas a su me réconcilier peut-être un peu avec cet esprit, je dois bien en convenir.

D'un sourire, elle me montre qu'elle est en accord avec mes paroles. Soudain, je suis surprise par son geste. Diane sort une main du plaid pour venir la poser sur la mienne, qui repose inerte sur mon genou depuis un bon bout de temps. Le contact entre nos différences de température corporelle me fait frissonner.

Je ne suis pas une personne très tactile, ce n'est pas dans mon éducation, ce n'est pas non plus dans mon tempérament de câliner au moindre coup de mou. Pourtant, ce simple geste m'apporte un fort soutien à présent.

— J'espère, de la même façon que lui, que nous avons pu t'offrir un peu de réconfort aujourd'hui.

— Noël était ma fête préférée, il y a encore quelque temps, soufflé-je sans lui adresser un regard.

Toutes les traditions, les petits moments volés, chaque sourire adressé ou reçu, les odeurs envahissant cuisine et salon, les longues heures passées autour d'une table. Toute cette ambiance que je n'arrive plus à ressentir. Cette sensation de chute en avant. La solitude, même si je la gère plutôt bien au quotidien, me pèse lors des anniversaires ou des célébrations familiales. Il ne faut pas se leurrer, ce sont les dates qui impactent notre vie puisqu'elles la régentent d'une certaine manière. On attend avec impatience l'été pour les vacances, les sorties apéro entre amis, le bronzage uniforme et les tenues estivales, on attend l'automne pour le *pumpkin latte* au *coffee shop*, pour ressortir les bottines et les écharpes, on attend la Saint-Valentin pour offrir ou recevoir des fleurs accompagnées d'un dîner en amoureux, on attend Noël pour les cadeaux, le repas, la famille et les rires des enfants, on attend toujours quelque chose en réalité. On ne se satisfait jamais du temps présent, car on garde à l'idée que le temps file, toujours plus vite, et que l'on doit profiter.

Puis, un jour, on se prend une grosse claque et exit les moments familiaux. Moi cette claque, je l'ai prise. Elle fait ~~foutrement~~ mal. C'est violent, avec la sensation d'être arrachée de l'intérieur. Non que je sache ce que ça donne vraiment d'avoir les organes arrachés, mais je m'en fais une assez bonne idée. Notre vie, on la construit avec nos parents, tantôt une aide, tantôt un frein, tantôt protecteurs, tantôt autoritaires, ils sont un complément de nous, tout d'abord parce qu'ils nous ont donné la vie. Sans eux, on ne serait pas là. Sans nous, ils mèneraient une autre vie. Pour une seule partie de l'équation, la présence est obligatoire. Pas pour l'autre… J'en ai pris brutalement conscience.

— Ma famille me manque. Mais je refuse de changer de position. Cela ne pourra jamais être comme avant, je garderai pour toujours cette rancœur en moi.

— Je comprends, Lovie. J'ignore ce que tu vis. En revanche, je peux te dire qu'en tant que mère, ne plus voir son enfant doit être un déchirement. Je pense que la tienne en souffre.

— Pas autant que moi d'avoir été abandonnée au pire moment de ma vie, alors qu'il aurait dû être le meilleur… Elle n'a pas rempli son rôle de mère. Une maman n'est-elle pas censée faire évoluer son enfant, l'accompagner à chaque étape de sa vie ?

Le désespoir teinte mes mots. Il y a eu la colère, aujourd'hui persiste simplement la profonde trahison. Un trou béant dans la poitrine. Je vis au quotidien avec cette sensation que l'on m'a retiré une part d'identité. La petite fille en moi est morte mais lorsque je regarde le miroir, je me dis qu'une part de la femme que je suis désormais est morte également. Je ne suis qu'une pâle copie de celle que je devrais être, l'ombre de moi-même, mais assez présente pour me rappeler tout ce que je n'ai plus.

Je suis bien plus froide et sarcastique qu'auparavant, et pourtant ce n'était déjà pas un trait de caractère léger chez moi. Je me mets plus facilement en retrait des autres, j'ai un petit cercle et c'est tout. Surtout, lorsque quelque chose ou quelqu'un m'indiffère, je le supprime de ma vie. Comme si je ne faisais que rayer d'un coup de crayon ou gommer les imperfections qui ne me convenaient pas. Aussi facilement qu'un geste d'écolier. Tranchante et sans retenue. Lovie est une version moins chaleureuse, et derrière chaque sourire se cache un mensonge.

On croit que je suis heureuse ? C'est un leurre.

Bien évidemment que certains jours sont plus agréables que d'autres, je m'épanouis au travail autant que possible, j'aime ma fille à la folie et je n'aurais pas assez de pâquerettes pour lui prouver, j'aime ma meilleure amie au-delà des mots, Alix est devenue une sœur que l'on ne peut plus supprimer de ma vie. Pourtant, je reste brisée. Les sourires de façade sont maîtrisés, les changements de conversation lorsque le sujet de la famille est abordé sont tout un art, l'indifférence de ma situation est magnée avec un doigté d'expert.

Et ma conscience se ramène pour me rappeler inlassablement qu'elle sait, elle.

Ce que tu as au fond de toi, tu ne peux pas me le cacher.

Non. En effet. J'essaie pourtant. Me gorger du déni et m'y noyer. Même ça, je n'arrive pas à le faire.

— Désormais, tu n'es plus seule.

L'assurance et la confiance qui se dégagent des mots de Diane me transpercent. La réalité est là, on m'a offert un nouveau foyer, une nouvelle façon de sourire, de me sentir apaisée.

— Mon fils t'aime, et je n'ai pas besoin de tendre l'oreille sur vos conversations pour le savoir, rit-elle en voyant mon regard s'ouvrir d'étonnement.

— Et si ça ne durait pas ? Pourquoi aurais-je cette fin de téléfilm de Noël ? Sans rebondissement, sans tumulte, si facilement et si amoureusement ? Je n'y crois pas.

Par courage ou peine, je l'ignore, je porte alors le regard sur ma voisine. Comme son fils lui ressemble. Diane a cependant cet air doux et maternel qui ne la quitte pas.

— Et si, pour une fois, on évitait les palpitations pour se réjouir d'une fin douce et agréable ?

— Ce n'est pas si épique, me moqué-je.

— Pourquoi la vie devrait-elle être une épopée ? Elle peut aussi être un long fleuve avec des jours de courant.

— Alors je peux aimer Lucas sans inquiétude, pensé-je à voix haute.

D'un sourire, elle me rassure. Diane se redresse et se hisse sur ses jambes mais, avant de partir, elle m'indique si justement :

— Lovie, ton prénom lui-même est une demande d'amour. Et si tu t'emplissais de ça ? Aime, sois aimée, ne cherche pas plus loin. Pourquoi vouloir des ennuis quand tout roule ? Les jeunes, faut cesser les complications. Tous les gestes et les regards de Lucas indiquent la simplicité de ses sentiments. Laisse-toi porter par cela, Judith et toi vous le méritez. Le plus grand rebondissement de ta vie, c'est ta relation avec tes parents, c'est déjà pas mal, non ?

Sans attendre ma réponse, Diane rentre dans la chaleur de la maison, me laissant seule. L'air est glacial mais revigorant en ce début de soirée.

J'ai survécu. Un soupir m'échappe.

J'ai survécu à ce 25 décembre. Honnêtement j'en doutais, mais j'y suis parvenue. Il n'y a pas eu grand-chose à voir avec les Noëls partagés avec ma famille, nous avons fait des jeux de société dès 14 heures – chez moi on passe à peine à l'apéritif à cette heure-là –, j'ai fait une sieste avec Judith pour reprendre des forces et également car la nostalgie m'a rattrapée à un moment, j'ai entendu Kate se plaindre de différentes choses, puis j'ai fini par l'occulter avant qu'elle ne me casse vraiment les pieds, j'ai échangé quelques mots avec Alix, qui a eu droit pour le coup à un Noël épique en famille. Puis, j'ai profité de petites choses, comme les sourires que m'adressait Lucas, les câlins offerts par Judith, le bon repas ce midi, les éclats de rire de Millie.

En réalité, j'ai pris le temps, celui de me laisser porter, de ne pas trop me poser de questions. Celui d'aimer ressentir certaines sensations et celui de repousser ce que je ne désirais pas aujourd'hui. En fin d'après-midi – et qui me vaut ma ~~charmante~~ place face à la neige –, nous avons regardé le film d'animation *Vice Versa*.

Judith en est fan, je le sais d'Alix qui le regarde souvent avec elle. Quant à moi, avec les heures que j'ai enchaînées ces derniers mois, je ne l'avais jamais vu. Et… la claque. Je n'ai pu empêcher les larmes de monter. Est-ce que Riley s'est sentie un peu comme moi quand elle a fugué ? Quitter ses parents, ce n'est jamais facile, qu'on le fasse dans un acte de rébellion comme prépubère ou que l'on soit adulte et qu'on en prenne consciemment la décision. Ce dessin animé m'a chamboulée. J'ai imaginé la place que prenait « l'île de la famille » dans mon esprit et dans mon cœur, sa volonté de me définir d'une certaine manière avant de s'effondrer. Parce qu'elle s'est effondrée, n'est-ce pas ? Je ne l'imagine pas autrement qu'éteinte et se cassant la gueule sous le regard de mes petites émotions, dont Colère qui jubile pendant que Dégoût hausse un sourcil alors que Tristesse est déjà clouée au sol en larmes.

Il faut pleurer pour sourire. Il faut endurer pour vivre. Les mauvaises choses, les moments durs ne sont pas insurmontables, car le temps est maître de tant de reconstructions qu'on aura la nôtre. Il faut simplement l'admettre, et c'est bien cela le plus compliqué à gérer. Accepter que la souffrance, la déception, la trahison, qu'elles viennent d'inconnus, d'amis, de la famille, soient des aléas coutumiers qu'il faut éprouver pour acquérir de l'expérience. Mais, quoi qu'il arrive, on va sourire.

Oui, on va sourire ! Comme dans les films, on dansera sous la pluie, on chantera au coucher du soleil, on quittera tout sur un coup de tête ou, plus simplement et naturellement, un matin on se lèvera avec un poids plus léger. Il n'aura pas disparu mais il s'allègera.

Ma rancœur et ma tristesse ne sont pas d'anciennes colocataires, on forme toujours un couple – enfin un trouple plutôt –, mais elles m'oppressent moins. Je me sens plus libre de mes mouvements, même aujourd'hui, et c'est ma première réussite.

Au tableau, il y a encore de sacrées ombres, on ne va pas se mentir, mais chaque chose en son temps. Je vais aller retrouver ma petite vague, qui martyrise mon boss dans un concours de pâte à modeler, puis on verra le reste. Le maître mot, souffler.

En entrant dans le salon, je découvre les œuvres d'art – à ce stade, ce n'est même plus une question de sensibilité à l'abstrait dont on parle – de Judith et de Lucas. Je camoufle un gloussement en songeant que je saurais difficilement dire lesquelles sont à qui avec ce ~~piètre~~ niveau… particulier. Lequel a deux ans ? Et l'autre la trentaine ? Honnêtement, c'est difficile à cerner.

— A'be ?

Judith plonge son regard d'enfant dans celui de mon patron et, soudain, je vois ce petit quelque chose qui rompt. Il cède. Lucas, tout aussi autoritaire et exigeant qu'il soit, n'en mène pas large devant une enfant de deux ans. C'est touchant à voir et je sens que, pour lui, de le ressentir, ça l'est tout autant.

— D'accord, on fait un arbre. Après, il faudra faire une pause pour la surprise, fait-il sur le ton de la complicité en mettant l'index sur sa bouche pour lui faire comprendre son intention.

Ma fille hoche la tête, et ils se mettent en quête de réaliser le plus bel arbre possible en 2D. Elle choisit le rose pour faire son feuillage et lui du jaune, le tronc est en revanche de la même couleur pour ces deux plus ou moins grands enfants, du bleu.

— J'adore ces choix de couleurs, très… conceptuels ! taquiné-je mon boss, alors que je m'approche de Ju' pour l'embrasser sur le front. Tu t'amuses bien, ma petite vague ?

— Oui !

Sans ajouter un mot, elle reprend son objectif artistique.

— Alors, il y a encore une surprise ? questionné-je Lucas.

— Une tradition plutôt. Je pense que tu as compris que les Conrad aimaient les traditions, et il se trouve que mon grand-père en a instauré une il y a très longtemps. Il me semble d'ailleurs qu'il la faisait déjà gamin.

Intriguée, j'ai envie d'en savoir plus. Depuis que je connais toute la famille, j'ai l'envie profonde de les connaître davantage, de partager des moments conviviaux avec eux et surtout de me réchauffer de leur aura familiale. Une part de moi veut vibrer d'un peu de cet amour filial, bien que ce ne soit pas ma famille.

— Vous nous avez déjà beaucoup gâtées… soufflé-je.

Mon Père Noël secret n'a pas été le seul présent reçu ce matin. J'ai également eu le plaisir de trouver deux romans, une écharpe assortie d'un bonnet et de deux pulls. C'est l'un des Noëls les plus généreux pour moi depuis un bail, et je me suis sentie très touchée. Au-delà de l'aspect financier, il y a la recherche que les

Conrad y ont mise. Chacun à leur façon, ils ont voulu cerner mes goûts pour me faire plaisir, et c'est tout à fait réussi. Alors une pointe de gêne me submerge en apprenant que Judith et moi allons assister à l'une de leurs traditions familiales, encore. Ai-je vraiment ma place ? Ne suis-je pas de trop dans le tableau ? La pièce qu'on ne désire pas vraiment, mais qui est déjà là et dont on s'accommode.

— Oui.

Baissant les yeux, j'observe Lucas, qui me renvoie la pareille. Il a achevé son arbre en pâte à modeler et ne me quitte pas des yeux. Se relevant doucement, il se tient désormais face à moi.

— Oui ? Je ne comprends pas.

— Tu te demandes si tu as ta place pour ce moment. Je commence à vous connaître, mademoiselle Lovie Miller, me dit-il avec ce ton de patron arrogant et légèrement connard qui me faisait hérisser le poil.

En revanche, son sourire est doux. Et chaud. Ses dents à peine dévoilées lui confèrent un petit truc en plus de prédateur, de séducteur. Je crois que ça me fait craquer ~~ça aussi~~. Une vibration tendre me parcourt le corps. J'ai envie qu'il me prenne dans ses bras. Ne voulant cependant pas perdre la face, je redresse les épaules, dans une allure qui se veut fière, et je lui réponds avec sincérité :

— Monsieur Conrad, je ne suis pas là pour faire l'aumône. Vous avez déjà bien assez fait. Et ta famille aussi, murmuré-je doucement.

Lucas s'approche de moi, et de sa main serre la mienne. Dans son regard, je lis l'enfièvrement que je ressens. Dès que l'on s'approche, nos désirs se font écho. La ferveur ne nous quitte pas depuis quelque temps et même si je suis une femme raisonnable, surtout en public, bon sang, je veux juste qu'il me roule la pelle de ma vie, encore et encore ! À la place, très mature, je lui lance ce que j'espère être un regard de braise et qui ne colle clairement pas au sujet de notre conversation, mais tant pis. J'ai choisi mon camp, celui des sensations.

— On fait cela parce qu'on en est heureux, ma famille t'apprécie beaucoup, bon peut-être pas Kate, se moque-t-il.

Je ris doucement.

— Mais, reprend-il, j'ai envie de te faire sourire. Et je suis certain que Judith va aimer cette tradition !

— Judith aime tout, souris-je. Et moi je vais aimer ?

Son regard s'obscurcit et sa voix devient plus rauque.

— Sans doute moins que ce que j'ai réellement envie de partager avec toi, là…

Un léger gémissement s'échappe de mes lèvres. Que répondre à ça ?

— Allez les Conrad, c'est l'heure ! Le soleil est couché alors, avant l'apéritif, ce sont les lanternes, déclare Conrad père, un sac cabas entre les mains.

— Les lanternes ? me tourné-je vers Lucas, mais c'est Millie la plus rapide à me répondre, que je n'avais d'ailleurs pas entendue approcher.

— Chaque année, après le coucher du soleil du 25 décembre, nous lançons dans le ciel des lanternes de papier avec un vœu pour l'année à venir.

— Un vœu ? Bon sang, mais qu'est-ce que vous avez les Conrad avec les vœux ? soufflé-je en levant les yeux au ciel, quelque peu dépitée.

Pour toute réaction, le frère et la sœur éclatent de rire en se faisant un clin d'œil, comme si ce que je venais de dire pouvait entrer dans le guide des meilleures blagues du monde. Très loin des blagues Carambar.

Judith vient me saisir la main, délaissant sa création sur la table basse, et nous suivons les autres dans le jardin. Diane transmet une feuille de papier, un crayon et une boîte d'allumettes à chacun. Un vœu. Il va encore falloir faire un vœu.

Et dire que le premier m'a apporté sans le savoir ce Noël… En définitive, c'était peut-être une vraie réussite ce souhait griffonné à la va-vite. « Une famille pour Noël. » Désormais, que demander au ciel ?

Je me penche vers ma petite vague afin de me laisser un peu de répit psychologique.

— Ma puce, on va faire s'envoler un vœu. Tu sais un vœu, c'est ce que tatie Alix t'a appris à faire en fermant fort les yeux. Tu aimerais quelque chose très fort, alors tu le dis tout bas en fermant les yeux.

— Oui, oui, *je cé*.

Je la reprends affectueusement sur la prononciation et lui explique que, ce soir, c'est un peu différent. On va devoir écrire le vœu et l'attacher à la lanterne pour le laisser s'envoler dans les étoiles, et que la magie opère.

— Il faut donc que tu me dises ce que tu aimerais, et moi je l'écris.

Judith semble réfléchir. C'est assez amusant, car elle prend presque des airs d'adulte malgré son jeune âge, et je comprends alors que le mimétisme est impressionnant. On imagine toujours qu'il se déroule comme dans les films, et ponctue les journées de sourires et de rires. Pourtant, ce soir, je me reconnais dans cette petite main qui asticote et tournicote une mèche de cheveux ou ce doigt qui glisse sur sa joue. C'est déstabilisant. Ma fille s'éloigne du bébé pour devenir une enfant, une « vraie petite fille », même si cette expression est idiote, je trouve.

Soudain, elle s'approche et entoure mon oreille de ses deux petites mains.

Son souffle chaud me chatouille mais, plus que cela, il me transperce quand elle annonce « P'ince pou' maman ». Ma fille demande un prince pour sa maman.

Mon cœur se fend d'émotions. Elle aimerait me voir heureuse comme les héroïnes des dessins animés qu'elle visionne avec Alix. Judith demande de l'amour pour sa maman et cela me trouble. Je n'ai pas besoin d'en demander plus lorsque je la vois tourner le regard vers Lucas, qui s'approche avec nos trois lanternes récupérées des mains de son père.

— Prêtes les filles ?

Nous hochons la tête de concert. Je crois que je n'ai jamais autant hésité à écrire quelques mots sur un papier. Les miens, pas ceux de Judith. Ma petite vague l'ignore, mais sa générosité me met sur un nuage. Écrire ce qui me trotte en tête est par ailleurs plus difficile. J'ai bien trop peur de chuter de ce nuage et de me rompre le cou.

Lucas m'a demandé de le laisser m'aimer, mais cette bulle va finir par éclater, n'est-ce pas ? Ça ne peut pas durer. Le bonheur, c'est éphémère, puis… il est mon patron. Les fêtes de Noël vont emporter leur magie, comme toujours. Il va falloir que je prenne une décision.

Au moment où cette réflexion s'impose à moi, mon portable vibre dans ma poche. Je le sors pour connaître l'identifiant du message. Ma mère.

Ma décision aura lieu certainement plus vite que prévu.

28

Vendredi 26 décembre

J'ai mal partout… Surtout là.

Je m'étire comme je peux dans ce grand lit qu'une odeur boisée embaume. Normal, je ne suis pas dans le mien, mais dans celui de Lucas.

Hier soir, après le dîner, nous avons – entre jeunes – bu un dernier verre dans le patio avec la cheminée. J'ai pu découvrir Dylan, ~~malgré le choix de sa femme,~~ un type vraiment chouette et intéressant. Lorsqu'il a fallu monter se coucher, Lucas m'a bien vite rattrapée. Il a noué ses doigts aux miens dans la cuisine et m'a proposé de passer du temps dans ses bras. Enfin, s'il faut vraiment être honnête, il a été plus direct.

— J'ai envie de te faire l'amour, Lovie, *Lov'is all*, et ton corps me donne envie de te le chanter, a-t-il roucoulé en m'embrassant dans le cou.

Il n'en fallait pas plus, j'ai craqué. Nous sommes montés dans sa chambre et, ensuite, le film a changé de catégorie. Plus de dix-huit ans oblige.

Mon boss se révèle un amant aussi doux que passionné, aussi téméraire que tout en tendresse mais, surtout, incroyable. Je crois bien qu'aucun homme n'a compris mon corps de cette façon, pas même Victor, et c'est époustouflant. Je me suis laissée endormir par ses caresses en sachant que Judith et Tom dormaient dans la même chambre ce soir, car ils se sont créé une cabane de draps et de coussins.

Ce matin pourtant, j'en serais presque à regretter cette formidable nuit d'amour, vu comme mon corps est endolori. Qui a dit que faire l'amour n'était pas dangereux pour les muscles ? Clairement, mon corps n'a jamais eu de partenaire aussi fougueux que Lucas Conrad !

Des doigts parcourent mon bras aussi délicatement qu'une plume. Un sourire vient flotter sur mes lèvres au moment où un soupir d'aise s'en échappe. Je papillonne des paupières et les décolle pour sourire à celui qui se penche au-dessus de mon visage.

Un regard gris souris, des lèvres pulpeuses et gonflées par nos ébats, des fossettes terriblement sexy, des cheveux totalement en désordre. Lucas Conrad. Et son sex-appeal, surtout son sex-appeal matinal, se tient devant mes yeux.

— On t'a jamais dit que ta beauté éblouit désagréablement ?

Il se marre. Je rouspète dans ma barbe.

— Je vais prendre ça comme un compliment. Et si jamais ma beauté te rend aveugle, au moins je serai sûr que tu ne verras plus que moi comme dernière image masculine.

— Jaloux ?

Nous nous découvrons encore, et bien que j'aie accepté de ne pas mettre de mots sur notre relation, il existe une relation entre nous deux qui n'a rien de professionnel. Elle ne l'est plus, du moins.

Lui demander s'il est jaloux revient à l'interroger sur sa façon d'être en couple. Mon boss, je le connais, l'homme au quotidien, non. J'ai envie d'en savoir plus, même si cela m'inquiète un peu.

— Exclusif, plutôt. C'est ce que je veux avec toi, de l'exclusivité, Lovie.

Il croyait que je ne l'avais pas compris ou perçu ainsi ? Je sonde son regard, mais ce dernier ne m'apprend rien de plus.

— Je ne suis plus un coureur, et malgré ce que tu as pu croire sur mes pauses-déjeuner, cela fait quelque temps que je fantasme plus sur toi que sur qui que ce soit. Donc jaloux, non, légèrement possessif, oui. Et toi, tu es… comment en… avec quelqu'un ?

Je lui souris. Son intention de ne pas prononcer certains mots, et d'éviter de me paniquer ou de me brusquer est aussi attentionnée que ridicule, mais je ne peux pas lui enlever cet effort louable. Lucas ne sait pas exactement comment je peux réagir, et il s'en méfie.

— J'ai besoin d'être mise en confiance. Avant, je n'avais ni jalousie ni possessivité, juste de la confiance. Aujourd'hui… je pense que j'aurais surtout besoin de savoir que je ne vais pas être abandonnée.

— D'être rassurée.

— C'est ça. J'ai une crainte de la déception et de l'abandon plutôt importante.

— C'est normal, Lovie, il n'y a rien à te reprocher.

— Comment peux-tu être comme ça ? lui demandé-je tout de go.

Son regard se fait inquisiteur. Il doit penser que je l'accuse, ce qui n'est pas le cas, je m'interroge juste.

— Comme quoi ?

Lucas se redresse dans le lit et je sens la chaleur de son étreinte me quitter. Le dos contre la tête de lit, il m'inspecte. Forcée de me relever à demi aussi, je plonge mon regard dans le sien, tout en mordant ma lèvre. Le drap recouvre mon corps et laisse son torse musclé apparent. Tout dans la chambre de mon amant me rappelle nos ébats. Sa porte, contre laquelle j'ai été fougueusement embrassée la veille de Noël, la salle de bains attenante et notre douche enflammée, sa table de nuit dont il sort ses protections, mes vêtements de la veille étalés au sol dans un chemin confus.

— Si serein.

— Pourquoi ne pas l'être ?

Je vais vraiment avoir l'impression de radoter, ma parole. À la place, je préfère le prendre à son propre jeu.

— Pourquoi l'être ?

Il soupire et détourne son regard. Je sens que j'ai dit quelque chose qu'il ne fallait pas, mais tant pis.

— Dis ce que tu penses au fond, Lovie.

— C'est un ordre du patron ?

— Une demande plutôt, me répond-il en passant sa paume sur sa barbe naissante.

Hier soir, il était question de prendre une décision. De savoir quel vœu je voulais formuler. Quel chemin de vie je voulais emprunter, et surtout quelle version de moi-même je désirais être.

Ce matin, je le sais. J'ai assez peu dormi pour le savoir, et ce ne sont pas que les faveurs de Lucas qui ont rompu mon sommeil.

En revanche, je n'ai pas ouvert le message provenant de ma mère.

— Je démissionne.

Tout à coup, Lucas s'agite, décolle son dos du mur et s'approche de moi autant que nos positions le permettent.

Mes propos pourraient être risibles à la vue de la situation. Je suis dans son lit, nue, recouverte d'un drap fin, et je présente ma démission à mon boss. Donc je m'adresse moins à l'homme avec lequel j'ai couché cette nuit qu'à mon patron. En mettant tout bout à bout, ça n'a rien de crédible, franchement. Je suis chez lui, avec sa famille, je sens encore le goût de ses baisers sur mes lèvres, pourtant je suis très sérieuse. Je ne l'ai pas été depuis très longtemps de cette façon.

— Je te demande pardon ?

Lucas n'apprécie pas vraiment ma révélation matinale. Il a croisé les bras sur son torse et son regard se fait orageux. Il est distant, tout dans son attitude me le prouve.

— Tu as très bien compris. Je démissionne, Lucas.

— Monsieur Conrad, dit-il d'un ton sans appel.

Il est sérieux, là ?

C'est quoi cette attitude ? O.K., il n'aime pas l'idée que j'arrête de travailler pour lui, mais pas besoin de faire revenir l'Amiral-connard sur ses grands chevaux. Il ne m'a même pas entièrement écoutée.

— Tu vas jouer à ça ? Au boss connard qui dicte sa loi ? Alors que je suis nue dans ton lit ?

— Tu m'appelais bien l'Amiral-connard, il y a une raison.

Je souffle d'exaspération. Comment la situation a-t-elle tourné ainsi en quelques minutes ? Bordel, qu'il m'agace.

— Très bien. Vous pouvez m'écouter dans ce cas, monsieur Conrad ?

Il se passe de commentaire et ne fait qu'agiter sa main d'un geste assez chargé de dédain.

Lovie, reste calme, il est simplement blessé.

J'inspire profondément avant de me lancer dans mon monologue en espérant qu'il soit bien accueilli :

— Je démissionne et là je m'adresse à mon patron, oui. Mais à l'homme qui m'a demandé de le laisser m'aimer, je lui dis beaucoup plus. Je veux démissionner, Lucas, j'aime mon boulot et ta présence au quotidien, mais je ne veux pas avoir l'air de ça, de l'assistante qui se tape le boss. D'une part, car je ne suis pas ce genre de femme et, d'autre part, parce que je n'arriverai jamais à te résister au taf. Ce serait contre-productif de passer plus de temps à savourer tes lèvres qu'à travailler pour l'entreprise.

Je discerne les muscles de Lucas se détendre au fur et à mesure que je parle. Il ne sourit pas encore et n'a pas encore décroisé les bras, mais il est moins tendu, c'est déjà un premier pas. Alors je poursuis :

— Entre mon poste d'assistante et toi, c'est toi que je choisis. Hier, j'ai suivi votre tradition. J'ai envoyé dans le ciel une lanterne. Ma fille a demandé un prince pour sa maman. Moi, je n'en ai rien à faire du prince, je préfère le P.-D.G. d'une grande entreprise de Chicago, un brin connard.

Enfin, ses bras se relâchent. Lucas esquisse un léger sourire en coin. Il a compris.

— Tu ne me quittes pas, chuchote-t-il.

Un instant, je m'interroge. Ai-je bien entendu ? Le soulagement s'entend dans sa voix d'une façon bouleversante. Cet homme est amoureux. Il est amoureux de moi et je pèse la chance que j'ai. Pas parce qu'il est fortuné, qu'il a du pouvoir et toutes ces conneries, non, j'ai de la chance de renouer avec l'amour.

— Non. Je… je t'aime.

J'ai mis du temps à le comprendre. Finalement, Alix avait raison ce soir d'août, après un troisième dîner d'affaires, lorsqu'elle m'a dit que mon statut d'assistante n'était pas gravé dans le marbre. Au départ, je n'ai pas compris ce qu'elle voulait dire.

Aujourd'hui, je le cerne bien mieux.

Qu'importe les statuts, qu'importe l'argent, le passé, les déboires, l'amour frappe à notre porte quand il le veut et de la façon qu'il le veut. L'amour a ça de merveilleux, il est imprévisible et revêt bien des visages.

Ce soir-là, j'étais plus souriante que d'habitude, j'avais fait l'effort de me vêtir élégamment, j'avais eu envie d'être femme et pas seulement pour des circonstances professionnelles. Non, aussi pour lui, mais je ne m'en étais pas rendu compte. Lorsqu'il n'a pu s'empêcher de me dire que j'étais belle en arrivant au restaurant, quelque chose a fleuri dans mon cœur.

La reconstruction.

Le manque d'attention et d'amour dans lequel je m'enfermais depuis des mois, bientôt des années, flanchait. Il m'a fallu du temps pour comprendre, pour ressentir.

Je sais maintenant. Je l'aime.

Mes mots, je les répète, et Lucas sort alors de sa léthargie et fonce sur mes lèvres leur arracher un baiser. Dans sa ferveur, il me fait tomber sur son lit, le dos s'enfonçant dans la couette. Ses mains encadrent mes hanches et la chaleur de ses paumes irradie dans mon corps. Ses lèvres se font passionnées et affamées. Que j'aime leur contact.

Alors qu'il met fin à notre baiser, je souffle un « encore ». Je ne veux pas que ça s'arrête. Il secoue la tête par la négative.

— Pourquoi non ?

— Tu es bien trop impatiente, Lovie. Laisse-moi te dire quelque chose avant.

— Oui ?

— *Lov'is all*, il paraît. L'amour est tout. Je sais que tu as peur, et que tu me dises et confesses ce que tu ressens est un grand pas dans ta communication avec les autres. Alors j'accepte ta démission, même si trouver une assistante compétente, malgré son mensonge sur ses capacités comme une arracheuse de dents sur son CV, n'est pas de tout repos et je sens que te remplacer va être rude. Tant que tu restes avec moi dans la vie, tout me va. Je t'aime, Lovie Miller, et l'amour est tout, mais surtout *Lovie's mine.*

Sa déclaration faite, il fond sur mes lèvres, ses mains remontent sur mes seins. Ce baiser torride a la saveur des promesses et de l'engagement. Ce que je craignais est peut-être, *in fine*, la plus sexy des surprises. Mon boss devient mon amoureux. Ma carrière de sans-emploi reprend mais, cette fois-ci, je suis sereine.

Une heure plus tard, après un nouveau câlin sous les draps, nous sommes douchés et habillés, prêts à rejoindre les autres pour le petit déjeuner.

— Alors comme ça, tu savais que j'avais menti sur mon CV ? lui demandé-je l'air innocent en quittant sa chambre.

Son regard brûlant et moqueur ne m'annonce rien qui vaille.

— Un jour, j'ai lancé en espagnol que ton petit cul dans ce jean me donnait envie de le mordre. Et tu n'as jamais rebondi, rit-il.

Ah oui… vu comme ça, il ne pouvait pas louper mon mensonge.

J'essaie de me souvenir de cette journée, en vain.

— Mais tu es la plus mignonne des menteuses, se moque-t-il en m'embrassant dans le cou.

Nous saluons tout le monde, j'attrape ma petite vague au passage et je l'embrasse sur la joue en lui faisant un gros câlin. Ces moments sont si précieux, il faut s'en gorger à foison.

Je petit-déjeune aux côtés de ma fille, puis nous jouons avec Tom dans le salon quand Grand-père Lu' vient me voir.

Aujourd'hui sonne la fin de ces fêtes célébrées dans la famille de Lucas. Bien que j'aie déjà remercié tout le monde plus de mille fois, une pointe de tristesse me serre le cœur. J'ai été bien loin du Noël prévu à l'origine dans mon petit appartement à manger italien ou mexicain mais, bon sang, qu'est-ce que ça m'a fait du bien. Se sentir appréciée, évoluer dans un univers doux et familial, il n'y a pas à dire, ça réchauffe même les âmes les plus froides. Y compris la mienne.

— Je peux ? me demande poliment le grand-père de Lucas.

— Vous êtes ici chez vous, fais-je avec un sourire.

— Oh mais toi aussi. Mon petit-fils m'a expliqué plusieurs choses.

Soucieuse, je m'interroge sur ces fameux dires. Je ne pensais pas Lucas du genre à se confier si aisément. Pourtant, je découvre un homme très proche des siens et pour qui la notion de famille revêt une réelle valeur.

— C'est-à-dire ? interrogé-je d'une petite voix.

Avec un sourire malicieux, grand-père Lu' m'observe, puis détourne le regard vers la baie vitrée, à travers laquelle il contemple Lucas ainsi que son père déneiger l'allée devant le chalet.

— Lucas n'est pas avare en confidences lorsque quelque chose le tracasse. Surtout avec moi. Nous avons cette relation de confidents.

— Mmm.

Comme j'ignore quoi répondre à ça, je me contente d'un petit bruit enserré de mes lèvres. Je me demande bien où il veut en venir, le grand-père. Naïvement, j'ai cru qu'il n'y avait pas de problèmes entre Lucas et moi. Après tout, chacun de nous a perçu les sentiments qu'il a pour l'autre. La lune de miel n'est pas censée démarrer là ? Je n'y comprends plus rien en amour à ce compte-là.

— Lucas ne te ferait pas passer pour l'assistante profiteuse et vénale, me déclare-t-il sans le moindre tact.

Vulgairement, je suis sur le cul. Je ne m'attendais pas à ça, et ma bouche ouverte telle une carpe le prouve. Il n'y a dans ces mots ni remontrances ni condescendance, simplement une douce confiance. Il veut que je sois rassurée par son petit-fils. Je comprends alors que c'est une forme de protection. S'assurer que, d'un côté comme de l'autre, on a conscience des bonnes intentions en face de nous.

— D'après moi, tu agis comme il faut en quittant l'entreprise. Séparer travail et amour ne peut pas être une mauvaise chose.

— C'est ce que je crois également. Je n'ai aucune envie d'essuyer les regards ni les rumeurs dans la société. L'adage dit : « Vivons heureux vivons cachés », j'ai envie de m'y plier.

Enfonçant son regard dans le mien, grand-père Lu' me prend une main et l'entoure de ses paumes. Toute la tendresse du grand-père m'enveloppe. C'est si réconfortant.

— Tu es la bienvenue chez nous. Diane est déjà dans l'idée de faire de toi sa belle-fille, rit-il, et mon petit-fils est fou amoureux de toi. Il faudrait être aveugle pour ne pas s'en rendre compte.

— C'est réciproque, vous savez, chuchoté-je, rougissante.

— Oh mais ça, je n'en doute pas.

Son index droit se lève jusqu'à se poser sur mon buste. À la place du cœur.

— Vos cœurs se sont reconnus. Malgré les passés, les souffrances, les espoirs brisés, le célibat et les différences de vie, ils savent, eux, que vous ne formerez qu'un. Avec un peu de bonté et de magie de Noël, tous les souhaits sont possibles.

— Merci.

Merci de me redonner un peu de cette confiance oubliée. Merci de me rappeler que tout ne s'arrête pas à l'issue d'une déception. Merci de remettre un peu de l'esprit de famille au centre de ma vie. Voilà tout ce que j'ai envie de lui dire.

Grand-père Lu' se lève pour s'éloigner quand il se retourne pour me faire l'offrande d'une dernière parole mystérieuse :

— La famille, malgré tout ce que l'on pense, on peut la choisir, Lovie. Les liens du sang ne sont qu'un facteur, celui qu'il faut écouter, c'est son cœur. Lui, il nous dicte le droit chemin et permet de créer une véritable famille.

29

Samedi 27 décembre

Assise sur le canapé, un plaid recouvrant mes jambes et un thé Dammann Frères sur la table basse, je profite de l'ambiance de mon appartement. J'observe mon sapin – apporté par Lucas – qui ne me donne plus de crise d'urticaire, que ce soit par son odeur ou ses lumières. Je suis presque contente qu'il soit là. En revanche, je ne vais pas l'admettre tout de suite.

Nous sommes rentrés du chalet hier soir. Quitter les Conrad m'a laissé un petit pincement, mais retrouver son espace fait beaucoup de bien. Découvrir de nouveaux horizons est un plaisir, mais rentrer chez soi, c'est toujours réconfortant.

Ma lettre de démission est rédigée et posée sur la table à côté du thé fumant. Je compte la donner à Lucas dès qu'il sera rentré. Hier soir, j'ai eu besoin d'une pause pour moi-même. C'est une réaction qu'il a parfaitement comprise, et chacun a donc passé la soirée de son côté. À midi, cependant, il a sonné en demandant s'il pouvait emmener Judith pour une surprise. J'ai hésité, avant de lâcher prise. Il a mis en avant un argument qu'Alix utilise souvent, à savoir « le temps pour soi ».

C'est ainsi qu'il est venu récupérer ma petite vague pour une sortie au parc afin de faire une bataille de boules de neige, accompagnée certainement d'un chocolat chaud pour se remettre de tout cela. Lucas est attentionné envers Judith, il aime les enfants, jouer avec eux et faire front à leur hyperactivité. J'ignore s'il a songé à devenir papa ou simplement à côtoyer un enfant en bas âge mais, pour l'instant, je suis obligée de constater qu'il met du cœur à l'ouvrage et qu'il s'en sort très bien. Cette facette de lui aussi m'émeut et me fait l'aimer un peu plus.

Hier, sur le trajet du retour, alors que Judith s'était endormie, il a eu ces mots si touchants : « Lovie, je t'accepte entièrement, tu sais. Et Judith fait partie de toi, alors elle fera partie de moi. »

J'ai tant eu envie d'entendre ces mots venir de quelqu'un m'aimant assez pour les prononcer. Puis, il est arrivé. D'une façon peu anodine, sur le mode d'*enemie to lover*, et il a révolutionné mes sentiments. Mon Amiral est devenu bien plus précieux pour mon navire intérieur que pour n'importe quel autre.

Il devient ma famille, je le sens au fond de moi. Je suis prête à lui ouvrir mon intimité et à lui offrir ce titre. Les premières notes de « Lovely » de Billie Eilish résonnent dans le salon.

Attendre une prise de conscience de mes parents est inutile. J'ai été en colère et déçue hier, aujourd'hui je suis lasse. En ouvrant le message de ma mère hier soir, j'y ai vu briller une flamme d'espoir.

« Coucou ma puce, je pense qu'il est temps que l'on se pose et que l'on parle…

Serais-tu disponible mercredi après-midi pour un café ?

Bisous »

Cette petite fille qui sommeille toujours en moi a été saisie par l'espoir et l'envie de renouer. Ma maman faisait un premier pas, après tout ce temps où j'ai été mise de côté. Mon cœur s'est serré, et j'ai eu une folle envie d'exulter, de crier. De crier quoi ? Franchement, je n'en ai pas la moindre idée, mais il fallait que ça sorte, que tout ce que j'avais gardé, de bon ou de mauvais, s'en aille de mon enveloppe et s'envole ailleurs. À la place, parce que je garde toujours trop de choses en moi, parce qu'il est si difficile de communiquer et d'apaiser verbalement mes émotions, j'ai pleuré.

J'ai laissé mon corps réagir à sa convenance, ou tout du moins comme il le pouvait. J'ai pleuré comme j'ai ri, comme j'ai été impassible, à tour de rôle, le temps que mon cerveau réalise. Ce message, ces quelques mots, comme un changement possible.

Je n'ai pas eu la force d'appeler Alix, je me suis contentée d'envoyer un *screenshot*. J'ai été lâche mais, surtout, je n'avais pas envie de poser des mots sur ce qui me traversait.

Mon cerveau comme mon cœur sont devenus une autoroute sans limitation de vitesse et à sens unique.

La famille, c'est si abstrait et pourtant si puissant comme notion. On l'enseigne à nos enfants comme la source inépuisable de soutien et d'amour. Ensuite, on grandit. On découvre la notion de famille dysfonctionnelle, monoparentale, en garde alternée, d'orphelin de famille, et la conception de nos dessins animés d'enfance se voit bouleversée, brisée. Rien n'a plus de sens, même si tout a toujours été sous nos yeux. L'innocence nous a masqué la réalité dure et triste qu'une vie peut apporter. En un mot, la déception.

Oui, la famille est source de déception, attendre d'elle pour se construire n'est pas nécessairement la bonne décision. Il est également possible de s'élever par soi-même, d'évoluer grâce à nos amis, notre travail, tout ce qui jalonne notre vie. Non, la famille n'est pas tout.

Pourtant, il arrive qu'on y mette tant d'espoir…

Lorsque j'avais douze ans, ma professeure a organisé un spectacle de théâtre, écrit de A à Z par la classe et abordant les contes et légendes du roi Arthur et de la Table ronde. Le soir de la représentation, un vendredi, je portais une lourde robe en velours rouge, mes cheveux longs avaient été tressés par une copine, et ma professeure avait appliqué un léger maquillage. J'étais terrorisée à l'idée de passer sur scène, de raconter le mythe du rocher des amoureux présent au cœur de la forêt de Brocéliande, d'oublier mon texte, d'être jugée par l'assemblée. Il y avait tant de monde, entre les parents de chaque camarade et les invitations supplémentaires pour la famille, les amis et l'équipe pédagogique. Malgré cela, j'étais si fière de pouvoir m'exprimer sur un sujet que j'avais adoré, de montrer à mes parents l'étendue de ce que j'avais appris, et peut-être d'y gagner un peu de confiance au passage.

Mes parents travaillaient, étant propriétaires d'une boutique haut de gamme à l'époque, mais ils m'avaient assuré qu'ils seraient présents et à l'heure. Même s'ils ne pouvaient pas m'emmener après les cours et que j'étais donc restée en salle de permanence, je savais qu'ils seraient là pour me voir, et ça me suffisait. Alors je me suis préparée, puis ça a été mon tour de fouler les planches.

Avant de prononcer les premiers mots, j'ai fait un tour d'horizon de la salle. Personne. Ils n'étaient pas là. Ni mon père. Ni ma mère. Pas même un sur les deux n'avait quitté la boutique. J'étais seule. Abandonnée, alors que ce moment comptait tant pour moi, que je n'avais pas cessé d'en parler, ne serait-ce qu'une seconde. Aucun membre de ma famille ne verrait ma prestation. Je n'étais là que pour les autres. Les autres parents. Les autres frères et sœurs. Les autres camarades. Les autres grands-parents. Les autres. Que des inconnus.

Mes parents, à moi, ne s'étaient pas libérés alors qu'il était plus de 19 heures. Malgré leur promesse. Malgré notre lien filial. Malgré tout l'amour que je portais à mes parents. Malgré mes bons résultats et mon attitude studieuse. Rien n'était jamais assez, jamais suffisant pour qu'ils soient là à temps. Pour moi. Leur fille.

Une larme solitaire, comme moi, est venue couler le long de ma joue, et j'ai entamé ma scène. J'ai donné le meilleur de moi-même, à douze ans, pour moi et pour personne d'autre. On est déçu, on se renforce, on se hisse plus haut, plus loin, on apprend que l'on ne peut pas toujours compter sur les gens à qui on a accordé notre amour. Car l'amour n'est pas systématiquement traité avec la même valeur pour chacun d'entre nous, enfant ou adulte.

Lorsque j'ai quitté la scène, j'ai été félicitée par mes amies et professeurs, j'ai hoché la tête en remerciement. J'ai attendu la fin du spectacle et les salutations aux spectateurs. Mes parents n'étaient toujours pas là. J'ai directement retiré mon costume et remballé toutes mes affaires dans mon sac à dos. Quand j'ai quitté les coulisses, mon père est entré dans la salle de spectacle, qui désemplissait. Il paraissait essoufflé.

Ma vexation s'est mise à penser. *Essoufflé de quoi ?* Ce n'est pas comme s'il avait couru pour venir me voir, hein.

— Ma cocotte, je suis désolé, on a eu du monde, des clientes à la dernière minute. C'était bien ? Je suis sûr que tu as été super !

Super, oui, peut-être. À quoi bon après tout être super si personne d'important à tes yeux ne le constate.

— O.K. Oui, oui.

Concis. J'ai avancé vers la sortie dans une indifférence presque totale, en souriant légèrement. Camouflant tout ce que je ressentais au fond. Mon sourire criait ma déception, ma blessure, ma colère. Mon père a tenté la conversation dans la voiture, mais j'ai répondu brièvement, faisant comprendre que je n'avais rien à dire.

Le premier pavé de la déception parentale venait de se mettre en place. Et n'a pas cessé au fond. J'étais simplement trop jeune pour le voir venir. Ce moment, même si ça ne semble rien, a été vraiment dur à vivre pour la petite fille que j'étais. Le soir, dans mon lit, j'ai pleuré, puis le lendemain matin, au réveil, je me suis promis d'être forte, de ne pas me laisser atteindre par tout ce que je mettais en les autres, en leur considération et en leur amour. Leurs erreurs ne sont pas les miennes.

Que mes parents m'aient abandonnée durant toute ma grossesse n'est pas ma faute. Qu'ils ne sachent son sexe qu'à travers les réseaux sociaux n'est pas mon choix. Qu'ils apprennent sa naissance de cette même façon non plus. Qu'ils ne sachent rien de mes maux de grossesse, de mon accouchement, de ma vie durant ces mois n'est pas ma faute. Non, rien de tout ça ne l'est, car ils m'ont reniée. En leur âme et conscience.

De ce fait, ils ont aussi renié ma fille, qui grandit et évolue si vite chaque jour. Qui rend le quotidien si imprévisible. Qui me fait rire autant que râler. Mes parents ont renié leur rôle de grands-parents. Même si ma mère m'a envoyé ce message auquel j'ai répondu par l'affirmative, rien ne sera plus jamais pareil.

Rien. On ne peut pas tout effacer et je m'y refuse. Je ne veux pas oublier la trahison ressentie. La douleur de chaque anniversaire que l'on aurait dû fêter ensemble. Le chagrin lorsqu'il a fallu vivre la grossesse et accoucher dans l'inconnu, sans paroles réconfortantes d'une maman prête à m'épauler et surtout à me rassurer. Je ne veux pas oublier cette colère qui m'a brûlé les entrailles. Je ne veux pas occulter la haine de les croiser de loin et qu'ils m'ignorent. Je ne veux pas continuer à souffrir chaque jour en attendant le châtiment fatidique. Ce n'est pas ça, vivre. Ce n'est pas ce que je veux offrir à Judith.

Alors, aujourd'hui, je prends le parti de m'aimer, de l'aimer elle, d'aimer Lucas, de regarder vers l'avenir sans me soucier du passé. Sans un regard en arrière, car bien évidemment que c'est possible malgré tout ce que l'on dit. On peut rayer de sa vie ses parents, pourquoi auraient-ils le monopole, après tout ?

Ce n'est pas un acte de faiblesse de les supprimer de mon quotidien, de tirer un trait sur ce qu'ils ont été et qu'ils ne sont plus. C'est un acte de force, car aujourd'hui et pour le reste de ma vie, je me choisis moi. Je choisis mon bien-être, je choisis mon respect, mes valeurs.

Ma mère peut revenir si elle le souhaite. Je ne l'empêcherai pas de rencontrer sa petite-fille, mais il faut qu'elle sache, elle ne retrouvera jamais sa fille. Je ne suis plus celle que j'ai été, cette enfant douce et souriante, confiante et aimante, je ne suis plus cette petite fille à qui l'on sort de belles paroles vides. Non, aujourd'hui, je suis Lovie, je m'approche de la trentaine et, surtout, j'ai été trahie.

Je préfère donner mon amour à ma fille, à cet homme dont je suis amoureuse, plutôt qu'à l'image incertaine que je me suis faite de mes parents et qu'ils ont brisée en mille morceaux. La force véritable, ce n'est pas celle de combattre, mais celle de vivre en harmonie avec ses choix.

Voici mon choix. J'ai fait le vœu d'une famille à Noël et j'en ai désormais une.

La porte d'entrée s'ouvre, Judith court en retirant son bonnet pour me serrer dans ses bras. Lucas a des flocons de neige dans les cheveux et un sourire séducteur aux lèvres.

— Tout va bien ? me demande-t-il.

— Tout va pour le mieux.

Je me lève et l'embrasse en laissant mon portable sur le canapé.

Avant-hier ma mère, hier mon père.

« Coucou, ma cocotte…

Pour information, mon numéro est toujours le même…

Je prends les excuses et les remords.

Gros bisous,

Papa le seul… »

En le lisant, je me suis effondrée. Je n'ai pas pu m'empêcher d'envoyer un message vocal à Alix, cette fois-ci. Je n'arrivais plus à gérer mes émotions, j'allais partir au quart de tour et éclater, je le sentais. Mon message implorant, avec les sanglots dans la voix et le souffle court, ne doit pas être du meilleur effet à réécouter, d'ailleurs je m'en abstiens. Elle a tenté de m'appeler directement et m'a envoyé plusieurs messages d'affilée. Alix, toujours là pour moi, coûte que coûte. J'avais déjà plongé, j'ai fait des cocktails et je me suis pris une cuite. C'était plus facile à faire passer comme ça. Lucas l'ignore, et je n'ai pas l'intention de partager ce qui m'a envahie. Pourtant, maintenant, je vais bien mieux, je n'ai sans doute pas répondu avec le plus de diplomatie, mais j'ai été sincère.

Je ne m'excuserai jamais de la venue au monde de Judith. Ma petite vague, tu es ma force, mon rayon de bonheur, je n'ai aucun remords ni aucune excuse à avoir.

Ma réponse s'est donc faite sèche.

« Coucou papa,

Ravie de voir que tu as retrouvé mon numéro, qui n'a pas changé non plus…

Le service livraison a cessé, mais je reçois sans soucis excuses, remords, café quand il inclut un nouveau membre de ta famille.

Ta fille, l'unique, visiblement pas toujours pour le meilleur. »

Je suis en accord avec moi-même. Je me sens même plus légère, et lorsque Lucas me prend dans ses bras après avoir retiré son manteau et que Judith est allée vers sa chambre, je sais. Je sais que l'amour peut être aussi sombre qu'il peut être rayonnant. Je sais que la famille n'est pas uniquement celle que le destin nous donne à la naissance. Je sais qu'on peut la choisir, s'en créer une, et c'est ce que je fais à partir de maintenant.

— Je t'aime, me souffle-t-il en déposant un léger baiser dans mon cou.

— Je sais.

Je sais que j'ai fait le meilleur vœu. Aujourd'hui, je sais qu'il s'exauce.

Épilogue

Il pourrait y en avoir un, d'épilogue. Mais pourquoi ? La vie est imprévisible, on l'a dit. Pourquoi vouloir savoir la suite, immédiatement ? Laissons faire le temps.

Il pourrait y avoir un épilogue, comme dans la plupart des romances. Mais non. Chacun évolue à son rythme, et j'ai choisi le mien.

Lovie's all. Lovie's yours.

Épilogue bis

En définitive, j'ai bien envie d'écrire encore quelques mots. Ce n'est pas un épilogue au sens où on l'entend. Ce serait plutôt un message. Des mots qui prennent le porte-voix en s'inscrivant sur le papier.

Devenir fille, je ne l'ai pas choisi. Personne ne le choisit, on possède simplement ce souffle de vie. En revanche, nous sommes les maîtres de nos décisions. On décide de clore un chapitre comme d'ouvrir un nouveau roman de sa bibliothèque. J'ai ouvert et fermé des portes au fil du temps. Peut-être de façon plus virulente que d'autres.

Devenir mère faisait partie d'un de ces choix. Ma liberté n'a pas de limite. Encore moins celle que mes parents veulent me fixer. L'amour d'une mère ne devrait pas s'arrêter aux opinions de son mari ou aux actes de rébellion de son enfant. L'amour d'un père ne devrait pas se forger dans la manipulation et l'autoritarisme.

Ceci n'est pas le modèle familial stable, rêvé et sain. Ni pour un enfant quelconque. Ni pour moi.

Devenir mère était mon choix et bien loin d'être une erreur, il en a découlé la plus jolie chose que le monde pouvait m'apporter. Elle a ce regard joyeux où les étoiles concurrencent celles du ciel. Elle a ce sourire de chipie qui annonce des bêtises pour les années à venir. Elle a cette soif de découvertes et d'apprentissages que j'ai parfois du mal à rassasier. Elle a cette chaleur dans le cœur lorsque je la prends dans mes bras au réveil. Elle a ce bonheur qui coule dans les veines.

Mon océan d'amour est une petite fille magnifique qui n'a pas cessé de babiller une seule journée depuis qu'elle a atterri dans mes bras. Cette vague de bonheur qui a frappé mon cœur et que j'aimerai d'une force indescriptible chaque jour que j'ai à vivre.

L'amour, le vrai, c'est celui-là. Celui qui donne sans attendre de recevoir. Celui qui vibre à l'unisson d'un cœur.

Il y a des épilogues heureux, d'autres moins, le mien est tinté de gris. On ne retrouve pas sa famille lorsqu'on l'a perdu. Il n'y a plus rien à recoller mais tout est en devenir. Tout est possible avec ceux que l'on aime à leur juste valeur et qui nous aiment. L'amour est vache, la famille est vache. Il faut garder à l'esprit que notre bonheur est une force à acquérir et que tout dépend de nous. J'ai tiré un trait sur les mensonges du passé pouvant devenir ceux de demain. J'ai choisi ceux que j'aime, ceux qui me le rendront bien. Que dis-je ? Ceux qui me le rendront au centuple.

Croyez en cet amour, en ce bout de chou qui vous donne envie de soulever des montagnes, en cet homme craquant et ronfleur qui fait naître ce sourire radieux sur vos lèvres. Croyez en cette femme splendide et forte que j'ai envie de voir dans le miroir. Croyez en vous, vous êtes votre plus belle force.

Les recettes de Noël

Salade Waldorf aux noix caramélisées

- Pour 4 personnes : (salade) 1/32 céleri-rave – 2 pommes vertes – le jus d'1/2 citron – sel et poivre
- (Mayonnaise) 1 jaune d'œuf – ½ cc de moutarde – 2 cc de vinaigre de vin rouge –10 cl d'huile de tournesol – 2 cs d'huile d'olive – 1 filet de jus de citron – sel et poivre
- (En plus) 80 g de noix grossièrement hachées – 1 cs de sucre – 50 g de yaourt nature – ½ cc de miel – 1 cs de ciboulette ciselée

Préparer la mayonnaise : dans un saladier, placer le jaune d'œuf, la moutarde, le vinaigre et une pincée de sel. Verser l'huile de tournesol et d'olive dans le verre doseur. Fouetter le contenu du saladier et ajouter progressivement l'huile, d'abord goutte à goutte, pour que la mayonnaise prenne bien. Continuer à battre jusqu'à ce que toute l'huile soit incorporée. Assaisonner avec sel et citron avant de placer au réfrigérateur.

Préchauffer le four à 180 °C.

Répartir les noix sur une plaque recouverte de papier sulfurisé. Délayer le sucre avec ½ cs d'eau chaude, puis verser sur les noix. Enfourner jusqu'à caramélisation pendant 10 min avant de laisser refroidir.

Préparer la salade : peler le céleri et les pommes, et tailler le tout en julienne.

Placer le mélange dans un saladier avec un filet de citron, du sel et du poivre. Sortir la mayonnaise et la mélanger au yaourt et au miel.

Mélanger cette dernière préparation à la salade et servir dans des assiettes. Parsemer de noix caramélisées et de ciboulette.

Rosbif aux carottes rôties

- **Ingrédients** : 1 kg de rôti de bœuf non dégraissé – 4 échalotes – 10 carottes – 3 gousses d'ail – sel et poivre – 3 cs d'huile de colza - 2 branches de romarin – 4 branches de thym – 1 cs de farine – 25 cl de vin rouge – 2 cc de beurre froid

Rincer le rôti à l'eau froide, puis le sécher. Inciser la couche de gras sans couper la viande pour former un quadrillage. Saler et poivrer. Éplucher les carottes, les échalotes et l'ail.

Couper les échalotes en deux, les carottes en deux ou en quatre selon la taille, et écraser légèrement l'ail.

Préchauffer le four à 175 °C.

Faire chauffer l'huile dans une cocotte allant au four, puis faire revenir le rôti de tous côtés environ 8 min jusqu'à ce qu'il soit doré. Ajouter durant les dernières minutes échalotes, ail et carottes, et faire revenir. Enfourner la cocotte pendant 35 min environ.

En cours de cuisson, arroser de jus de cuisson régulièrement. Ajouter les herbes après 20 min.

Retirer le rôti et l'envelopper de papier d'aluminium pour le maintenir au chaud. De même pour les carottes, l'ail et les herbes. Replacer la cocotte sur le feu, et faire chauffer les échalotes et le jus. Incorporer la farine en mélangeant bien, puis ajouter le vin rouge. Laisser mijoter la sauce en mélangeant régulièrement pendant 15 min pour la faire réduire. Lier le tout avec le beurre froid.

Ouvrir le papier d'aluminium, récupérer le jus de viande et l'ajouter à la sauce. Couper le rôti en tranches, et le servir avec les carottes et la sauce.

Cookies aux cacahuètes

- **Ingrédients** : 100 g de beurre pommade – 120 g de beurre de cacahuète – 100 g de cassonade – 1 sachet de sucre vanillé – 1 œuf – 220 g de farine – 2 cc de levure chimique – 100 g de cacahuètes entières grillées et salées

Dans un saladier, mélanger le beurre, le beurre de cacahuète et les sucres jusqu'à obtention d'un mélange crémeux. Incorporer l'œuf. Mélanger la farine et la levure chimique, puis les incorporer progressivement à la préparation jusqu'à ce que la pâte soit souple.

Préchauffer le four à 180 °C.

Déposer sur une plaque de cuisson du papier sulfurisé. Concasser grossièrement les cacahuètes. Façonner des boules de pâte de taille uniforme et les rouler d'un côté dans les cacahuètes concassées avant de les déposer sur la plaque.

Enfourner et faire cuire les biscuits pendant 14 à 18 min selon leur taille.

Playlist de Lucas et Lovie

Saurez-vous découvrir qui écoute quoi ?

« They are All », Banners
« Holly Jolly Christmas », Michael Bublé
« Til you're Home », David Hodges
« Dancing on my Own », Calum Scott
« It's the Most Wonderful Time of the Year », Andy Williams
« Lovely », Billie Eilish
« Joy to the World », Nat King Cole
« All I want for Christmas is you », Mariah Carey
« Like it's Christmas », Jonas Brothers
« Silent Night », Frank Sinatra
« Wait », M83
« Renegade », Aaryan Shah
« Can We Kiss Forever », Kina et Adriana Proenza

Remerciements

Je finalise les corrections de ce sixième manuscrit en écoutant « Impossible » de James Arthur. Le hasard des playlists, vous le connaissez ?
Ce roman est de loin celui qui a été le plus difficile à écrire. Une mise à nu diraient certains, moi, je vous dis une « mise de mon esprit et de mon cœur ». Lovie vous a raconté son histoire et ses confidences sans barrières, sans frontières, je l'ai fait aussi.
Un besoin, une respiration, c'est réellement un souffle que cette histoire m'a apporté.
J'ai besoin de remercier des personnes si chères à mon cœur… Je suis souvent dure et fermée avec mes émotions mais vous méritez bien de lire ce qui vous revient de droit.
Merci Marie, ma première lectrice et aussi celle qui me tire les vers du nez un peu trop souvent pour ma stabilité émotionnelle mais qui le fait toujours pour mon bien. Tu ignores à quel point tu es d'un soutien…et à la réflexion je ne saurais même pas vraiment te le dire. Je suis certaine que tu essaies de lire mes quelques mots depuis mon canapé alors que tu es sous le plaid de Noël en ce début septembre. Crois en toi, aucune angoisse ne te vaincra.
Merci Isa, ma plus grande fan je crois. Merci pour toutes ces conversations jusqu'à pas d'heure, pour ces rires qui me décomplexent sur mes émotions et mon lot de tracas. Bientôt quinze ans que tu es là, tu en a bavé cette année et je veux que tu saches qu'une petite étoile t'attend également. Qu'elle brillera de mille feux lorsque tu l'auras trouvé et qu'elle croisera ton regard. Tu es une femme merveilleuse qui lui apportera tant de belles choses et super Tatie veillera !
Mon Doud, je sais que tu me soutiens dans chacun de mes projets littéraires même ceux dont tu ne sais rien. Je parle peu ou pas, je

ne suis pas loquace mais tu es assez courageux pour m'aimer ainsi et me respecter dans mon besoin de silence. Si tu passes par là et que tu lis l'histoire de Lovie, sache que tu n'es pas son Victor mais bien son Lucas. L'amour de ma vie. Rien de moins.
Ma Lady Mousseline, j'ignore si tu auras vent de ta présence ici. Ma collègue, mon amie, mon binôme. Je sais que tu veilles sur moi sans que je ne demande rien, sans me juger, sans t'immiscer. Avec une franchise brute, tu es le soutien délicat. Merci pour cela et merci d'être là.
Aussi paradoxal que cela puisse être, je vais remercier mes propres parents. Sans vous, sans cette histoire qui est un peu la mienne, je ne pourrais pas trouver ma création de papier sur une étagère. Ce n'est pas rien quand on y pense, hein ? Comme quoi, il y a des rêves qui se réalisent quand on y croit assez fort.
Merci à ma communauté de lecteurs. Merci surtout à vous, je le dis toujours mais c'est si vrai. Sans vous, je n'aurais pas ce bonheur d'être éditée, de pratiquer ma passion, d'avoir cette facette d'écrivaine. Merci du fond du cœur même si en ce moment il se serre d'émotions. Les remerciements c'est toujours dur et éprouvant alors avant de verser ma larme, sachez que je vous souhaite le meilleur et un excellent Noël.
Merci à City Éditions, d'avoir cru en mon histoire et en mes personnages. Merci d'avoir répondu si vite, tout s'est joué en quelques semaines, c'était un mélange de chance et d'occasion sans doute, mais Lovie dirait que c'était le moment de s'épanouir, tout simplement.
Love is all.
Léonie Lonval

Retrouvez-nous sur les réseaux sociaux :

City éditions

www.city-editions.com
@cityeditions
www.facebook.com/cityeditions/
@CityEditions
@cityeditions

Achevé d'imprimer en octobre 2023
sur les presses de la Nouvelle Imprimerie Laballery
58500 Clamecy
Numéro d'impression : 310002

Imprimé en France

La Nouvelle Imprimerie Laballery est titulaire de la marque Imprim'Vert®